物語の黒幕に転生して
～進化する魔剣とゲーム知識ですべてをねじ伏せる～
Reincarnated as the Mastermind of the Story
2
結城涼
イラスト なかむら
JN006488

「お口に合うかわかりませんが」
温かな湯気と、フルーティな紅茶の香りが漂った。
レン・アシュトン
ゲーム『七英雄の伝説』の世界に転生した少年。
努力家で勤勉、そして勇気もあわせもち、
より頼もしく成長した。

「私なんかより、
ずっとずっとお上手でびっくりしました」
フィオナは唇から湯気を漏らしながら言った。
フィオナ・イグナート
レンの活躍により、
命を落とすはずだった運命が変わった少女。
純粋で芯が強く、献身的な令嬢。

# CONTENTS

*Reincarnated as*
*the Mastermind of the Story*

# 物語の黒幕に転生して

## ～進化する魔剣とゲーム知識ですべてをねじ伏せる～

Reincarnated as the Mastermind of the Story

2

結城涼
イラスト なかむら

# プロローグ

七英雄《しちえいゆう》の伝説Ⅰの帝都では、物語が進むにつれていくつかの事件が勃発した。

とある貴族が原因不明の死を遂げたと思えば、正気を失った近衛騎士《このえきし》が第三皇子に牙を剝《む》く。連れ去られた第三皇子。そして連れ去ったはずの騎士の無残な遺体。派閥を問わず襲われた者は後を絶たず、栄華を誇ったレオメル帝都が僅かな時間で混沌《こんとん》へと落とされた。


ある者はそれを、他国の侵略だと言った。

ある者はそれを、主神の怒りだと咆《ほ》えた。


が、そうではない。

これがたった一人の貴族による宣戦であることを、誰もが予想していなかった。

常識では考えられない騒動のすべてが、復讐《ふくしゅう》に身を駆られた男の犯行だった。

しかし、もうその未来は訪れないだろう。レン・アシュトンという存在がその騒動の黒幕、皇族派筆頭イグナート侯爵の未来を大きく変えていたからだ。

◇◇◇◇

エウペハイムと呼ばれる、レオメル国内で海に面した都市の中でも一番の大都市があった。

荘厳かつ高雅な姿は古くから白い王冠と呼ばれ、水の都と謳《うた》われている。

ほぼ円形の海岸線に沿って造られた都市は、巨大な港が特に有名だ。

歴代の皇族も愛した風光明媚《ふうこうめいび》なその町には、白いレンガで造られた家々が立ち並ぶ。町のいたるところにある水路で舟をこぐ者の姿が、観光客にも評判だった。

その地はクラウゼルから馬でおよそひと月、帝都まで約二週間の地に位置している。

レオメル帝国の海運においても重要な側面があるため、エウペハイムを統べる貴族は有能でなければならない。周辺諸国に隙を見せない知恵者でなければいけなかった。

だからこそ、彼を恐れる貴族はいくらでも存在した。

エウペハイム領主――ユリシス・イグナート。

青い艶を浮かべた漆黒の髪の美丈夫であり、齢《よわい》三十五の若き貴族だ。

「やぁ、エドガー」

彼はクラウゼルから帰って間もない執事に声を掛けた。

場所はエウペハイムの中心に位置する、小城と呼ぶにふさわしき大豪邸の庭園で。

「はっ。ただいま戻りました」

主《あるじ》の声に応えたエドガーは、およそ二か月ぶりにエウペハイムに戻ったばかり。

彼はこの春、主の命を受けてクラウゼル領へ足を運んでいた。ギヴェン子爵の暴走に関して、イグナート侯爵が大恩あるクラウゼル男爵に力を貸すために。

結果、稀有《けう》な働きを見せたレンとリシアにより、当時の騒動は終結した。

それから少しの日々が経《た》ち、ようやく主の下へ帰還したところであった。

「主はお変わりないようで安心いたしました」

「もちろんだとも！　それに今日はいい天気だろう？　せっかくだから、英雄派にちょっかいでも出そうかなって思ってたところさ！」

朗らかに言ったユリシスは庭園に置かれた一席を見た。

彼はそのままエドガーを伴って席に着くと、エドガーにも座るよう促した。

だが、使用人の自分が主人と共に座るなど言語道断。

「申し訳ありませんが、私は執事ですので」

「つれないなぁ……どれ、だったら私が立つとしようか。それなら対等だし、構わないだろ？」

とはいえ、主人を立たせるわけにもいくまい。

結局、エドガーは自分が折れることで同じ席に着く。

「クラウゼルでの話を聞かせてくれるかい」

エドガーはクラウゼルで起きた出来事をつぶさに語った。

ギヴェン子爵が手引きをした文官にはじまり、初日の審判から最後の審判までを語る。つづけてクラウゼル男爵が帝都に連れて行かれかけ、レンとリシアが戻ったことに触れた。

最後には、二人がどう活躍したのかユリシスに語り聞かせた。

「へぇ……それじゃ、本当にすごい少年だったのかい？」

「間違いありません」

「それは、英爵家の子たちと比べても？」

「はっ。きっと主も、レン・アシュトンは金《きん》に代えられない価値があるとお思いになるかと」

それを聞いたユリシスは屈託のない笑みを浮かべた。

「いい話を聞けた。おかげで、陛下に対する苛立《いらだ》ちが少しは収まった気がするよ」

「……主、恐れながら、」

「言わないでくれよ。私だってわかってる。陛下が素材を供与してくれなかったのは皇族のためだ、とね」

わかってはいるが、納得できるかどうかは別の話だ。

「あの件はフィオナの特別な体質も関係していた。一筋縄でいかなかったことは、私も承知してるさ」

けどね、と。

「たまに考えてしまうよ。フィオナが命を落としていたら私はどうしていただろう、ってね」

「それは……」

「私はクーデターを起こしていたかもしれないな。次期皇帝と謳われる第三皇子を暗殺し、レオメルの滅亡を願ったかもしれない。────ごめんごめん、そんな顔をしないでくれよ」

エドガーは話を聞き、緊張に頬を歪《ゆが》めていた。

語られる言葉のすべてが剣呑《けんのん》すぎたし、常識であれば叶《かな》わないとしても。

しかし、それはあくまでも常識での話だ。目の前の席に座るユリシスは、それを覆すことができる存在だとエドガーは知っていた。

「ですが幸いでした。フィオナ様の体質は、シーフウルフェンの素材でなければ抑えられませんでしたから」

「そういうことさ。だから、クラウゼル家とは仲良くしたいところだね」

「おや、アシュトン家ではないのですか？」

「正確にはどちらもだけど、ほら、貴族って面倒じゃないか。私がここでアシュトン家に手を出してしまえば、例の愚かな子爵と同じってわけさ」

「これは失礼いたしました」

ユリシスが「いいよ」と陽気な声で言った。

「働きかけますか？」

エドガーの問いかけの真意は、クラウゼル家を派閥に引き入れるか否か、というものだ。

「クラウゼル男爵は寄親《よりおや》がいない中立派の中でも気高きお方です。主が動かれたら────」

「やめてくれよ。そんな品のない振る舞いは英雄派と一緒だ。ただでさえクラウゼル男爵は皇族派寄りと思われかけてるんだし、下手なことをすれば恩を仇《あだ》で返すことになる」

ユリシスは苦笑して肩をすくめた。

そのとき、二人の元に「お父様？」という声が届く。

ほどなく、花の香りを連れて一人の令嬢が姿を見せた。

彼女は給仕の女性に手を借りて、頼りない足取りで少しずつ近づいてくる。まだうまく歩けない彼女の胸元で、銀色のチェーンに漆黒の宝石があしらわれたネックレスが揺らぐ。

「エドガー！　帰ってたんですね！」

黒曜石を思わせる漆黒の髪を揺らす令嬢だった。

腰まで伸びたその髪を春風に靡《なび》かせ、陽光を頬に受けた姿は、妖精や天使と見紛《みまが》う可憐《かれん》さを漂わせていた。雪を欺く白い肌。目鼻立ちが整った容貌は、彼女をその年齢以上に大人に思わせる。

実際にはレンとリシアより二歳年上の少女だった。

「フィ、フィオナ様！　お待ちを！　私も手をお貸しします！」

慌てたエドガーの声にフィオナは「気にしないで。私も頑張らないといけませんから」と健気《けなげ》に言って、庭園の席に足を運んだ。

彼女は給仕に手を借りたまま椅子に座り、少しの間呼吸を整えてから顔を上げる。

「おかえりなさい。エドガー」

凛《りん》と誇らしげなラベンダー色の双眸《そうぼう》がエドガーに向けられた。

この令嬢こそ、七英雄の伝説Ｉにおけるラスボス、ユリシス・イグナートの一人娘フィオナ・イグナートだ。

ゲームでは彼女が死ぬことでレオメルを恨み、魔王教に与《くみ》したイグナート侯爵が敵となった。

しかし現状、そのフィオナが生きている。レンがシーフウルフェンを狩ったおかげで、死を迎えるはずだった運命が変わっていた。

そんなフィオナはまだ一人で歩けるまでには回復していない。

でも日々、懸命にリハビリに励む姿を皆が目にしていた。

「クラウゼルへの旅はどうでしたか？」

「よき旅でありました。ですが、フィオナ様」

その令嬢に対し、エドガーは勘気を恐れず進言する。

「前々から申し上げているように、我ら下々の者へそのような口調はおやめください」

「ふふっ、エドガーも知ってるはずですよ。私、お母様の影響でずっとこんな話し方なんですから」

「ですが」

「ダメですよ。諦めてください」

微笑《ほほえ》みを浮かべた軽やかな口調に反して、フィオナの瞳の奥底には決して折れない強い意志が窺《うかが》えた。

「お父様。私もクラウゼルへと出向き、レン・アシュトン様へ感謝を伝えたく存じます」

「私もそうしたいんだけどね。ただ、クラウゼル男爵からは待ってくれって言われてるんだ。派閥も違うし、うちが侯爵だからどうしてもって感じでね」

「で、では、手紙ならどうでしょうか……？」

「いい案だと思うけど、今回はクラウゼル男爵の意向を尊重するべきだ。もう少し我慢してくれ」

「……そう、ですよね」

フィオナは残念そうに俯《うつむ》いてしまう。

レンに命を救われたフィオナには、その主君のクラウゼル家に迷惑をかけることは避けたいという思いがあった。

でも、必ず感謝の言葉を伝えたい。

フィオナは空を仰ぎ見て、主神エルフェンに早くその日が来るよう祈りを捧《ささ》げた。

いつか絶対、彼に会ってお礼をするんだ――――と。

# 一章　クラウゼルでの暮らし

この春、クラウゼル男爵領は過去にない危機に襲われた。

隣接した領地を皇帝から預かるギヴェン子爵が、クラウゼル男爵を派閥争いの標的にしたからだ。

特に辺境に位置するアシュトン家が預かる村が大きな被害に遭ったのだが、このとき、村にはクラウゼル男爵ことレザードの一人娘、聖女リシアがいた。

リシアはギヴェン子爵の謀《はかりごと》により攫《さら》われてしまう。

彼女は病も重なり、命を落とす寸前に陥ったのだが――奇跡的に生還を果たした。

すべては、レン・アシュトンという少年の奮闘によって。

レンは機転を利かせ、また魔剣を用いてたった一人でリシアを守るも、代償として大きな傷を負った。

レザードは娘を守ったことへの礼として、レンを屋敷で静養させることを約束した。その甲斐《かい》あって、レンの身体《からだ》はようやく完治に至っていた。ポーションや治療用の魔道具により筋肉の衰えは最小限にとどめられ、一人で歩けるまで数か月とかからずに。


あの騒動から、二か月後のある日。

「もう治ったかな」

屋敷の客間にあるベッドの上で呟《つぶや》いたレンは、黒に茶が交じった髪を窓から入る風に靡かせ、中性的な整った顔立ちに笑みを浮かべる。

彼は満足した様子で立ち上がり、客間の窓に近づく。

窓の外に目を向けると、朝の訓練に勤《いそ》しむリシアの姿が見えた。

(約束、守らないと)

春の襲撃事件によりはじまった逃避行中、レンはリシアと剣を交わす約束をした。

たとえもう六月を過ぎて、いつの間にかレンの誕生日が過ぎ去っていたとしても約束は守らなければ。

着替えを終えたレンは一人で客間を出て、もう歩き慣れた廊下を進む。

レンが住んでいた屋敷と違い、この屋敷の床は柔らかな歩き心地だ。敷き詰められた分厚い絨毯《じゅうたん》のおかげだろう。

「む、少年?」

レンの背後から声がした。

声の主は、廊下の反対側から歩いてきたヴァイスだ。

彼はクラウゼル家の騎士団を率いる団長として、忙しい日々を送っているのだが、いつもレンのリハビリに手を貸していた。

「少年、朝食はもう済んだのか?」

「いつも通り部屋でいただきました。いまから、外で運動してこようかと」

「運動というと……」

「鈍ったままだと、醜態を晒《さら》してしまいそうですしね」

ヴァイスは「ん？」と疑問符を浮かべていた。

だがすぐに、窓の外に意識を向けたレンを見て気が付く。

「お嬢様との立ち合いか。しかし、無理はしないでよいのだぞ。ご当主様もそう仰せだ」

「大丈夫ですよ。俺がしたくてすることですし、これ以上、リシア様を待たせたくありませんから」

リシアの訓練は毎日見ていた。

客間の窓から見下ろしたところには、彼女が毎朝日課の訓練をする広場がある。その様子を見ていたレンは毎日のように彼女と視線が重なり、手を振り合うことがあった。

「約束したんです。一緒に帰れたら、必ずまた立ち合おう、って」

そして今日もリシアは訓練が一段落したところでレンの姿に気が付き、可憐な笑みを浮かべて手を振っていた。

屋敷を出て広場に行けば、リシアがトトトッと軽い足取りでレンに近づいてきた。

彼女が訓練する際に着る白い服のスカートが、僅かに風に靡いていた。あの服はアシュトン家に残してきたものだが、奇跡的に燃えることなく残されていたらしい。

先日、レンの両親がクラウゼルに来たとき、リシアに返されたのだ。

その服に身を包んだリシアがレンに駆け寄りつつあったのだが、

「ッ――――」

どうしてかその足を止め、レンから遠ざかってしまう。

レンが疑問に思っていると、彼女は近くのベンチに置いていたタオルを手に取り、汗を拭いはじめた。

その姿がいじらしくて、訓練の相手をしていた騎士たちが密《ひそ》かに笑みを浮かべていた。

（別に気にしないでいいのに）

苦笑いを浮かべたレンは外の空気を全身で吸う。

この屋敷にある庭園は緑豊かで、深呼吸をするだけで心地よかった。

「レンっ！」

汗を拭い終えたリシアが小走りで駆け寄ってきた。

純銀に紫水晶《アメジスト》を織り交ぜたような髪は逃避行をしていた頃と違い、絹のような艶を取り戻している。精緻に整った顔立ちの彼女は、あの経験を経て少し大人びたように見える。

彼女は朝日に照らされ、どこか天使のような可憐な笑みを浮かべてレンに言う。

「もう平気なの？　無理はしてない？」

「大丈夫ですよ。ここ最近の俺は走れるくらい回復してたのを、リシア様も見てたじゃないですか」

「そ、そうだけど……っ！」

リシアはむっとした様子で唇を尖《とが》らせる。

「心配だっただけよ、もう。それで、外に来てどうしたの？　散歩？」

「いえ、軽く身体を動かしておこうと思ったんです」

「身体を動かすって、何をして？」

「そりゃ、いずれリシア様と立ち合うためなんで、久しぶりに剣を握らないとって思ってますけど」

そう言うと、レンは唖然《あぜん》としたリシアの横を歩いて広場を進む。

庭園の片隅には、いくつか訓練用の剣が立てかけられた棚がある。レンは棚の中から、自分の身体にあった長さの剣を見繕った。

「ほ、ほんとに私と立ち合ってくれるの!?　嘘《うそ》じゃなくて!?」

「約束しましたからね。けど、勘を取り戻してからですよ。でないと、俺があっさり負けてしまいそうですから」

「そう？　レンならもう十分そうだけど」

「あの、急《せ》かしてるわけじゃありませんよね？」

「当然よ。いまのは実力差を言ってみただけだもん」

リシアの言葉に、近くにいた騎士たちが当惑する。

……お、お嬢様が悔しがることなくあのような言葉を!?

……ヴァイス様もお認めになったのだろ？　気になるな。

騎士たちもリシアに負けじと、レンが剣を振るのを楽しみにしていた。

噂《うわさ》に聞くレン・アシュトンがどれほどの実力者なのか、自分の目で見たかった。

レンは彼らが言葉を交わすその横で、久方ぶりに剣を握った。

若干しっくりこない。握った感触が木の魔剣や鉄の魔剣と違って、どこか違和感があった。

(仕方ないか)

レンは我慢することにしてシャツの袖を捲《まく》る。

さらけ出された腕には、魔剣召喚の腕輪が装備されていた。

「どうして前と同じ腕輪があるの？」

「両親が似ている品を用意してくれたんです」

「ふぅん……そうだったのね」

もちろん嘘だが、こうでも言わないと腕輪を装備できない。

ちなみにリシアがレンに贈ると言っていた短剣だが、屋敷の倉庫にそれらしき品がなかったらしく、彼女は近いうちに別の品を取り寄せて贈ると息巻いていた。

(とりあえず、少しだけ)

剣を振ろうと思ったレンはリシアと距離を取り、軽く腕を振った。

握りはしっくりこないが、剣を振った感覚は以前とあまり変わらなかった。

(大丈夫。本当に回復してる)

さらに目の前に相手がいるように立ち回る。

架空のシーフウルフェンを意識して、足捌《あしさば》きを交えながら器用に剣を振っていく。

空を裂く音が広場に響き渡った。

広場の地面に敷き詰められた青々とした芝生が、剣圧で生じた風に揺れる。

「っ……ほう」

ヴァイスが唸《うな》った。

騎士たちはレンが想像以上の強者であったと知り、言葉を失いじっと様子を眺めている。

リシアは両手を後ろ手に組み上機嫌に眺めていた。

（意外と鈍ってないな）

驚く者が多い中、レンはさらに剣速を上げた。

剣の振りも鋭さを増し、皆の肌にひしひしと押し寄せる圧を放つ。

彼の準備運動が落ち着いたところで、リシアが声を掛けた。

「レン、調子はどう？」

「倒れる前と大差ありませんでした。まだ本調子ではありませんが、十分動けます」

「よかった。私の神聖魔法も少しは効果があったのかしら」

レンがベッドの上で休んでいた際、足しげく客間に通っていたリシアは、健気に神聖魔法を使ってくれた。

そのおかげで、ポーションなどとの相乗効果で回復が早かった。

（あと、身体能力ＵＰ（小）もか）

考えていたよりも身体が動いたことで、レンが「では」と前置きをして、

「軽めでよければ、一度立ち合ってみますか」

「……え？」

「あ、でも軽めでお願いします。まだ以前同様には動けないので」

驚くリシアが言葉を失っていると、代わりにヴァイスが口を開いた。

「少年!?　まだ早いだろう!?」

「大丈夫です。本当に軽めにしますから」

無理はしない、そう言ってリシアとの立ち合いに臨む。

レンの言葉に喜び半分、驚き半分、そんなリシアが苦笑を浮かべた。

「本当に大丈夫なの？」

レンが「はい」と即答。

「じゃあ、今日は軽いリハビリにしましょう。だからこれは立ち合いじゃなくて、ちょっとした運動よ。いい？」

逆に冷静に窘《たしな》められてしまったレンは、ばつの悪そうな表情で頬を掻《か》く。

「お手柔らかにお願いします」

リシアはそう言ったレンが訓練用の剣を構えたのを見て、彼が以前以上の迫力を放っていたことに驚いた。

彼はあの戦いを経て、また一段と強くなったのだと悟った。

「────お手柔らかに、っていうのは私の台詞《せりふ》みたい」

レンが漂わせる強者の圧に、リシアは思わず頬を緩めずにはいられなかった。

◇◇◇◇

その日の夜、屋敷のホールに集まった者たちが日中の立ち合いについて語り合っていた。

「見事だった。まさかあれほどとは」

「考えてみれば当然だ。シーフウルフェンにとどまらず、マナイーターを討伐するだけの実力があるのだからな」

と、騎士たちがレンを讃《たた》えれば、

「レン様の人となりも忘れてはなりません」

「それに、皆様も見たでしょう？　あっさり敗北してしまったお嬢様は悔しそうでしたが、それ以上に、レン様を誇らしそうに見上げておりました。お二人の相性も忘れてはなりません」

つづけて給仕たちが言った。

会話にある通り、リシアはレンを相手にあっさり敗北した。

一冬越えて成長した彼女は強くなっていたが、イェルククゥとの戦いを経たレンも同じく強くなっていた。

「というわけですので、ヴァイス様」

皆を代表して、一人の騎士がヴァイスに言う。

「我々といたしましては、レン殿にこの屋敷に残っていただきたいのですが」

「ヴァイス様。我ら使用人一同も同じ気持ちでございます」

「ううむ……気持ちはわかるのだが、少年は村に帰ると言っている。あれほどの逸材を屋敷に置けないのは惜しいが、ご当主様としてもアシュトン家の、少年の意向に沿うと仰せなのだ」

騎士や給仕たちがはぁ、とため息を吐《つ》く。

理不尽な強権を嫌うレザードがそう言ったのであれば、皆が頼み込んだところで、彼が折れることはないだろう――――皆、そう思っていた。

◇◇◇◇

同じ頃、レンが借りる客間にて。

机に向かい読書に勤しんでいたレンが本を閉じて、机の片隅に置いた蒼珠《そうじゅ》に目を向けた。

視線の先にあるのは、シーフウルフェンが蓄えていた宝物の一つ、セ、ラ、キ、ア、の蒼珠だ。レンはゲーム時代にも存在したセラキアの蒼珠の説明を思い返す。

『どうやらこれは卵のようだ。殻と思《おぼ》しき表面はいかなる名剣でも歯が立たないほど硬く、触れればとてつもない力を感じる。膨大な魔力と偉大な龍《りゅう》の角を捧げれば、孵化《ふか》させられるかもしれない。生まれた暁には、主人に絶対的な忠誠を誓うはずだ』

セラキアの蒼珠はシーフウルフェンが落とすアイテムの中でも確率が最も低く、特に希少性が高いアイテムだ。

中には絶対的な氷と闇の力で、魔王を手こずらせたとされる魔物が眠っているのだとか。

アイテムの説明が多くのプレイヤーを駆り立て、その使い道を探らせた。けれど誰一人としてその方法を見つけることができず、換金アイテムだろう――と語られていた。

だがレンにとっては、もはやただの換金アイテムとは言えない。時折、このセラキアの蒼珠が不思議な反応を示しているからだ。

たとえばアシュトン家の村で暮らしていた頃は、レンが触れたら僅かに震えた気もする。春先の騒動の後でこの屋敷に足を運んだレンの両親がセラキアの蒼珠を置いていったときもそうだ。

レンがセラキアの蒼珠に触れれば、中で揺らぐ蒼《あお》い靄《もや》と同じ色の雷光がより一層旺盛に迸《ほとばし》ってい
た。

「やっぱり、俺の魔力を吸って成長してるのかな」

ゲーム時代に見たセラキアの蒼珠の説明欄通りならば、セラキアの蒼珠から何らかの魔物が孵化しようとしている可能性があった。

絶対的な忠誠を誓うことが事実なら、レンとしても恐れはないのだが、

「それで、偉大な龍って誰さ」

皆目見当もつかないだけではなく、そんな龍の角をどうやって得るのかが問題だ。

もし孵化させられたなら、間違いなく、この世界においてレンだけが得られる力《アドバンテージ》になるだろ

う。けれど実際のところ、偉大な龍の正体がわからないため難しい。というか、そんな龍から角を奪うなんてとんでもない話だ。

レンがセラキアの蒼珠に「大人しくしててよ」と語り掛けてすぐ、

『レン、私よ』

部屋の外からノックと共にリシアの声が届く。

レンがセラキアの蒼珠から手を放して「はい」と応えれば、

「寝る前に少しだけお話をしたくて来たんだけど――あっ、またその不思議な宝石を見ていたのね」

扉を開けたリシアが隙間から顔を覗《のぞ》かせて言った。

いつの日だったか、レンがセラキアの蒼珠をしまい忘れて机の上に置いていた際、それを見つけたリシアに『これは何？』と問いかけられた。

レンは『シーフウルフェンが落としたものです』とだけ答え、リシアは『そうなのね』と頷《うなず》いた。

セラキアの蒼珠は内部で蒼い靄が動くので、普通に考えれば宝石とは思えないかもしれない。だがこの世界には魔石があって、その内部で魔力が蠢《うごめ》く姿を見ることができるものもある。宝石も似たようなそれが存在しているため、レンが拾ったセラキアの蒼珠は何らかの魔石か、宝石だろうとリシアは誤解していた。

リシアはレンの傍《そば》にやってくると、

「夜遅くにごめんなさい。もう寝るところだった？」

「いえ。そんなことないですよ」

「じゃあ――――っ」

「はい。俺でよければ、話し相手を務めさせていただきます」

それを聞いたリシアは嬉《うれ》しそうに微笑み、「やった」と呟く。

彼女はレンが使っているベッドに足を運び、そのままベッドの縁に腰を下ろした。

日々の取り留めのない話をした後で、彼女が思い出したようにレンに尋ねる。

「ねぇねぇ、レンはいつまでクラウゼルにいてくれるの？」

（これはさっさと帰れという……のではなさそう）

リシアの言葉を、レンはあと何度立ち合えるかという意味に受け取った。

「もう何度かリシア様と立ち合ってからと思ってましたが……何度くらいがいいですか？」

「千」

「はい？」

「とりあえず千回でいいわ」

毎日一度立ち合ったとしても、三年近いではないか。

実際、毎日は無理だからその数倍は覚悟したいところだ。

リシアはどこかおっかなびっくりな様子でレンを見上げていた。

吸い込まれそうな美しい瞳を向けられたレンは、つい頷いてしまいそうになる。

「と、とりあえずですね。仮に千回立ち合うとしたら、長い計画になるわけですよ」

「この部屋に住んでいいわ」

「仕事は――――」

「レンはアシュトン家の人間なんだから、この屋敷で騎士として仕事をすればいいと思う」

「いえ、正確にはまだ騎士ではなく、その倅《せがれ》ですね」

「も、もうっ！　いいじゃないっ！」

今宵《こよい》のリシアはいつになく強情だった。

「いいでしょ？　……千回とは言わないから、もうちょっとゆっくりしていってもいいじゃない」

彼女は約束していた立ち合いを一度消化したことで、レンがさっさと帰ってしまわないか不安だったのだ。

レンは彼女のいじらしさに心が強く揺さぶられ、折れてしまう。

「ではもう少しだけ……お世話になろうと思います」

一度ではなく何度か立ち合うと言ったのは間違いない事実だ。

これは約束を守るためなのだ、とレンは誰に言うわけでもなく心の内で言い訳した。

「ほ、ほんとに!?」

リシアがベッドの上で身を乗り出し、机に向かうレンに詰め寄る。

「でも、レザード様にも許可をいただきませんと」

「安心して！　お父様ならいつまでもいていいって言ってたから！」

「それじゃお言葉に甘えて……」

「や、約束だからね!?　嘘ついたら許さないんだから！」

すぐ上機嫌になったリシアが枕を手に取り、強く抱きしめて喜んだ。

(俺の枕が……いや、借りものだけど……)

「あっ、そろそろお部屋に戻らないと」

二人が時計を見れば、もう夜の十二時を過ぎたところだった。

「そうだ。明日は久しぶりに買い物に行くの。よかったらレンも一緒に行かない？」

「俺がですか？　リシア様には専属の騎士がいますし、ヴァイス様もいますけど」

「明日はそのヴァイスに余裕があるから一緒に来てくれるわ。……って、そうじゃなくて、別にレンは護衛じゃなくて……その……っ！」

最後の方は声が途切れ途切れで聞こえづらかったが、せっかくの誘いだ。

「わかりました。俺でよければご一緒します」

「やった！　それじゃ、寝坊しないようにもう寝なくっちゃ。おやすみなさい！　また明日ねっ！」

リシアはレンに手を振り客間を後にした。もちろん、抱いていた枕を置いてから。

彼女を見送ったレンは、机の上に置いた読みかけの本を開く。

これは屋敷の書庫から借りたいくつかの本のうちの一冊で、レンが療養中に読んでいた『七英雄の聖遺物』という本だ。

タイトルにある聖遺物とは七英雄が使っていた装備のことを差す。七英雄の伝説でも実際に見つけることができる装備のことで、対応したキャラに装備させると、戦闘力が見違えるほど向上する貴重品でもある。

プレイヤーたちの間では、総称して英雄装備と呼ばれていた。

レンにしてみれば既に知っている情報ばかりだった。そもそも彼は、どこにその装備が眠っているのかも知っている。それなのにこの本が面白いと思えたのは、七英雄の伝説で明らかにならなかった情報があったからだ。

「――勇者ルインの剣はいくつかの破片に砕けた、ね」

七英雄の伝説Ⅲまでお預けと言われていた神剣のことだ。

その神剣は既に存在しないらしい。魔王を討伐した後、祖国レオメルに持ち帰ると同時に砕け散り、土に還《かえ》ってしまったと書かれていた。

「……そういや、英雄装備を見つけて売れば結構な金になるのか」

英雄装備は使える者が限られる。七英雄の末裔《まつえい》でなければ使えないから、手にしたところでレンにとっては売る他に道はない。かと言って売ったら売ったで英雄派から妙なことをされそうだから、基本は手を出さない方が賢明だろう。

ふと、レンは大きく欠伸《あくび》をしてから、おもむろに腕輪の水晶に目を向けた。

イエルククゥとの戦いをはじめ、それ以外の戦いで得られた熟練度により、あの逃避行のときから成長した箇所がいくつもあった。

魔剣召喚術は一段階強くなり、魔剣を二本同時召喚することができるようになっていた。

ついでに次のレベルで得られる力が身体能力UP（中）とある。

気になることもある。魔剣召喚術のレベルアップに必要な熟練度が、これまでよりあまり多くなっていなかった。

とはいえ、以前までの１５００を溜《た》めるのにも相当苦労したから、難易度は上がっていた。

「こう、いつか近いうちに一気に難易度が上がるなんてことがありそうだなー……」

次回のレベルアップに必要な熟練度の増え方が、まるで嵐の前触れのような気すらする。そうなったらそうなったで仕方がなかった。今回は必要な熟練度があまり増えなかったことに、素直に喜ぶだけにとどめておきたい。

また、魔剣召喚術と魔剣そのものが得た熟練度がこれまでと違う気がする。

これまでは魔物を倒した際、一対一の割合で熟練度を得ていた。しかし、イェルククゥ戦を経て得られた熟練度は、魔剣本体の方が多い気がした。

「……まぁ、いままでの例が少ないしな」

レンは以前、シーフウルフェンを倒した後で、魔剣召喚術と魔剣本体が得る熟練度は同じなのだろうかと疑問を抱いた。

その疑問に対する答えは、そうじゃない例もあるということになるようだ。

マナイーターはイェルククゥが召喚した魔物のため、普通の魔物とは言えないのかもしれない。得られた熟練度が思いのほか少ないのも、その影響かもしれないと思った。

それにしても、

「あの魔剣、絶対にリシア様の魔石が関係してるはずなんだけど」

[NAME]

# レン・アシュトン

[ジョブ] アシュトン家・長男

「スキル」

■魔剣召喚　Lv. 1　0／0

■魔剣召喚術　Lv. 3　239／2000

召喚した魔剣を使用することで熟練度を得る。
レベル1：魔剣を【一本】召喚することができる。
レベル2：腕輪を召喚中に【身体能力UP(小)】の効果を得る。
レベル3：魔剣を【二本】召喚することができる。
レベル4：腕輪を召喚中に【身体能力UP(中)】の効果を得る。
レベル5：************************。

「習得済み魔剣」

■木の魔剣　Lv. 2　988／1000

自然魔法(小)程度の攻撃を可能とする。
レベルの上昇に伴って攻撃効果範囲が拡大する。

■鉄の魔剣　Lv. 1　988／1000

レベルの上昇に応じて切れ味が増す。

■盗賊の魔剣　Lv. 1　0／3

攻撃対象から一定確率でアイテムをランダムに強奪する。

イェルクゥが命懸けでエルフの封印を解き、マナイーターを強化した際のことだった。

死が目前まで迫っていたレンはリシアの傍に倒れ、彼女の胸元に手を置いた。

すると腕輪の水晶が光り、『?・?・?・?』という名の不思議な魔剣を召喚できるようになった。

あの騒動の後でリシアから聞いた話によると、力ある聖女は身体に魔石を宿して生まれることがあるという。シーフウルフェンのような特別な魔物の魔石から魔剣が得られるように、一部の聖女が身体に宿す魔石にも、特別な意味があれば――――というのは、いくらファンタジーの世界であっても、突飛すぎる予想だとレンは自嘲した。

可能なら調べたいところだが、検証のためとはいえリシアに胸元、あるいは背中越しに魔石の近くに手を置かせてくれとはさすがに言えない。

リシアの魔石から力を得て、彼女に万が一が生じる可能性のことも危惧しなければ。

そもそもレンは、倒した相手の魔石でなければその力を吸収することはできない。

だから逃避行中にリシアを背負うことがあっても、何事もなかったという事実に気が付いた。

「……寝よ」

結局、確かめる術《すべ》がないと悟ったレンは諦める。

本を閉じ、机の上に置き直してから部屋の灯《あか》りを消した。

◇　◇　◇　◇

翌朝、店構えから店内まで高級感が漂う服屋にて。

「あの日の振る舞いは見事でした。我ら民草の間でも、それはもう評判でございまして」

その店の店主が言った。レンとリシアが逃避行の末にクラウゼルに到着したときのことは、多くの住民が目の当たりにしている。

照れてしまったレンを見て、同行していたリシアとヴァイスが微笑んだ。

「ところで聖女様。本日はどのようなご用件でしょうか？」

「彼の服が欲しいの。何着か見繕ってくれるかしら」

「承知いたしました。では、先に採寸を――」

知らぬ間に話が進んでいき、レンは慌ててリシアを見た。

「どうして俺なんですか!?」

「レンのお屋敷にあった服はほとんど燃えちゃったじゃない」

「そりゃ燃えましたけど……だからって……」

「別にいいでしょ。私が贈りたいだけなんだから」

するとリシアは、つん、と明後日《あさって》の方向を向いてしまう。

彼女は後ろ手を組むと、そのまま店内を物色しはじめた。

吹き抜けから二階を見上げたレンは、一階が男性もの、二階に女性ものが並んでいるのを見た。

しかし、リシアはその二階に行こうとせず、男性向けの品々を眺めていた。

また、店主は店主でレンの身体を採寸しはじめる。

「ヴァイス様、助けてください。高価な品を贈っていただくのは気が引けます」

「安心してくれ。お嬢様ご自身のお小遣いからだろうし、遠慮する必要はない」

床に張られた濃い茶色のフローリングを見ても、その磨き上げられた木目から高級感を感じとれる。曇り一つないガラスのショーケースの中に収められたアクセサリー類、あるいは革製の小物類が明らかな高級品の様相を呈していた。

「それにお嬢様はあまり物欲のないお方でな。私が何を言いたいのかというと、ご自分のお小遣いの多くは手を付けられず、溜まる一方なのだ」

だからと言って、とレンは口にしかけた。

だが、あまり断りすぎても失礼だし、リシア自身の厚意を踏みにじるかもしれない。

「採寸は以上です」

店主がそう言うと、店内を物色していたリシアが戻ってくる。

「ねぇねぇ、レンはどういう服が好き？」

「普通の服が好きです」

何も思い浮かばなくて、あまりにも抽象的な答えを口にしてしまった。

けれどリシアは、笑ったり呆《あき》れることなく頷いた。

「わかったわ。派手なのは嫌で、動きやすい方が好みなのね」

「なんでわかったんですか？」

「さぁ？　私もよくわからないけど、そんな感じがしただけよ」

するとリシアはレンの手を引き店内を共に物色しはじめる。

「リシア様!?」

「いいから、あっちから見てみましょ！」

今更ながら、店内にいる客はレンとリシアの他におらず、貸し切り状態だ。

だからなのだろう。リシアはいつになく、素の姿で楽しげな声を上げていた。

「次はこっちに――――あ、あっちも似合うと思うの！」

「いやいやいや、派手すぎますって！」

「諦めるかどうかは試着してからにしなさい。ほら、あっちに試着室があるから」

結局レンは、リシアに背を押されて試着室へ向かった。

彼女はレンの着替えが終わるのを、試着室へ通じる扉の前で楽しそうに待っていた。

やがて、扉が開かれると……。

「これ、普段使いする服じゃありませんよね!?」

現れたレンはパーティにも出られそうな、洒落《しゃれ》たスーツに身を包んでいた。

これでは確かに普段使いには向かない。見守っていたヴァイスと店主もそう思った。

だがリシアは、嬉しそうな声で「似合ってる」と言った。

「あの服をレンに合わせて仕立ててくれる？」

「かしこまりました」

店主は異を唱えず頷いた。

「リシア様!?　俺がいつこの服を着ると思うんですか!?」

逆にレン本人が異を唱えてみるが、結果は変わらず。

「いつかよ。そういう機会にいまの服がないと困っちゃうでしょ？」

普段使いの服まで見繕われたレンは、計三着の服を贈られることとなった。

(俺からも、何かお返ししないと)

問題はその資金だから、どうしたものか。

しかし、この問題は近々解決することになる。その理由も経緯も何もかも想像できないレンは、腕組みをしてうんうんと迷っていた。


そんなレンを見て微笑んでいたヴァイスが、

「ん？」

何の気なしに店の出入り口を見ると、クラウゼル家の騎士が一人、この店に訪れたところだった。

「店主殿、すまないがお二方の案内を頼みたい」

ヴァイスはその場を離れ、やってきた騎士の元へ向かう。

その騎士は息を切らせており、語り出すまで数十秒を要した。

「実は――――」

話を聞き終えたヴァイスは腕を組み、考える。

「一行のご到着は夕方頃なのだな？」

「はっ。そのように伺っております」

「ならば予定通り昼過ぎに帰る。早く戻って準備をするべきと言うのもわかるのだが……お嬢様が楽しそうでな。帰らなければ、とは伝えづらい」

「承知いたしました。問題ないかと思いますので、ご当主様へそのようにお伝えいたします」

◇　◇　◇

予定通り昼過ぎになってから屋敷に戻ると、

「お帰りなさいませ」

いつもの給仕がレンとリシアを迎えた。

「お嬢様、ご当主様がお客様の件でお呼びです。執務室でお待ちになられておりますよ」

「わかったわ。それじゃユノ、私の代わりに書庫で本を探すのを手伝ってくれる？　レンがこの前読んだ本のつづきを探してるんですって」

「ええ、かしこまりました。お任せください」

ユノと呼ばれた少女はリシアが幼い頃から傍にいた給仕で、明るい笑みがどこかミレイユを想起させる、平原に咲く花のように清楚《せいそ》で可愛《かわい》らしい少女だ。年のころもまだ十八歳と若い。

ユノはよくリシアの傍にいる給仕のため、レンも度々会話をすることがあった。

「レン様、どうぞこちらへ」

レンはユノと共に書庫へ向けて歩を進めた。

「今日は気に入ったお召し物はございましたか？」

「それなら全部リシア様が決めてくれて……あれ？　なんでユノさんが俺の服のことを知ってるんですか？」

「昨晩、お嬢様が楽しそうに本日のご予定をお聞かせくださいましたので」

(道理で)

ちなみに購入した服が届くまでは、少し時間が掛かるのだとか。

「どのようなお召し物をお買いになられたのですか？」

「普段着を二着と、正装を一着です。一着贈っていただくだけでも申し訳ないのに、着る機会のない正装までという感じで……」

「あら。ですが正装ですと、夏にはお嬢様の誕生日パーティもございますから、その日にお召しになるのはいかがでしょう？」

夏までレンがいることが前提の話になるため、予定が決まっていないレンは素直に頷けず笑ってお茶を濁した。

ユノは理由を察したのか、決してそれ以上を尋ねようとせず残念そうに微笑んだ。

「そういえば、夕方にはお客様がいらっしゃると聞きました」

と、レンが話題を変える。

「そうなのです。予定より早いご到着だったようでして」

レンは歩きながら客人について考えるも、

（まぁ、俺は関係ないか）

いまの自分はわけあって居候しているにすぎない。

午後は書庫から借りた本を読みながら、静かに過ごそうと思った。

僅かに日が傾きはじめると、屋敷の外が賑《にぎ》やかになり、レザードたちが出迎えに行くのが窓から見えた。

やってきた客人たちは、身なりのよい騎士服に身を包んだ一団だった。

指揮官と思しき存在感を放つ一人の騎士が、レザードと何か言葉を交わしている様子が見て取れた。

傍にはリシアがじっと控えている。

（正騎士団？）

帝国所属の騎士団の総称だ。

正騎士団と言っても所属はいくつもあるが、要は国軍だ。ヴァイスのように、一つの貴族家に仕える者とはまた違った騎士団になる。

正騎士団の来訪を疑問に思ったレンは小首を傾《かし》げるも、すぐに窓から視線をそらす。一行の様子とヴァイスたちの様子に剣呑さを感じなかったから、以前のギヴェン子爵のようなことではないと思った。

（この本、面白いな）

何の気なしに手に取った小説のつづきが気になった。

つづきを借りようと考えたレンは席を立ち部屋を出るが、すぐに引き返そうと思った。

客人の正騎士たちが屋敷の中に来ることを考えて、自分が邪魔になることを嫌って。

「おや、どうしたのだ少年」

屋敷の中に戻っていたヴァイスと鉢合わせる。

「書庫から借りた本のつづきを探しに行こうかと思ったんですが、お客様の邪魔にならぬよう、部屋に戻る途中でした」

「まったく……相変わらず年齢にそぐわぬ気遣いを……しかし……ふむ……」

ヴァイスが何やら考えはじめた。

どうしたのかと思っていたら、彼はレンを驚かす言葉を口にする。

「せっかくだし、少年も来てみるか？　実は客人たちがお嬢様の剣を見てくださるのだ。よければ少年の剣も見てもらうのはどうかと思ったのだが、どうだ？」

「……はい？」

情けない声を出したレンはヴァイスに指南してもらうことが決まっているため、意外にも正騎士の存在に興味を抱けなかった。

ヴァイスもそれを察したのか、別の言葉でレンを誘う。

「お嬢様が指導されるご様子を見るのはどうだ。もしかすると、少年も学びがあるかもしれん」

「あ、そういうことでしたら、せっかくですので」

兼ねてから、リシアの技術向上のためにレザードが予定を組んでいたのだとか。

正騎士団が近くに遠征してきたため、その一団の指揮官が寄ってくれた経緯なのだという。

「いらっしゃったのは高名な騎士様とかですか？」

「正騎士を率いる実力の持ち主だから、それなりにな。流派は聖剣技と聞いたが、少年は聖剣技という言葉を聞いたことは？」

「勇者ルインが開祖の流派だったと記憶しています。多くの騎士が学ぶ剣……でしたっけ」

「うむ。その通りだ」

騎士たちは基本的な剣の他に、自分に向いた剣を学ぶことが多い。

その中でも聖剣技は好んで選ばれる。勇者ルインが広めた剣というのが大きいらしく、こればかりは派閥にかかわらず学ぶ騎士が多い。

……という情報は当然、七英雄の伝説で知ったものだ。

(聖剣技は便利な技だったなー)

派閥は世界に数多く存在しており、どの流派でも熟達すれば、魔力を代償に使う戦技《アーツ》を会得できる。それはスキルを持って生まれなかった者たちにとって、スキルの代用となる後天的な力だ。

(ゲーム時代の動きは覚えてるけど、見よう見まねで戦技が発動したり――するわけないか)

庭園に向かう途中でヴァイスが言う。

「私は帝国剣術の他は学んでいなくてな。どうも聖剣技も向いておらんかったらしく、帝国剣術にばかり傾倒していた」

「いいと思います。帝国剣術は守りの剣、レザード様のためになりましょう」

いま会話に出た帝国剣術こそ、騎士が学ぶ基本の剣だ。汎用性が高く、レンが言ったように守りを重視されている。そのため、護衛される存在にとっては頼もしい技術だ。

「少年さえよければ、今度、私が帝国剣術を教えよう」

「ほんとですか!?　助かります！」

「ははっ！　それほど喜ばれるなら、教えがいがあるな」

喜びの声を上げたレンを見て、ヴァイスは頬を緩めていた。

七英雄の伝説における聖女リシアは、聖剣技を収めた実力者だった。

聖剣技の特徴はオールラウンダーとされている。攻守に限らずサポートもこなし、スキルがあればそれも生かす。

(そういえば確か)

白の聖女のスキルを持つリシアが極めれば強力で当然なのだが、彼女に勝る剣士もいた。

剣を扱う者はその力によって格付けられる。

リシアは中でも、最高位から一つ下の剣聖と呼ばれる地位に立っていた。

どの流派でも最高位に立つのは剣王と呼ばれる存在で、すべての流派を合わせても世界に五人しか存在しない。

剣王は戦神によって序列付けされ、その序列のことを剣王序列と言う。

序列付けされた五人のことを知るには、世界各地に存在する戦神の神殿に出向けばいい。そこには五人の剣王の名が記される石板が置かれている。その石板は誰かが文字を刻むわけでもなく、その時点における最強の剣士たちが自動的に記される。

剣王の名が記される仕組みは長い歴史の中でも解明されておらず、また石板が魔道具でもないため、聖遺物と呼ばれていた。

「ヴァイス様は他の流派を学ぼうと思われたことはないんですか？」

「あるぞ。たとえば剛剣技とかだな」

「あ、ああー……なるほど……」

「どうやらこれも知っているようだな。少年も知っての通り、剛剣技はそれ自体の才能がないと会得できん。極端に使い手が少ない理由がそれなのだが、私もその例に漏れなかったというわけだ」

苦笑いを浮かべたヴァイスの横で、レンは乾いた笑みを浮かべていた。

（……剛剣技かー）

剛剣技の開祖はレオメルの祖、獅子王《ししおう》だ。

七英雄の伝説では、相対した皇族派に属する者が用いる敵専用の剣とされていた。剣技はスキルとは別物のため、二周目プレイでも覚えることはできない。

性能自体は攻守共に苛烈で、理不尽な力を誇った。

だというのに、ストーリー内でも覚える機会が用意されておらず、プレイヤーたちを二つの意味で悲しませた剣技だ。

（嫌な記憶が蘇《よみがえ》ってきた……）

剛剣技の使い手はただでさえ強すぎるというのに、ステータスを低下させる戦技を使う。それも一時的ではなく恒久的に低下する戦技だった。極め付きは回避不可能のほぼ即死ダメージで、まさに理不尽のオンパレードである剛剣技は、ボスにだけ許された特権であろう。

なので、聖剣技は戦いのオールラウンダー。

一方で、剛剣技は戦いのエキスパートと呼ばれることが多々あった。

◇　◇　◇　◇

庭園ではリシアが、既に正騎士の指揮官から指導を受けていた。

幾人かの正騎士とクラウゼル家の騎士たち。

「レンっ！」

ちょうど休憩となったリシアが、レンの姿に気が付いた。

彼女は汗を拭いてレンの傍に駆け寄り、そのまま彼の手を取った。

「ねぇねぇ、レンも一緒に教えてもらいましょう！」

「いえ、俺は見学してますから」

しかし、二人の会話を聞いていた正騎士の指揮官が、離れた場所から声を発する。

「よければ、聖女様とご一緒にどうぞ」

そう言われてしまっては、ここで断るのも無礼な気がした。

レンはリシアと指揮官の傍へ歩を進める。

「聖女様から聞いております。聖女様よりお強く、ヴァイス殿も認める才能を持つ、と」

もちろん、レンは「そのようなことはありません」と苦笑した。

けれど、指揮官は既にレンに対して強い興味を抱いているらしく、笑みを絶やさず話をつづける。

「随分と将来有望な騎士のようですね」

「い、いえ、そのようなことは」

レンがもう一度謙遜してすぐ、指揮官が間髪入れずに言う。

「最初に少し、腕を拝見させていただきたく」

もう断るに断れない状況のため、レンはせっかくなら、と指揮官に指南を受けることに決めた。

訓練用の剣を手に取った彼を見てリシアが離れた。

「軽い打ち込みからはじめましょう」

レンもあまり気負うことなく剣を振った。

いつもと同じく、少しずつ身体を温めるべく何度も剣を振り、指揮官の胸を借りるつもりで準備する。

様子を見ていた他の正騎士たちがとんと黙った。

リシアのときと違い、彼らはレンの剣を見るうちに、自然と気を取られていた。

やがて、指揮官も神妙な表情を浮かべて言う。

「……そろそろ、立ち合いの形で剣を拝見いたしましょう」

「はい。胸をお借りします」

とはいえ、指揮官の方からレンに打ち込むことはない。

なるべく防御に徹し、軽く反撃をする程度だ。

そうでなければ、剣の技量に差がありすぎる。

訓練用の剣と剣がぶつかり合う音は、真剣のそれと違って鈍い音だった。

(さすが、正騎士団の指揮官だ！)

だが、レンの年齢不相応な剣閃《けんせん》は皆の意識を集めたし、辺りの芝生はその圧により揺らいでいた。

膂力《りょりょく》の差もさることながら、熟達した技を前に隙を見つけられない。それでもレンは、この立ち合いの中に楽しみを見出《みいだ》しはじめていた。自分が次々と繰り出す剣戟《けんげき》があっさりいなされるが、どんな剣戟ならいいのだろう？　と心を躍らせていたのだ。

けれど、不意に。

指揮官はレンから数歩距離を取って口を開いた。

「君、もっと自分らしく戦ってみなさい。我らの剣を真似《まね》ようとする必要はありません」

もしかすると自分は、聖剣技を意識していたかもしれない――――とレンは気が付いた。

この中庭に来る前、レンはゲーム時代の聖剣技を思い出し、戦技の動きを真似れば同じ効果が発動しないかと考えていたからだ。

「自分らしく……」

「私に遠慮することはありません。ご自分が動きやすいように動いてみるのです」

指揮官がやめろと言うのならそれも指導だと思い、レンは気持ちを改める。

幼い頃からロイに学び、森で培い、イェルククゥとの戦いでまた一段と成長した剣を披露すべく手元に力を込めた。

「――――では」

レンが纏《まと》う気配が一変した。

それはまるで、強大な魔物のようだった。

「なるほど……まさかとは思ったが……ッ！」

指揮官の目が変わり、レンに向ける気迫がさらに上がった。

それもそのはず。指揮官は隙を突かれるどころか、逆に一本を取られる寸前だった。

「すまないなッ！」

先ほどと似ても似つかない苛烈を誇るレンに対し、指揮官はさらに膂力を込めて剣を下ろす。

レンの防御を崩そうとしたのだが、

「ッ……く……！」

「ば、馬鹿な……ッ!?　防いだだとッ!?」

剣を真横に構えて防御したレンは、大の大人が向けた膂力に対し、膝をつくことなく耐え切ってみせた。

それを見た指揮官が「やはり――――ッ」と頷く。

すると指揮官が放つ圧が刹那に消え去り、彼は剣を収めてしまう。

「名前をお聞かせください」

「あっ、すみません……申し遅れました。俺はレン・アシュトンと申します」

返事を聞いた指揮官がふぅ、と息を吐いてからレンのすぐ傍へやってきて、

「申し訳ないのだが、レン殿には聖剣技が向いていないように思えます」

「……え？」

驚いたレンがまばたきを繰り返していると、

「ど、どうしてっ!? レンはあんなに強いのに……っ！」

思わずリシアが声を荒らげる。

先ほどまで冷静に、熱心に指導を受けていたリシアの変わりようが、指揮官を静かに驚かせた。

「聖女様が仰《おっしゃ》ったように彼は強い。私はもちろん、部下も認めるところでありましょう。ですが問題なのは、向き不向きの話なのです」

啞然としたリシアに対し、彼はつづける。

「彼自身の気質からもそれがわかります。聖女様は私がレン殿へ、自由に動いてくださいと申し上げたのを覚えておりますか？」

「……はい」

「私があのように申し上げたのは、レン殿がお父上より受けていた指導により、ある種の癖が染みついているのかもしれない、こう考えたからです」

しかし、そうではなかった。

「その癖というのは、攻撃的かつ苛烈すぎる戦い方のことです。ですがレン殿のそれは、間違いなくレン殿の本質でございます。生来の気質はやがて、聖剣技を学ぶ上で仇となるはずです」

多少であれば訓練で矯正できるというが、レンの場合、あまり効果は望めないそうだ。

逆にレンが剣を扱いづらくなるのは必定だという。つまり訓練しても逆効果だから、むしろ下手に触れず妙な癖を付けないほうがよい、と。

指揮官が口にした言葉は、こうした意図によるものだった。

「冒険者の中にも前衛的な剣を使う者は多くおりますが、彼らの場合、必要に迫られて身に付けた命知らずの剣なだけです。レン殿とはまったくの別物なのです」

人が生まれ持った容姿と同じで、レンが誕生した頃からのそれとのこと。

ともあれ、やはり矯正できるか疑問が残る。

「なのでレン殿が聖剣技を学ばれたとしても、戦技を会得できる保証がございません」

聖剣技を学ぶことでその弱点も知れる。戦う相手が聖剣技の使い手だとすれば、決して無駄にはならないだろうが、それに費やす時間に見合う成果とは思えない。

(だったら、最初から別の剣技を学んだ方がよさそうな)

レンは特に意気消沈せず、冷静に結果を受け止めていた。

「わかりました。それなら、基本的な剣の使い方などを指南していただくのはいかがでしょう?」

「それでしたら是非。レン殿のような将来有望な少年に指導できるとあれば、私も望むところです」

レンの気持ちはもう切り替わっていた。

だが複雑な感情で様子を見ていたヴァイスの他、クラウゼル家の騎士や使用人たちの言葉を代弁するかのようにリシアが言う。

「レ、レン!? どうしてそんなに落ち着いてるのよっ！」

「向いてないのは仕方ありませんよ。せっかくですから、基本的な剣の扱いは習いたいなと思ってますが」

もちろん、リシアへの指導の邪魔にならない程度で。その後は幸い、指導内容はレンも共に受けられるものへ変わっていったから、想定外に充実した時間を過ごすことができた。


指導が終わった日暮れ、指揮官と部下の騎士が言葉を交わす。

「指揮官。苛烈すぎるからといって、聖剣技を学べないわけではありません。何故《なぜ》あのように仰ったのです？」

「剣を交わしていてわかったからだ」

尋ねられた指揮官は汗を拭ってから、屋敷の中へ戻ろうとするレンとリシアの後ろ姿を見つめながら口にする。

「……あの少年は恐らく、別の剣技の才能を持っている」

まだはっきりと言える段階ではないが、指揮官はその才能に悪影響を与えることを嫌ったのだ。

尋ねた騎士は彼の言葉を聞き、ただ首をひねることしかできなかった。

◇　◇　◇　◇

指導の後、自室で湯を浴びて間もないリシアがレンの住む客間にやってきた。

彼女はレンのベッドの端に座って足を揺らす。

「せっかくの指導だったのに、よかったんですか？」

「んー……なにが？」

「リシア様、途中から不機嫌になってたじゃないですか」

「あら、どうしてそう思ったの？」

一瞬だけ虚を衝《つ》かれたような表情を浮かべたリシアだが、それが幻だったかのように勝気な表情を浮かべた。

だがそれは、あまり長くつづかなかった。

「リシア様って不機嫌になると、指先で髪をいじる癖があるんですよ」

「っ……ほ、ほんとに!?」

「嘘です。でもその反応は、やっぱり不機嫌だったってことですよね」

してやったりと思っているレンを、ベッドに座ったままのリシアが見上げる。

レンは机の傍の椅子に腰かけていたのだが、彼女からじとっとした目で見られた。

「……いじわる」

可愛らしく言われ、レンは苦笑した。

「だって、意味わかんないじゃない！　あれじゃ、レンに才能がないって言ってるのと同じよ！」

「言ってるのと同じも何も、言葉が少し違うだけで似たようなものですよ」

「ならどうしてレンは――――ッ」

「どうして落ち着いてるかということでしたら、向き不向きは仕方ありませんから。むしろ、逆に助かったくらいです。ああして教えていただけたので、時間を無駄にせずに済みましたし」

言い方が若干乱暴だが、身にならない時間を過ごさなくて済んだのは事実。

「というわけで、リシア様」

レンが居住まいを正してリシアを見た。

真正面から目と目を合わせれば、彼女は照れくさそうに言う。

「なによ、急に真剣な顔になっちゃって」

「俺のことは気にせず、今度からもっと集中してください。リシア様のためになりませんよ」

「…………むぅ」

(不満そうだ)

だが、リシアが今日の指導に感謝していることは間違いない。聖剣技がレンに向いていないと言われて彼女は驚いていたが、その後の指導では、真摯かつ意欲的に話を聞いていた。

正騎士たちへの礼儀を失することなく、指導を最後まで受けたのがその証拠だ。

「レンに聖剣技が向いてないって話を聞いて、少し思うところはあったわ」

リシアはそう言うと、「でもね」と前置きをして、

「指導が終わってからなんだけど、私も指摘されたことがあるの」

するとリシアは、苦笑交じりにはにかんだ。

「あの指揮官殿から見れば、レンほどじゃないけど私にも気になるところがあるんですって」

小首を傾げたレン。

リシアには聖剣技における剣聖に至れる才能があるはずなのだが、そのリシアがレンを驚かせる言葉を口にする。

「私の剣には、レンとよく似た癖があるそうよ」

「……癖、ですか？」

「うん。私、レンに勝つためにレンの剣をたくさん研究したの。レンの立ち回り、剣の振り方、たくさんたくさん、レンの姿を思い返しながらね」

「えっと……それはつまり……」

リシアが苦笑を浮かべて頷く。

「レンに勝つために考えて、訓練を重ねていたからってこと。だから私の剣には、レンと同じ癖があるみたい」

リシアの癖は矯正が利く範囲だ。しかし彼女はそれでも思うことがあった。

「その癖を直すことになるのがいや。まるでレンが……私の目標が間違ってるって言われてるみたいで、私は受け入れたくない」

リシアは凜と力強い芯の強さを以《もっ》て言い放った。

「で、ですから、俺のことは気にせずに――――ッ！」

「ううん。いいの。レンが言うように他の剣技だってあるんだから、ここで聖剣技にだけ固執する必要はないでしょ？　私にだって、他にもっと向いてる流派があるかもしれないわ」

それは事実であり、聖剣技だけが強いということでもない。だがレンは知っている。リシアは聖剣技を収め、剣聖にまで登りつめるだけの才能があるということを。

しかし、リシアの意思は固かった。

「レンはどうかしら。自分の父に教わった剣は不要だから忘れろ、って言われたら素直に頷ける？」

「それは……」

その考えはきっと未熟だ。成長するために必要と言われたそうだが、かと言って素直に応じられるかというと難しかった。

本質では違うのに、過去の努力が無駄と言われた気がするからだ。

レンの考えを悟って、リシアが「同じことよ」と微笑みを浮かべる。

「ですが俺は田舎騎士の倅で、リシア様は聖女です。俺が自由に剣を学ぶのとはわけが違います」

「私、別に何らかの義務は課せられてないわ。お父様からは好きに学んで、自分が理想とする道を探しなさいって言われてるもの。……亡きお母様にも、その先に立つ私を見てもらいたい」

レンには彼女の意思を覆せるだけの言葉が思いつかなかった。

実際、リシアの言葉は理に適《かな》っている。クラウゼル家の方針にもまた問題があるわけではなく、そもそも一介の騎士の倅でしかないレンが口を出すことではない。

それに、

（……リシア様はリシア様なんだ。ゲームの登場人物じゃないだろ）

レンは七英雄の伝説が正しいと言ってしまった気がして自重し、心の内で自らを叱責した。

「私自身、染みついた癖を直しながら学ぶのは苦労するし、時間を無駄にしちゃうもの。なら、最初から別の剣を学んだ方が成長できると思わない？」

レンは目の前で微笑む彼女に対し、余計な癖を付けさせてしまったことへの謝罪として、

「リシア様にぴったりの流派、俺も探してみます」

「それを言うなら、私たちの――――でしょ」

◇　◇　◇　◇

クラウゼルを遠く離れたエウペハイムのイグナート侯爵邸にて。

夜も更けて暗くなってきたというのに、屋敷の庭園にはフィオナと一人の給仕がいた。

「――――きゃっ!?」

前を歩く給仕に手を借りて、一人で歩くための練習に勤しんでいたフィオナが声を上げた。体勢を崩して転びかけた彼女の身体を、給仕が慌てて支えた。

フィオナがいつも身に着けているネックレスも大きく揺れる。

「す、すみませんっ！　力が抜けてしまって……っ！」

「……お嬢様、今日はこのくらいにしておきましょう」

全身に汗を浮かべたフィオナが唇をきゅっと嚙《か》み締《し》めて、悔しさを滲《にじ》ませた。

「ダメ……なんです。私は同年代の方たちから遅れてるんですから、何倍も頑張らなくちゃ」

フィオナは病を治す以前まで、多くの時間をベッドの上で過ごすだけの日々を送っていた。全身に迸る痛みや頭痛に苛《さいな》まれる毎日を過ごし、懸命に生きていた。そのため部屋の中で歩ける日もまったくと言っていいほど存在しなかったので、筋力が脆弱《ぜいじゃく》だった。

故に最近の彼女は、リハビリをはじめとした体力作りに余念がない。

「お嬢様……」

「あと少しだけ頑張らせてください！　怪我《けが》をする前にちゃんとやめますからっ！」

気丈に言い放ったフィオナが再び歩きはじめた。

視線の先……たかが十メイル程度先に置いたテラス用の椅子に向かって。

しかし、そのたかが十メイルの距離がいまのフィオナにはひどく遠かった。

「っ……こんなに近く、なのに……っ！」

震える足取りでの一歩が、言葉で言い表せないほど辛《つら》い。

もう、どのくらい進んだのだろう？　気になって振り向けば、先ほど転びかけたところから二メイルしか離れていない。

フィオナはそれを見て啞然とするも、諦めず前へ前へ身体を動かす。

歯を食いしばり、全身に汗をかきながら懸命に歩いた。

一歩、また一歩と――必死になって。

「このくらいのことを頑張れないなら……」

また一歩進んで、

「自分の足で立ってレン様にお礼を言うことも、絶対にできないんです……っ！」

この春、フィオナはレンのおかげで救われたと言ってもいい。

いつかレンの前に自分の足で立ち、お礼をしたい。この春までの辛かった世界から解放してくれた彼に、伝えたい言葉は山ほどあった。

「ほ、ほら……っ！　あと少しじゃないですか……っ！」

フィオナが再び健気に言い、笑みを繕う。

その様子に、給仕は再び制止しかけた。

「もう少しですよ……お嬢様！」

だが、自分たちが簡単に歩く距離を、何十分も掛けて歩く令嬢の姿に心打たれ思わず励ましていた。

フィオナが遂《つい》に目的の距離を歩き終えたとき。

彼女はすとん、と椅子に座って、給仕を見上げて屈託のない笑みを浮かべた。

「……あ、あははっ。時間が掛かりすぎちゃいましたけど、ちゃんとできましたよ」

呼吸を整えきれていないまま、やはり健気にそう口にした。

「お嬢様、お見事でございます」

「ふふっ……これしか歩けてないのにお見事だなんて、恥ずかしい」

フィオナは身体を休めながら、涼しい夜風に髪を揺らす。

宝石と見紛う艶を浮かべた髪は、僅かに汗で首筋に張り付いていた。

「こうして努力して、身体のために毎日ポーションも飲んでいたら……自分一人で歩ける日も、そう遠くないでしょうか」

「きっと秋にはお一人で歩けることはもちろん、強度の高い運動も少しずつできましょう」

給仕に勇気づけられたフィオナが頷く。

そこへやってきた、ユリシス・イグナート。

「やぁ、執務室から見ていたよ」

庭園にやってきた彼はフィオナが座る椅子の前に足を運ぶと、リハビリに付き合う給仕に礼を言い、すぐにフィオナの前で膝を折る。

庭園の芝に膝をつき、椅子に座るフィオナと目線を合わせた。

「よく頑張ったね、フィオナ」

彼はそう言ってジャケットの懐に手を入れた。

「そんなフィオナに手紙が届いたんだ。帝国士官学院からだよ」

「私に……？　あっ、もしかして、先月受験した一次試験の結果でしょうか？」

「ああ、きっとそうさ」

フィオナは五月末に帝都へ出向き、帝国士官学院が誇る特待クラスを受験していた。

そのときは車いすに乗り、給仕に手を借りながら試験会場へ出向いた。

次の試験の際は自分の足で歩けるように、そう願うフィオナが、すべては一次試験の結果次第なことを思い出す。

父から受け取った封筒を開けると、彼女はほっと胸を撫で下ろした。

「お父様っ！　合格でしたっ！」

「それはよかった！　――――まぁ、私は不合格なんて思ってなかったけどね」

「え？　ど、どうしてですか？」

「そりゃ……君もそう思うだろ？」

イグナート侯爵は傍に控える給仕に同意を求めた。

「もちろんです。お嬢様は体調が優れなかった頃も、ベッドの上で懸命に勉学に励んでおいででしたもの」

「ま、そういうことさ。私が個人的に気になっているのは、最終試験くらいだよ」

「もう……私はちゃんと合格だったか、すごく不安でしたのに」

やや不満そうに唇を尖らせたフィオナを見て、イグナート侯爵は笑った。

半年前までは、娘のこんな姿を見られるようになるなんて思ったこともなかった。彼はおもむろに手を伸ばしてフィオナの手を取った。

「少しずつ頑張ろう。レン・アシュトンに礼をする前に怪我をしたら、元も子もないからね」

「わかってますってば！　もうっ！」

夜の庭園に、フィオナの強がった声が響き渡った。

二章

# レンの新たな目標

クラウゼルを訪れていた正騎士らは、翌朝にもう一度剣の指南をしてからこの町を後にした。

その日の昼過ぎ、

「レンの村から報告が届いてな」

レザードに呼ばれて執務室に足を運んだレンに、レザードが告げた。

「ご両親の手紙もあるから、一緒に見るといい」

「ありがとうございます！」

手紙を要約すれば復興は順調で、暮らしぶりは以前と比べて豊かになりつつあるようだ。

それにはシーフウルフェンの素材の売却費用も関係していた。

両親がクラウゼルに足を運んだ際、レンはそれらの資金をすべて村のために使ってくれと頼んでいた。二人は『レンの金だ』と固辞したが、レンに『俺もアシュトン家の人間なんだから、こうするべきです』という正論を説かれ、最後はレンに押されて頷いた過去があった。

『村もまだ落ち着いてないから、後は俺たちと男爵様に任せてくれ！』

それらは決して、厄介払いのような文言ではない。

『俺もミレイユもたくさん頑張るからな。レンとまた一緒に暮らせる日のために、村を急いで復興させるから！　もちろん、クラウゼルが気に入ったのなら、そっちで暮らすってのもいいからな！』

また、ロイとミレイユは、自分たちの不甲斐《ふがい》なさを何度も何度も謝罪していた。

春の騒動を鑑みれば、至極まっとうな考えであろう。明らかにクラウゼルにいた方が安全で、レンの将来のためになるのだから、親としては当たり前の言葉だ。

ロイはいつもレンの自主性を尊重していたが、やはり彼も一人の親。息子の安全を願わずにはいられなかったようだ。

一方でレンにも、少し思うところがある。

(俺が火種になる可能性があるのなら、俺はあの村に帰るべきじゃないのかな)

ギヴェン子爵はレンに対し、尋常ではない執着心を持っていた。逆に考えれば、レンさえいなければあれほどの騒動にはならなかった可能性もあろう。

自覚してしまうと悲しさはあるが家族を、村を思えばこの痛切な感情は抑えられた。

「ところでレンはこれからどうしたい？　家督を継ぐまでクラウゼルで暮らすもよし。このままクラウゼルで騎士として過ごしてくれても歓迎するぞ」

「俺は……その……」

「……ふむ。何か思うことがあるのなら話してみなさい」

レザードの声色は穏やかで優しく、大きな器を感じさせるそれだった。

感情を隠しきれていなかったレンはそのことを悔やむも、これ以上は黙れないと思って口を開く。

話を聞いたレザードが「そのことだったか」と重苦しい声で言った。

「ロイからも相談されていた。レンは将来有望な才能の持ち主だから、また誰かに狙われるかもしれない。相手が魔物ならまだしも貴族なら難しい。だからレンをクラウゼルの屋敷で騎士にしてほしい、とな」

それはロイとミレイユがクラウゼルに来た際のことだ。

「レンの気持ちに沿う、私はこう答えた」

仮にレンがクラウゼルで暮らすと決めたら、全力で彼を守る。

もちろんその代わりに、アシュトン家の村には新たな騎士を派遣するし、レンの兄弟ができなかった際のことも、後ほどしっかり考えると。

「レンの名を知る者は以前に比べ、遥《はる》かに多い。ただ、当家がイグナート侯爵と繋《つな》がりがあるとの噂により、以前ほど表立って手を出す者はいないかもしれない。……が、そうなる保証は誰にもできない」

「……はい」

「そんな中、いまのレンは自分のことよりも両親を、村人たちのことを優先しているように見える」

「だと、思います」

「これは私個人の考えだが、あまり未来の決断を急ぐ必要はないと思う。悩みが消えるまでクラウゼルで暮らすといい。ひとまず、村の復興が終わるまでゆっくりとな」

レザードの提案は、レンの心に寄り添ったものだった。

「いつか、自分の力だけですべてを解決できるようになれたらいいんですが……一介の騎士の倅では無謀な願いですよね」

冗談半分に言ったレンが頬を掻く。

しかし、レザードは笑うことなくこう答える。

「無謀でもないだろう。レンが大貴族ですら理不尽に思える存在になってしまえばいいだけだ」

「それだと皇族の女性と結婚して、強権を得るくらいしか思いつかないのですが」

「それはそれで難しい話だが、私が言いたいことは別だ」

困惑するレンの耳に、レザードは唐突すぎる言葉を届ける。


「――――剣王だ」


レンはその言葉に、心を鷲掴《わしづか》みにされたような気持ちだった。

「剣王って――――レザード様!? あの剣王ですか!?」

「ああ。世界に五人だけ存在する、最強の剣士たちのことだとも」

「いえ！ ですから剣王って……ッ！」

「レンも知っての通り、五人の剣王は国家に縛られず、自らの意思で行動している。中には皇帝陛下に仕えている者もいるが、彼女は好き好んでそうしているにすぎない」

一応、七英雄の伝説でも一人だけその力に挑戦できる剣王がいる。その人物はいままさにレザードが口にした、皇帝に仕えている女性の剣王だった。

しかし彼女だって、主人公たちのレベルを最大限まで上げて、さらに運もよくなければ倒せない相手だ。

(それでも、設定上はかなり手加減してるのに——ッ)

だが、皇族と結婚するよりは、剣の道を究める意味では近いのかもしれない——しかし、剣王はなりたいと思ってもそう簡単になれる存在ではない。

「レンが驚く姿は新鮮だな。いずれにせよ、自分を磨くのは損にならないと思わないか?」

「それは……そうですけど」

「だからこそ、いまは将来に悩むのもいいだろう」

故に答えは次の言葉に帰結する。

「ならば、せめて村の復興が終わるまではクラウゼルで暮らせばいい。私はそれを歓迎するし、リシアも喜ぶことは間違いない」

ひとまずレンも、その言葉には同意できる。

なれるものなら剣王にだってなりたいが、何とも言えない話だ。

「リシアと共にヴァイスの教えを乞うもよし。将来を見越して、騎士の仕事をしてみるもよし。生活費のことなら心配しないでいい。私が責任を持って面倒を見ると約束しよう」

「それは嬉しいのですが、何もせずにはいられません。何か仕事を探してみようと思います」

「やれやれ……君は君の父と同じで強情だな」

「えっと、父さんですか?」

「そうとも。アシュトン家の村のため、私は生活用の魔道具を供出すると言った。しかし既に復興に力を入れてもらってるから、と君の父に固辞されてしまってな」

レンは父と似ていると言われ嬉しくなった。

はにかんでいたら、レザードはある思いからレンに提案する。

「どうしても仕事をするというのなら、私から頼む仕事でも構わない。そうだな？」

レザードはアシュトン家に報いたいという想《おも》いに加え、親元を離れたレンを預かっている大人として、ある提案を口にする。

「もし可能なら、レンが村でしていたのと似た仕事を頼みたい」

「それって、魔物の討伐ですか？」

「そうだ。魔物が増えすぎた際の弊害はレンも知っての通りだ。私もその事実を鑑みて、近隣の魔物の調査をしたいと考えていた」

仕事の内容は近隣に住まう魔物の状況を確かめ、定期的に報告書を作成すること。

必要に応じて討伐することも仕事内容に含まれる。もちろん報酬は支払われるし、他でもないレザードの頼みによる仕事だから、レンとしても喜ばしい限りだ。

「それと、町の外に出るついでに冒険者ギルドで依頼を受けても構わない」

レザードの言葉がレンの興味を引いた。

レンはクラウゼル家に仕える騎士の倅だ。自分がギルドに行き、魔物を売って金を稼ぐなんて考えたこともなかった。

「何か気になることがあれば答えよう」

「俺がアシュトン家の者なのに冒険者として活動してよいのか、ということと、税について疑問があります」

「私の頼みだからアシュトン家の者だろうと問題はない。その頼みの最中で魔物を狩って得た金については、ギルドを介して取引をしてくれたら好きに使ってくれていい。間接的だが、ギルドを介して私に税が支払われるからな」

いろいろと初耳の情報だらけだが、随分と興味深い話だった。

「たとえばそれで魔道具を買い、アシュトン家の村に送ることも自由だ」

「いいんですか!?」

「ギルドを介して税が払われた後なら、その金をレンがどう使おうと私が口を出すものではない」

修行にもなる出稼ぎといったところか。両親に加え、村の者たちも喜んでくれると思うとやる気が出る。

さらにレザードに頼まれた仕事という面もあって、遠慮する必要がないこともよかった。

「俺はまだ十一歳になったばかりですが、冒険者ギルドに行っても大丈夫なんでしょうか」

「問題ない。私の町ではあまり見ないが、幼い子が足を運ぶことも少なくないぞ」

幼い子たちは家計を助けたり小遣い稼ぎのために、迷子のペットを捜したり落とし物を見つけるといった、簡単な仕事をこなすそうだ。

（しばらくこの町でいろんなことを経験してみよう。いつか、俺がどうするべきか思いつくかもし

れない）

　レンは決意に満ちた表情を浮かべた。

「念のために言うが、ロイとミレイユも許可している。以前この屋敷に来た際、レンがこの町に残ることに決めたら、いずれ冒険者ギルドに行くだろう――と二人は笑っていたからな」

　さすが両親と言うべきか、二人はそれを見越してレザードと話し合っていた。

「ともあれ、私とミレイユはその活動を疑問視していた。もちろん、危険だからだ。だが、ロイは自分より強い息子がそうすると決めたなら、俺に止める権利はないと言ったのだ」

「ははっ、父さんらしいです」

　何ともロイらしい言葉にレンの頬が緩む。

「最終的に私とミレイユも頷いた。レンが無茶をするようなことがあれば、私の権限で屋敷に連れ戻す、という条件の下でだが」

　レザードが自分の頼みの体をとったのも、何かあったときに彼がレンを守れるように。

「でも父さんは、危ないのは駄目と言いながら、魔物と戦うのは許してくれるんですね」

「私もそれは不思議に思ったが、ロイの話を聞けば納得する理由だったぞ」

　レンは、シーフウルフェンとマナイーターの両方を討伐した過去がある。

　だが、ロイは貴族の持つ権力はまた別だとも言った。

　逆に魔物よりも貴族の権力の方が恐ろしい。魔物とは幼い頃から戦ってるレンであれば、無茶はしないとロイも自信を持って言えたようだ。

「無茶をしない限り、町の外での活動を許可されるのですね」

「そういうことだ。立場としては騎士見習い……ではないな。あくまでも私個人に雇われ、仕事の合間に魔物を狩る一個人だ」

「いろいろ理解できました。それじゃえっと……早速、この後にでも冒険者ギルドに行ってみます」

「誰か案内を付けよう」

「いえ、地図で場所はわかってるので、一人で大丈夫です」

「ならばこれだけでも受け取ってもらおう」

レザードは懐から財布を取り出し、銀色の硬貨を二枚とってレンに渡した。

「これで2万Gだ。魔物が関わる仕事を受けるなら、登録に1万5000Gが必要となる。あまりで昼食でも楽しんできなさい」

レンは受け取るか迷ったけれど、レザードは受け取るまで頑《かたく》なに差し出しつづけるだろう。

また、登録料は必須のため、

「今日はお言葉に甘えていいですか？」

レンは珍しく、素直に好意を受け入れた。

◇　◇　◇

クラウゼルは山なりの地形に沿いらせん状や、ときにつづら折れの道が設けられた町だ。頂上に位置したクラウゼル家の屋敷からは、その全貌が見渡せる。

冒険者ギルドは人の出入りと物資の搬入のため、城門を通って間もないところにあった。

レンは久方ぶりにこの辺りに足を運び、先の騒動を思い返す。

途中、レンの顔を覚えていた住民から声を掛けられ、露店を開く店主からリンゴに似た果実を貰《もら》ったりと、住民たちと友好的な掛け合いをしながら冒険者ギルドにやってきた。

「ここか」

冒険者ギルドの店構えを見る。一見すれば、木造の年季の入った建物だ。

足を踏み入れる者を見れば、皆一様にファンタジーな姿に着飾っている。

革の防具や妙に角ばった骨の装備。他にも、杖《つえ》を手にした者たちだっているし、人間と少し違った姿の者もいた。

彼らは一言に異人と呼ばれる者たちで、イェルククゥのようなエルフもそれに該当する。他にも容姿が獣のようだったり、爬虫類《はちゅうるい》の特徴を持つ者だって。

レンはそうした人々で賑わうギルドの扉に手をかけ、ゆっくりと開けた。

キシィッ――――と木製の扉が鈍い音を上げ、中の様子がレンの視界に収まった。

冒険者ギルド内部はこげ茶色の無垢材《むくざい》の床が広がり、壁には白い布《クロス》があしらわれていた。天井は床と同じ無垢の木材が張られ、魔道具で動いていると思われるシーリングファンが回る。

一方の壁に張られた巨大な掲示板。

内部に併設された酒場など、レンの少年心が躍る光景だった。

(めっちゃ見られてる)

ギルドにいた大人たちがレンを一斉に見た。魔法使いのような服装をした女性も、屈強な男もそうだ。何人かの異人に加え、受付に立つ女性ですらレンを見ていた。

「おい、ありゃ確か」

「はいはい、不躾《ぶしつけ》に見ないの」

「君も見ていただろうに」

幾人かの冒険者たちの声が聞こえてきたが、レンは気にせず彼らの横を通って受付へ向かう。

「登録をお願いします」

慣れた口調で頼めたのは、手続き自体は七英雄の伝説で何度も経験しているからだ。

「かしこまりました。……ですが、よろしいのですか？」

「え？　何がですか？」

「失礼。クラウゼル男爵は何と仰っておられましたか？」

「大丈夫ですよ。さっきご許可をいただいて参りましたから」

ギルドは世界中に跨《また》がる中立組織だ。そのため通常、国や貴族の事情に口を挟むことはない。ただレンの場合は先の騒動の影響が大きくて、ギルドの受付嬢もつい尋ねてしまった。

「登録料はこれで。文字の読み書きはできるので説明は大丈夫です」

「……本当にご登録ははじめてでお間違いありませんか？」

「ええ、そうですが」

「そ、そうですよね……随分と手慣れたご様子でしたので、つい」

受付嬢の疑問はもっともだし、間違えていない。

だがレンはどこ吹く風で、受付嬢から貰った紙に必要事項を記入していく。

(これも魔道具なんだっけ)

登録料が安くない理由の一つだ。

ギルドはすべての支部で情報を共有するため、特別な紙に情報を記入して管理する。

それを可能とする仕組みは、七英雄の一人が開発した魔道具によるものだ。それにより、世界中のギルドで登録された冒険者の情報を管理しているのだとか。

その七英雄は天才的な魔道具職人だったと言われており、ギルドが依頼して開発されたという逸話がある。

「これでお願いします」

書き終えたレンが紙の向きを反対にして、受付嬢が見やすいようにして渡す。

あっさりだが、これで手続き自体は完了だ。

レンは最後にトランプ大のカードを一枚受け取り、そこに書かれた自分の名前と、『Gランク』の文字を確認した。

「ランクアップの条件のご説明は――――」

「本で読んだので知ってます。ギルドカードを紛失した際の再発行手数料も、再発行ができるギルドが、自分の記録が残っている場所に限られることも把握しています」

レンはギルドカードと口にしたトランプ大のカードを懐に入れ、カウンターを離れる。

ついでに見ていこうと思って壁際に向かい、張り出された魔物の情報を見た。クラウゼル領は滅多に強い魔物が現れないため、Dランクの魔物すら情報が数枚しかない。あっても別の領地の近くだったり、遠すぎてクラウゼルの管轄ともいえないところだった。

「……あ」

それらのDランクの魔物とは別に用意された、違う魔物の情報が彼の目を引く。端に張られた紙に書かれた情報に気を取られたのだ。

「お、英雄殿はそれが気になるのか？」

そんなレンに声を掛けたのは、気安い口調の若く凜々《りり》しい冒険者だ。

振り向くと、その男は仲間と思しき狼男《ワーウルフ》と共に立っていた。

「英雄殿？」

「ああ、君のことだ。あの愚かな子爵とのやり取りは見事だったからな」

先に声を掛けてきた男と違い、狼男の物腰は柔らかかった。

「評判の少年が来たとあって、俺たちも興味があってね。ついでに面白い情報を眺めてると思って声を掛けたところだ」

「おうとも。しっかしまぁ、そいつはやめといた方がいいぞ」

「ああ。そいつはDランクだが、放っておけば人に危害はないから放置されている。しかし手を出したことによる反撃は、ランク通り強力だ」

レンは二人の会話に耳を傾けながら、「なるほど」と訳知り顔で頷いた。

しかしレンとしては、無視できない魔物の情報だ。

（――――鋼食いのガーゴイルか）

本来、怪物をかたどった彫刻とされるガーゴイル。

この世界では石の身体に翼を生やした、コウモリとドラゴンを混ぜたような姿の大柄な人間大の魔物だ。

通常は肉食のガーゴイルの中に、時折、金属を餌とする個体が誕生することがある。

古き時代、そのガーゴイルが人間の作った武器を食《は》んでいた姿から、鋼食いのガーゴイルと名付けられたそうだ。

だが鋼のような人工的な金属に限らず、自然に存在する鉱石も食べる。

鋼食いと付くのはあくまでも、古き時代に名付けられたことの影響でしかないらしい。他の特徴を挙げるなら、非常に堅牢《けんろう》な体躯《たいく》と飛翔《ひしょう》の疾《はや》さだろう。

（……特殊個体《ユニークモンスター》なんだよなぁ）

得られる経験値や熟練度もそれはもう潤沢。素材だって高価な上に、新たな魔剣を得るチャンスと思うと、どうにかして倒したいと思わざるを得ない。

いずれにせよ、諸々《もろもろ》が落ち着いてからになるだろうが。

（でも戦うのなら、レザード様にも許可を取ってからだな）

ギルドから帰る際、レンは両親に手紙で今後のことを報告することに決めた。

◇　◇　◇　◇

レザードに頼まれた仕事は、まだリシアに言えない。

ギルドの件も含め、リシアに伝えるのはもう少し後だ。レンが請け負った仕事のことが落ち着くまでは、様子を見ることをレザードと決めていた。

そうでないと、リシアが「自分も行く！」と言いそうだから、念のために。

レンがそれらのことを気にしていたからなのか……

「……？」

屋敷に帰ったレンを迎えたリシアは、レンの様子が少し違ったことに首を捻った。

彼女は両手をレンの頬に添え、自分の方に向けさせた。

「私に何か隠してたりしない？」

「あ、瞳が揺れたわ」

（ッ――――!?）

ここで勘の鋭さを発揮するとは恐れ入った。

「い、いえ……特にありませんが……」

「ふぅん……そう。なら私の勘違いだったのかも」

ほっと安堵《あんど》したレンは、あまり長く秘密にできないかもと苦笑した。

リシアに疑いの目を向けられた数日後、彼女がクラウゼル家の仕事で屋敷を発《た》った。

そして、レンがはじめて仕事をする日が訪れる。

レザードはその朝、『帰るのは夜遅くになる。レンがどんな成果を上げてくるか、夜が楽しみだ』という言葉を口にしていた。

三章

# 想定外に稼げた仕事

町から見てイェルククゥと戦った丘陵の反対に三時間も進めば、広大な森にたどり着く。

東の森という名の通り、町の東にあるわかりやすい場所だ。

鬱蒼《うっそう》と木々が生い茂る森の中を歩きながら、レンは「そういえば」と気が付く。

「そういや、完全に初見ってわけじゃなかった」

実際に目の当たりにするのがはじめてでも、この辺りに生息する魔物の生態は頭に入っている。

あくまでも、ゲーム時代と同じ魔物の場合に限ってだが。

「よっし」

旺盛な足取りで前に進むと、木の陰からこちらを覗く姿があった。

目を凝らせば、それがウサギに似た獣だとわかる。普通のウサギと違うのは、目が三つあることと手足がさらに倍あることだ。

名をミツメというFランクの魔物だ。

『キキッ！』

ミツメの動きはリトルボアよりも俊敏で、大地を蹴るとあっという間にレンの前に来る。

だが、レンに反応できないはずがない。

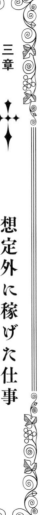

相手は所詮、リトルボアより一つ上のランクだ。

レンは召喚しておいた鉄の魔剣を構えると、冷静に迎え撃つ。

『キ―――ッ』

軽く押し出した鉄の魔剣の切っ先で、ミツメの首筋をトンッ、と貫いた。

一割の拍子抜けと、三割の高揚感。

残る六割は、久方ぶりの対魔物戦で圧倒的優位を保てたことへの安堵だった。

すぐに息絶えたミツメに近づいたレンは、木の魔剣を召喚して軽く振り、生み出したツタでその亡骸《なきがら》を縛って担ぎ上げた。

「おお……すっごく便利……」

右手には鉄の魔剣を構え、腰には召喚して間もない木の魔剣を構えた。

イェルククゥとの戦いを経て成長したおかげで、魔剣を二本同時召喚することが可能となったことの賜物《たまもの》だ。

鉄の魔剣と盗賊の魔剣の二本にすることも考えたが、今日は運搬を優先した組み合わせにしている。

腕輪の水晶に目を向ける。

無事、熟練度を少しずつ得ることができていた。

レンが再度歩を進めて十数分も経てば、物陰から密かな呼吸音が聞こえてきた。

レンは物音一つ立てず、気配がした方角に意識を向けると――

『ギャッ!?』

潜んでいた魔物より早く動き、まばたきの合間に距離を詰めて鉄の魔剣を振る。

その先にいた二匹目のミツメは、レンを狙いかけたところで絶命した。


遅めの昼食を終えた後だった。ミツメをさらに何匹か討伐したところで鉄の魔剣のレベルが上昇した……のだが、

・木の魔剣（レベル２：１０００／１０００）
・鉄の魔剣（レベル２：０／２５００）

久しぶりの違和感だった。

無事にレベルが上がった鉄の魔剣と違い、木の魔剣の数字がカンスト――――いわゆるカウンターストップの状況で、熟練度が最大値まで溜まったままレベルが上がらない。

まさか、ここで打ち止めということはないだろう。

打ち止めだとすれば、魔剣召喚の０／０と同じような表記に収まる気がした。

「なら、レベルを上げるための条件があるんだろうけど……」

その条件が見当たらないため、またいろいろと模索していかないと。

それに鉄の魔剣の次レベルまでに必要な熟練度がとてつもない。

鉄の魔剣の汎用性が高く強いからこその難易度なのだろうが、これはこれでレンの頬を引《ひ》き攣《つ》らせた。

◇◇◇◇

あまり狩りに勤しむつもりはなかったが、夕方、町へ帰る頃には多くの魔物を担いでいた。

（ミツメが八匹、アースワームが二匹か）

アースワームというのは、Ｅランクの魔物だ。

イエルククゥも使役していた地中を這《は》う巨大な虫の魔物のことで、さすがに担ぐことはできない。

だから、引きずりながら町を目指している。

街道を汚しては申し訳ないから、そこを外れての道中だった。

時折すれ違う冒険者たちからは、奇妙な物を見たと言わんばかりの視線を向けられた。

計十匹の魔物をレンのような少年が引きずってるのだ。仕方のないことだろう。

（これ、このまま通っていいのかな）

やがて、クラウゼルに入る門が見えてきた。

「……ご当主様より、レン殿が町の外で活動を開始したことは聞いておりましたが……初日から大漁ですね」

門を守る騎士が驚きの声を上げた。

「他の冒険者の方は、あまりこういう狩りはしないんですか？」

「小型の魔物が多いかと。ご存じのように運搬に苦労しますので、狩っても現地で解体してしまうか、素材を吟味して運ぶことが多いでしょうね」

レンは苦笑を浮かべて自分もそうするべきだと思った。

「特にアースワームともなれば、Eランクながらその生態のせいで狩りづらいのが実情です。ですので甲殻はよい値が付きますよ。使い道が多いわりに、狩る者が少ないので」

それを聞いたレンは素直に喜んだ。

レンが町の外に出るのは魔物の調査という仕事のためだが、出稼ぎの側面も小さくない。

「これからギルドに行くんですが、このまま運んでも大丈夫ですか？」

「ええ、もう体液が乾いているようですから、問題ありませんが……」

騎士が「あの」と言ってつづける。

「今更ながら、お一人でここまで運ばれたのですか？」

「はい。パーティを組んでるわけでもないので、森からずっと引きずってきました」

どうやらこの騎士、レンが一人で運べるかどうか心配していたようだ。

城門まで一人で歩いてきたのだから、一人で運べて当然と言えば当然なのだが、それでもまだ半信半疑だったらしい。

「我らが英雄は、想像以上にすごいお方なのかもしれんな」

先を進むレンは声に出さず喜ぶ。

（いやー、ギルドが門から近くて助かった）

魔物の運搬などのための立地なのだろう。

皆の注目を集めながらやってきたギルドの前で、レンはその出入り口を見て佇《たたず》んでいた。

「……こりゃすげぇ」

「ああ、驚いたな」

昨日言葉を交わした二人組の冒険者が現れて、レンの傍で唖然としていた。

その二人のうち、狼男の方がレンに助言をする。

「君のような戦果を上げた者は、自分でギルドの搬入口に運ぶことになってる。それでも収まらない魔物を狩ったのなら、ギルドに依頼して外で査定してもらうことになるんだが」

「なるほど。教えてくださってありがとうございます」

ゲームと同じだろうと思って手続きを手短に終わらせたが、ここは実際にレンが生きる世界なのだから、素直に説明を受けておけばよかった。

後悔に身を駆られたレンは二人に礼を言って別れ、町に帰ったとき同様に魔物を運ぶ。

運んだ先では既にギルドの受付嬢が待っていて、驚いた様子でレンを迎えた。

「す……すべて買取りでよろしいでしょうか？」

「お願いします」

魔石だけ抜いてある旨を伝え、職員たちが査定する様子を眺める。

気が付けば、辺りには人だかりができていた。

町の住民にもクラウゼル家の英雄として名が知られているレンは、不意にこれでよかったのだろうかと悩んだ。

（……よくラノベにあるように、姿を隠して活動するべきだったのかな）

死亡フラグを回避するために。

だが考えてみれば、姿を隠そうが隠さなかろうがあまり関係ない。クラウゼル領に限れば、既にレンのことは広く知れ渡っている。

だから、目立ちたくないと思っても今更だ。

隠すならシーフウルフェンを倒すときからだし、あのときレンが戦わなければ村が危なかったため、戦う以外の選択肢はなかった。

家族と生まれ故郷を捨てるなんて考えられるはずもなかった。

それに思い返せば、レンは目立たずにいることを目標にしたわけでもないし、これと死亡フラグに明確な関係はない。

『平和に生きよう。皇帝に討伐を命じられるなんて絶対に嫌だ』

レンは生まれてすぐ、こうした言葉を考えたことをいまでも覚えている。

ついでに言えば、ゲームのレン・アシュトンと同じ未来を歩まないのが目的で、あるのは清くまっとうに生きようという思いだけ。

レンは誰に言い訳するでもなく、自分の気持ちを再確認する。

（つまるところ）

こうした戦果を上げてしまうことがゲームの結末に繋がる、とはならない。

あくまでもレンの目標は、リシアと学院長の二人を殺す未来を避けること。

何故かと言うと、皇帝に討伐命令を下されてしまうのは、レンがその二人を殺してしまうからに他ならない。

でも、リシアとはもう切っても切れぬ縁があり、彼女を一度命を賭して守った身としては、もう知らないと忘れることもできなかった。

また、先日思った自分が火種になるかもという考えもあるため、既に村に引きこもるだけでいいとも思えない。

それが原因で、予期せぬ事態に陥ってしまう可能性だってあるのだ。

それこそ、ギヴェン子爵の謀のように。

（ほんと、何が正解なんだろ）

目立つことで貴族同士の争いに巻き込まれるかも、という考えもあった。

しかしそれも、レンがシーフウルフェンを完ぺきな状態で討伐してしまった時点で、関係ないことになっているのも事実。静かに暮らしていようが、世界がレンを見逃さなかったのだ。

それがすべて歓迎できないということでもない。派閥は違っても、イグナート侯爵ほどの者と友誼《ゆうぎ》があるとなれば、他の貴族も安易に手出しはできないはず。

（この庇護《ひご》が新たな火種にとか考えはじめたら、もう何が正解かわからなくなるし）

何が正解で何が間違いなのかわからなくなっていたけれど、生まれ故郷のため、家族のための出稼ぎに後ろめたさはなかった。

「査定が終了いたしました」

声を掛けられレンは受付嬢へ意識を戻す。

「諸費用を差し引いての金額となりますが、いかがでしょうか？」

受付嬢は懐から取り出した一枚の紙に、さらさらっとペンを滑らせた。

「おお、こんなに貰えるんですね」

ゲーム時代は一部の素材の売却だけだったから、魔物を丸ごと売却した場合は今回がはじめてだ。

レンが見たのは60万Gの文字だ。以前、ヴァイスが平民の日給は1万Gくらいと言っていたから、その六十倍となる。

「アースワームは狩りづらい性質上、ランクの割に買取価格が高く設定されておりまして、手数料を引いても単価は25万Gとなります。一方、ミツメは狩りやすいため1万２０００Gです」

それでは60万Gには到達しないが、ちょうどアースワームの素材を欲している者がいたらしく、色を付けてくれたらしい。

「それでお願いします」

レンは受付嬢に連れられてギルドの中に足を運ぶ。

カウンターへ出向いて金色の硬貨こと金貨を六枚受け取り、確かに受け取ったという旨のサインをした。

金貨が一枚当たり10万Gで、銀貨が一枚当たり1万G、銅貨が一枚1000Gであり、最後に鉄貨が100Gとなる。

金貨を六枚受け取ったレンはポケットにしまった。

彼は冒険者たちの注目を浴びながらギルドを出ると、歩くたびに金貨が擦《こす》れる音に自嘲した。

「財布くらい買わなきゃ駄目か」

レンの頭の中には、先日リシアと足を運んだ店が浮かんでいた。


店の前にたどり着いたレンは入店をためらっていた。

ある程度汚れは落としているが、それでもこの店にはそぐわないと思った。

「レン様ではありませんか」

扉を開けて姿を見せた店主が、レンの背中に声を掛けた。

「よろしければ、お立ち寄りくださいませ」

彼はレンの様子に気が付いていながらも、気にすることなく店に来るよう促した。

明らかに気遣っているであろう言葉だったが、店主は笑みを崩さず、また何度もレンに来るように言ったため、レンはどうしたものかと思いながらも店先に戻る。

「すみません。また後日、身だしなみを整えてから来ようと思ったんですが……」

「お気になさらず。他でもないレン様のご来店ですし、もう他のお客様はいらっしゃいませんから」

すると店主は、店先に閉店した旨を示す看板を置いた。

「どうか私の顔を立ててると思ってください」

レンは格別の厚意に感謝して、店主の言葉に甘えて店内へ足を踏み入れる。

レザードに仕事を任され、ついでに冒険者として登録したことから、レンは魔物を相手に戦う機会が増えることを店主に告げた。これらをまだリシアに内緒にしていることも併せて口にする。

「なので財布を買いたいと思ったんです」

「では丈夫なお品がよろしいかと存じます。いくつかご用意がございますので、是非ご覧ください」

レンは言われるがまま、財布が並ぶ一角に足を運ぶ。

置かれていた財布は見事なものだ。上質な鞣革《なめしがわ》に加えて、縫製も丁寧で見た目だけでないことが窺える。

明らかに高そうだが、果たしてレンの手持ちで足りるかどうか。

（おお……高いけどまぁ……払えなくもないな……）

レンの首筋を冷たい汗が伝うが安心した。

だがいきなり豪勢に金を使うことに抵抗があり、これをください、と口にできず他の財布にするべきか迷った。

レンはそうしていると、先日は一階になかった女性が着る服が置かれた一角を見つけた。

そこにはリシアのような少女にも似合いそうな服があって、

（あれとか似合いそうかも）

リシアに服を贈ってもらうことを思い出して、足が勝手に動き出す。

財布を探すという目的はすぐに忘れ、次の目的が脳内を占領した。

注目したのは白いワンピースだった。シンプルだけど、清楚な装いがリシアによく似合いそうだ。

「お嬢様に合わせて仕立てることができますよ」

レンがこのような服を気にする理由は容易に察しがつくだろう。

考えを悟られたレンは開き直り、照れることなく問いかける。

「本人がいなくても大丈夫なんですか？」

「はい。お嬢様の服は当店で調整しておりますから、ご安心ください」

「じゃあ……あの服をお願いします」

リシアが気に入ってくれるかわからないが、彼女へのお礼の品にしたかった。

「かしこまりました。では、あちらで」

店主がカウンターを示し、二人はそちらに歩を進める。

「ちなみにお値段は……」

「こちらですと、お仕立て料込みでこのくらいになります」

店主が料金を紙に書いてレンに見せた。はじめての贈り物が随分と高価な品になった。

しかしレン自身、リシアに贈ると思えば不思議と値段はまったく気にならなかった。

「用意できましたらお屋敷までお持ちいたします。お財布はどういたしますか？」

そういえば、この店に来た理由は財布を買うためだ。

「もう遅いですからそちらは今度、身だしなみを整えてきた際にまた」

目的の財布は買えなかったけれど、お返しができることには満足した。

そのおかげか、この日の帰り道は足が軽かった。

◇◇◇

最初の調査からおよそひと月。

最近はリシアが屋敷にいることに加え、レンが屋敷での仕事を進んで手伝ったりしていたこともあり、あまり東の森へ足を運べていなかった。

運べても調査ばかりで、魔物と戦えない日がつづいていた。

そんなある日の朝、給仕のユノが一通の手紙をレンに手渡した。

「レン様。こちらを」

アシュトン家の村からクラウゼルに戻って間もない騎士が運んできた、レンの両親からの手紙だ。

レンはユノに礼を言って客間の机に向かい、手紙の封を開けた。

ロイたちはレンが送った魔道具にとても感謝していた。

送ったのは街灯代わりの魔道具をいくつか。暗かった村の道が明るくなり、老いた村民たちも助かっているそうだ。

感謝の後にはレンへの想いや、無理はしないようにと書かれている。

(こうして仕送りできるなら、武者修行がてらこんな生活も悪くないのかな)

レンはいつもより足早に屋敷内を歩き、レザードの執務室へ向かった。

やってきたレンを出迎えたレザードが、一対の椅子にレンと共に腰を下ろす。

「いい報告が届いたようだな」

「はい！　両親や村の人たちが、俺が贈った魔道具を喜んでくれたそうなんです！」

「それはよかった。以前レンが抱いていた悩みも、少しは解消されたか？」

「……はい。村ではできないことをしながら、見識を広めていくつもりです」

自分という存在が何かの火種になる可能性があるうちは、村の迷惑にならないように、こうして別の場所から村を支えていくつもりだ。

「ですので、まずは家を借りようと思います。自分でお金を稼げるようにもなりましたからね」

「ん？　レンだけでは家を借りるのは難しいぞ？」

レザードが当たり前と言わんばかりに告げた。

「レンは何歳だ？　そして親が近くにいないだろう？　これでは貸す側も難色を示すことが常だ」

（……ほんとじゃん）

こんな状況で家を借りられるはずがない。両親を亡くしたなどの特殊な事情があれば仕方なくとも、レンの場合、そうした事情があるわけでもない。

クラウゼル家と深い繋がりがあるレンに対し、大抵の民は家を貸すことに萎縮してしまう。

貴族との繋がりに箔《はく》を覚える者が、この町ではそう多くなかった。

「そこで私から一つ提案がある」

レザード曰《いわ》く、この屋敷の裏手に数年前まで給仕たちが使っていた旧館がある。

いまは皆、別の建物に住まいを移しており、空き家になっている状況ということだった。

「しばらく手を付けていないから埃《ほこり》っぽいが、掃除をすればこの本邸と大差なく使えるはずだ。古くとも生活用の魔道具も残されているし、居住用の部屋は手直ししてあるから真新しいぞ」

「俺がそこに住んでもいいんですか？」

「ああ。レンさえよければ、そこで旧館の管理人としての役目も果たしてもらいたい。定期的に掃除をしたり、庭の雑草を刈ったりなどの、簡単な仕事を頼みたい」

いざその旧館を別の用途に使おうとしても、古びたままでは使いづらい。

管理人を雇っていなかった理由は防犯のためだ。旧館はこの屋敷と繋がる道があるらしく、いままでは手が空いている使用人や騎士に任せていたようだ。

「まるで用意されていたようなご提案ですね」

「ははっ、レンのことだから遠慮すると思っていた。それに旧館ならレンを手伝う給仕も足を運びやすい。私が困っているのは事実だから引き受けてくれると助かるのだが、どうだ？」

これはレンを気遣うだけの言葉ではなかった。それがレザードの言葉の節々から伝わってくる。

レザードにしてみれば、以前と変わらずレンの保護者としての立場もあるため、可能な限りレンを近くに置いておきたかった。

ある程度自活したいと考えているレンにとっても、レザードにとっても都合がよかった。

「旧館の様子はいつ見に行っても構わない。レンの都合がいい頃から仕事をはじめてくれ」

「ならせっかくですし、今日から少しずつ引っ越しの準備をしておきます」

レンはレザードに別れの言葉を告げ、彼の執務室を後にした。


春からずっと世話になっている客間に戻り、僅かな荷物をまとめる。

両親が村から荷物を運んできたとはいえ、元から私物は多くない。でもセラキアの蒼珠だけは割らないよう、慎重に木箱にしまった。

レンが木箱を抱えて部屋を出ると、彼を訪ねてきたリシアと鉢合わせる。

「……レン？　急にどうしたの？」

きょとんとした彼女は、レンが部屋にあった木箱を運ぼうとしてるのを見て小首を傾げた。

「引っ越しの準備をしようかと思いまして」

「引っ越しって……誰の？」

「もちろん、俺の引っ越しですよ」

「――――え？」

リシアは硬直した。まるで絶対零度の地に、何日も放置されたかのように。

「な、なんで!?　どこに行っちゃうの!?」

レンの返事に焦りを募らせたリシアが、慌てた声を発した。

彼女は木箱を抱えたままのレンに詰め寄ると、彼の腕をひしっと掴み、逃すまいと半泣きの瞳で彼を見上げる。

「それは……あまりにもお世話になりっぱなしなので……」

「そんなの気にしなくていいんだってばっ！　これからもこのお部屋で暮らしてよっ！」

「駄目です。俺はあくまでもアシュトン家の者で、リシア様たちに仕える身ですから」

「っ……関係ないわ！　だからお願い……戻ってよ……っ！」

リシアの瞳から涙が零《こぼ》れ落《お》ちた。

いつしか周りには様子を窺う給仕や騎士の姿が見られ、しかも話しかけようとせずこちらを見守るのが何ともうらめしい。

仕方ない、そう思ったレンは特に近くにいたユノに声を掛けた。

「すみません。旧館への行き方を教えてください」

尋ねられたユノはぽん、と手を叩《たた》いた。

「だと思っていましたよ」

「あれ、なんでわかったんですか？」

「レン様のご年齢や、今日までの振る舞いを拝見しての予想でございます。ご当主様が旧館の管理を考えてたことも存じ上げておりましたので、恐らくは……と」

言い当てられ苦笑したレンのことを、リシアが涙を拭い啞然としながら見上げていた。

「ど、どういうこと？　レンは村に帰ろうとしてたんじゃないの？」

「いえ、実はですね――」

レンがリシアに説明するのは、引っ越すことになった経緯の詳細だ。

最初に抱いた悩みをきっかけに、少なくとも村の復興が終わるまではクラウゼルに住むことにしたことを話し、次にレザードに頼まれていた町の外での仕事を告げた。

「いろいろと初耳なのだけれど」

別にレンは最初から嘘はついていなかったのだが、リシアの様子に驚くあまり、答えを口にするのが遅れていた。リシアはじとっとした目でレンを見つめた。

「すみません。少し間をおいてからお伝えするつもりだったんです」

「へぇ……そう」

黙りこくったリシアは、何も言わずにレンの手を引いた。

様子を窺っていたユノがそれを見て言う。

「レン様、私はこれで」

「あの！　旧館への行き方は⁉」

尋ねるもユノは何も言わず、微笑みを浮かべて手を振った。

レンはレンで、リシアに手を引かれるままに廊下を進んでいく。

先を見れば、古びた扉がある。

（あ、これってもしかして）

黙っているけれど、リシアが案内をしてくれているらしい。

それを証明するかのように、彼女はレンの手を引きながら古びた扉を開ける。

奥に広がっていたのは外へも通じる渡り廊下で、二人は朝日を浴びながら進んだ。

先には、旧館の扉が鎮座していた。

リシアが手を伸ばすと自動で扉が開いたあたり、どうやら扉そのものが魔道具のようだ。

扉を開けた先に広がる豪奢《ごうしゃ》な内部は見事だったが、扉を開けるや否や埃っぽさが極まった。

しかし、リシアはそんなのは気にせず、

「ここ、座って」

レンの手元からリシアの手が離れ、彼女は玄関ホールに置かれた木製の椅子を指さした。

その椅子は丸テーブルを囲んでもう一脚置かれていた。リシアはそのもう一脚の埃を手で払いのけてから腰を下ろす。

レンが木箱を床に置いて椅子に座れば、対面のリシアはじとっと目を細めていた。

玄関ホールの天井を覆ったステンドグラスから降りる陽光が、彼女の端整な顔を照らす。

「ぜーんぶよ、ぜんぶ」

まだ涙の痕が残るリシアが、それはもう不満そうに口にしはじめた。

「私、何も聞いてなかったもの。……そりゃ、レンから見れば、まだ未熟な小娘にすぎないのは自覚してるわ。けど、ちょっとくらい信用してくれてもいいじゃない」

リシアはわがままを言いたいわけではなかった。

ただ単に、自分が知らないところでレンが行動していて、何の相談もなかったことが悲しかったにすぎない。

　ちょっとしたすれ違いが生じようとしていたところで、旧館の扉がノックされた。

　誰かと思ったレンが席を立ち扉に近づくも、旧館の扉は先ほどリシアがしたときと同じで勝手に開く。

「こちらに運んだ方が都合がよさそうと思い運んで参りました。レン様にお届け物でございます」

　そう言って現れたのは給仕のユノだ。

「後でレン様の魔力もこの扉に登録しませんとね」

「ということはこの扉って、登録した人のみが開けられる仕組みなんですね」

「ええ。防犯の面からもその方が都合がいいので」

　そう言い終えたユノは旧館の椅子に座りむすっとしたリシアを見て、仕方なさそうに微笑む。

　つづけてレンを見て応援の眼差《まなざ》しを送り、旧館に持ってきたお届け物とやらをレンに渡した。

　受け取ったレンがリシアの待つテーブルへ戻る頃には、ユノがいつの間にか姿を消していた。

「あのお店で何か買ったの？」

　木箱に刻印されたマークを見て、リシアが何かに気が付いたらしい。

　一方でレンも、あの店という言葉を聞いて気が付いた。

　木箱を開ければ、その中には予想通りリシアのための清楚なワンピースが一着入っている。

「よければ、受け取ってください」

「……私に？」

「はい。これ、はじめてお金を稼げた日の帰りに買ったんですよ」

リシアが再びまたきょとんとしてしまった。

レンはリシアに白いワンピースを差し出した。

それを広げたリシアは小さな声で「可愛い」と呟く。

「気に入らなかったら、また別の品を――」

「やだ。もう返さない」

「――気に入っていただけたのなら、幸いです」

リシアは徐々に上気していく頬を覗かせながら、ワンピースをぎゅっと抱きしめ、顔の下半分を埋《うず》めた。次に煌《きら》めいた瞳でレンを見上げて口を開く。

「……ズルい」

言い方はどこか不満そうだけれど声色はその限りではない。

レンには逆に機嫌がよさそうに見える。

「すみません。物で許してもらうつもりじゃなかったんですが」

「そうじゃないのっ！　いろいろ急すぎて……心の準備ができてないから……っ！」

つづけて、

「……そ、それと！　別に機嫌が直ったわけじゃないんだからね！」

リシアは隠しきれない喜色を孕《はら》んだ声と、緩みを隠しきれていない表情のまま口にした。

◇◇◇◇

七月には帝都にある帝国士官学院にて、特待クラスの二次試験が執り行われる。

その二次試験を終えて魔導船でエウペハイムに帰ったフィオナが、庭園で朝食を楽しみながらユリシスと話していた。

「聞いていた通りです。夏ってほんとに暑いんですね」

フィオナはこの春まで、弱った身体のため温度が管理された自室で過ごしてきた。

そのため彼女は、夏や冬の季節特有の暑さや寒さを経験したことがなかった。

「暑さは辛くないかい？」

「平気です。こうして座っているだけで汗が浮かんでしまうのも、いまは楽しく感じます」

フィオナにとっては他人が普通に感じることですら新鮮で、この暑さすら生を実感させてくれる。

「すまないね」

不意にイグナート侯爵が言う。

「私がもっと早く手続きをしていたら、面倒な一次と二次試験は免除されたろうに」

「ううん。もとはと言えば私の身体が弱かったからなんですから、お父様は気にしないでください」

以前、ギヴェン子爵がレンにも認《したた》めると約束した推薦状のことだ。

フィオナが受験している特待クラスは、推薦状があれば序盤の試験が免除される。

もっとも、すべての試験が免除になるというわけではないが……。

イグナート侯爵には、その推薦状を準備する余裕がなかった。この春までフィオナの病を治すために奔走していたため、ギリギリのタイミングで願書を提出することしかできなかった。

「それにお父様、いきなり三次試験とかから参加するよりも、こうして一次試験から参加してる方が緊張せずに済むんですよ」

「確かにそうかもしれないが、負担になるだろう？」

「いいえ。ほとんど寝たきり状態だった私にとって、すべて大切な時間です」

それを自覚していたからこそ、彼女はくすっと微笑んで、

「いろいろなことを経験できて、いまは本当に本当に楽しいんです」

以前のように痛みに耐えながらではない、心からの笑みを向けられたユリシスが頬を緩めた。

「そうと決まれば、近いうちにフィオナの制服も用意しておこうか」

「あの……お父様？　まだ二次試験の結果も出ておりませんのに、まさかもう、最終試験に合格したときに備えるおつもりですか？」

娘を一番に考えるイグナート侯爵も、その気持ちだけで制服を用意するつもりはなかった。

「フィオナなら合格するのは間違いないよ。けどね、それ以外にも早めに支度をすべき理由があるのさ」

最終試験後に制服を用意しては遅くなるという。

最終試験は年明けすぐに執り行われるのだが、それが済んでから合格の連絡を受けるのは二月に

差し掛かった頃になるからだ。

「特に貴族の場合、冬から春の間は催し事が多くて忙しいからね」

イグナート侯爵家もそうだ。

フィオナが無事に体調を整えられれば、彼女も父のユリシスと共にいくつものパーティに参加することだってあるだろう。

貴族としての務めはいくつもあるから、見込みがあれば早めに動いた方がいい。

フィオナは自分が最終試験まで行けるか、そこで合格できるか不安に思ったが、

「……わかりました。制服の件、お父様にお任せいたします」

レンに命を救われてから、何事も頑張ろうと決めて今日にいたる。

なのにそんな自分がここでしり込みしていては、自分の決意は何だったのだろうと考えた。

「後で給仕に伝えておこう」

イグナート侯爵が一足先に朝食を終えて席を立つ。

「そろそろ仕事をしてこないと。フィオナはゆっくりしているんだよ」

彼はフィオナの返事を聞き庭園を離れた。


一人残ったフィオナもやがて朝食を終えると、食後の茶を楽しみながら息を吐いた。

青天を見上げ、ふと考える。

「――――レン様も、帝国士官学院を受けるのかな」

エドガーから聞くレンの強さや資質は、間違いなく特待クラス入りを可能とする稀有なそれだ。

レンが帝国士官学院に入学すれば、同じ学《まな》び舎《や》に通えるかもしれない——とフィオナは想像しながら呟いた。

顔を知らないレンのことを考えるのは難しかったが、代わりにどんな人なんだろうと思った。

帝国士官学院の特待クラスの制服に身を包んだレンを想像してみる。

だが、レンの顔も体格も知らないからか、フィオナの瞼《まぶた》の裏に浮かんだ彼の姿は、当たり前のようにボヤけてしまっていた。

# 四章　鋼食いのガーゴイルと新たな魔剣

ある日、レンは夢を見ていた。

見ていたのは懐かしき七英雄の伝説の一場面。七英雄の伝説Ⅱにおける騒動の一つだ。

帝都にある港の沖に、巨大な魔物が現れていた。出現した理由には魔王復活を願う者たちが関係している。

プレイヤーはその戦闘終了後すぐに、衝撃的なイベントを見せつけられる。

世界最高の魔法使いとの呼び声高き、クロノア・ハイランド。その彼女が帝都大神殿にて、レン・アシュトンの剣で胸を貫かれるイベントだ。

それを見たプレイヤーは等しく驚くと共に、ある疑問を抱く。

クロノアといえば、ゲーム内では剣王に並ぶ絶対的な強者だった。レン・アシュトンはいったいどうやってその学院長を倒せたのか、という疑問だ。

大神殿内で戦った跡がないことから、恐らく、レン・アシュトンが暗殺まがいの行動をとったのだろう。

プレイヤーたちはそう予想することしかできなかった。

当然、その答えは明示されなかった。

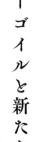

レン・アシュトンも犯行の動機を語らず、何も悟らせぬまま主人公たちの元を去ってしまう。

彼はそれから度々主人公たちの前に姿を見せたが、何故か助言をするだけで、それ以外のことを一切語ろうとはしなかった。


プレイヤーにわかる違和感は一つだけ。

自分も主人公たちと共に戦うと言ったはずのクロノアが、港にすら足を運ばず、何故か大神殿にいてレン・アシュトンと相対していたことだけ。もちろん、いま夢を見ているレンもその答えはわからない。

わからないからこそ、その未来が訪れないようにしなければいけなかった。


「……うっわぁ」

目が覚めたレンが開口一番に声を漏らす。

夢見が悪すぎる。

ベッドの上で身体を起こした彼の気分は重く、何ならこれから二度寝したいくらいだった。

しかし、あの夢のつづきを見るかもと思うと二度寝にも踏み切れない。

自戒の意味で見ておくのは悪くない気がしたけれど、今日は遠慮したいと思ってしまった。

レンは窓のカーテンを開け、重い気分を払拭すべく朝日を浴びた。

「……頑張るかー」

レンは頬を強く叩き、無理やり気合を入れて部屋を出る。

旧館で使っている部屋はエントランスからほど近い、狭すぎず広すぎない一室だ。

彼はその部屋に必要最低限の家具を運び入れて暮らしており、食事は旧館のキッチンを使って自炊している。

あまり料理の経験はなかったため大雑把な料理しか作れないが、いまのところ不足はしてない。

レンは今日もその大雑把な料理を自分で作り、腹を満たす。食事を終えた頃には、寝起きに感じた鬱々とした気分は消えていた。

その後はヴァイスに剣の指南を受けてから、慣れた足取りでギルドへ足を運んだ。

◇◇◇◇

旧館の管理人はレンなので、誰の手も借りずに掃除をしている。

リシアは手伝うと言って使用人たちを驚かせていたけれど、レンは当たり前のようにそれを固辞して、彼女の頬を膨らませた。

その仕事を優先したため冒険者ギルドに行くのは数日ぶりだった。

気が付けば、もう夏真《ま》っ只中《ただなか》だ。

深呼吸して夏特有の朝の空気を全身に行き渡らせると、脳が活性化した気がして気持ちがいい。

(ここからだと、地平線までよく見えるな)

それはクラウゼルの地形によるものだ。

中央に向かうにつれて山なりになった町並みの中でも、レンが住む旧館の近くからはクラウゼルの外までよく見える。

「よぉ、おはようさん！」

「英雄さんじゃないの！　朝から元気だね！」

道すがら屋台の店主や町人に声を掛けられながら、冒険者ギルドに向かってしばらく進んだ。

冒険者ギルドに何か面白い情報でもあればと思ったが、掲示板を見てもそれはない。いつも通りの見慣れた掲示板だ。

今日も普通に調査をして、ついでに狩りをする、慣れた一日になりそうだと思った。

不意にぐぅ……と、レンの腹が情けない音を上げる。

(朝ご飯が足りてなかったか)

まだまだ成長期の身体が、栄養を求めていた。

誰かに聞かれていたら恥ずかしい。両隣に人がいなかったことに安堵していたレンだったが、

「あははっ、可愛い音だね」

食事ができる席に行こうとしたところで、背後から女性の声がした。

声の方に振り向くと、近くの席に座っていた者がレンに身体を向けていた。

(見たことない人だな)

しばらくここの冒険者ギルドに通っているから、この辺りの冒険者の顔は覚えたつもりだった。

しかし、彼女のことは見たことがない。というか顔は見えなかった。

身体を覆う純白の法衣《ほうえ》。そのフードを深く被《かぶ》ることで顔も隠れ、口元が僅かに覗くだけ。他の特徴といえば、微《かす》かに見える絹を想起させる金髪だけしかわからない。声は加工したようにも聞こえる。魔道具か何かで声を変えているのだろう。

「こっちおいで。よかったら、ボクと一緒にご飯でもどう？」

そんな女性がレンを手招いた。

「……えっと」

「もちろんボクがご馳走《ちそう》してあげるから、遠慮しないでっ！」

もしかすると彼女は、レンが金を持っていないと考えているのかも。

しかしそう考えても無理もない。レンのような少年が冒険者ギルドに来てすることといえば、家計を助けるための簡単な仕事ばかりだからだ。

「大丈夫ですよ。ちゃんとお金は持ってますから」

「はえ？　そ、そうなの？」

「ええ。ですが席があまり空いてないみたいですし、よければ相席しても構いませんか？」

彼女が頷いたのを見て、レンは掲示板を離れて彼女の傍に腰を下ろした。

レンは、慣れた仕草で職員を呼んで注文を終える。

それを見た法衣を着た女性が、フードの隅から唖然とした口を覗かせていた。

「常連さんなんだ。道理で大人っぽいというか、慣れてたんだね」

「老けてるだけですよ、きっと」

「あははっ！　言うことまで大人っぽいんだね、キミって」

話をしていると、女性の元へ先に料理が運ばれてきた。

彼女はレンの料理が届くまでそれに口を付けず、レンの料理が届いたところで、ようやく食器に手を伸ばした。

「すみません。初対面の方を待たせてしまうなんて」

「ううん。ボクが待ちたかっただけだから気にしないで」

食事に勤しむレンは、彼女に興味を持たれた理由を気にして、

「どうして俺に話しかけてくださったんですか？」

「んー……何となくかな。強いて言うなら、可愛らしいお腹《なか》の音を聞いて、どういう子なんだろって思って話しかけちゃった」

「――――それで、話してみてどう思われましたか？」

「どうやって誘拐しようかなぁー、って考えてたとこだよ」

衝撃的な言葉にレンが絶句した。

カチャン！　と手にしていたフォークを皿に落としてしまう。

それを見た女性は楽しそうに笑った。

「あはははっ！　冗談だってばっ！　そんなことしたら、ボクが騎士に捕まっちゃうもん！」

「……で、ですよね」

あまり深入りはしないことにした。

また変なことを言われて自分のペースを崩されることを嫌ったレンは、黙々と食事を楽しむことに決める。

対して女性は小食のようで、少ない食事をさっさと食べ終える。

そして、楽しそうにレンの様子をじーっと眺めていた。

(何が楽しいんだろ)

レンは女性のことを気にしないようにしていたけれど、どうしても気になって僅かに意識を向けてしまう。

女性はそのことに気が付いた。

「ボクのことが気になるなら、一緒に帝都に来る?」

驚いたレンは開き直って女性に目を向け、迷うことなく言い放つ。

「絶対に行きません」

「あちゃぁ……即答されると傷つくなぁ……」

「というか、帝都からいらしてたんですね」

「そそ。ちょろーっと野暮用があってね。魔導船に乗って、乗合馬車に乗っての長旅だったよ」

「あー……ですよね。クラウゼルには魔導船乗り場がありませんし」

「でも楽しかったな。こういう旅も悪くないよね」

そう言うと、女性はおもむろに席を立った。

名残惜しそうにしながらレンに背を向け、冒険者ギルドの外へ向かっていく。

最後まで彼女の顔立ちはフードの奥に隠されたままだった。

もちろん声もわからないまま。

「ほんとはもっと話してたかったんだけど、ボクは野暮用があるからもう行かなくちゃ」

そして彼女は、最後にもう一度振り向いて、

「また会えると嬉しいな」

「はい。また機会がありましたら」

「うん！　そのときは、キミの不思議な力のことも教えてねっ！」

女性は意味深な言葉を残し、軽い足取りで外に行ってしまう。

一方、レンは今一度フォークを皿に落とした。

「……なんで？」

あの女性は『キミの不思議な力』と言っていた。

それが魔剣召喚術のことを差していると思ってしまうのは、至極当たり前のことだろう。

レンは慌てて席を立ち、女性を追おうと思った。

冒険者ギルドの外に出て辺りを見渡しても、法衣を着た女性の姿がない。

「……なんで!?」

代わりにレンは驚きの声を発し、道行く冒険者たちの注目を集めたのである。

レンがギルドの中に戻って食事をつづけていると、

「よぉ！」

度々言葉を交わしたことのある、狼男の相棒が声を掛けてきた。

彼はレンに対して気さくに声を掛けると共に、レンの対面の椅子に腰を下ろして笑っていた。

「今日も東の森に行くのか？」

「はい。そのつもりです」

「それなら、今日は俺たちと一緒にってのはどうだ？　若い連中が森の奥へ行くってんで、ギルドの奴《やっ》らから近くで狩りをしてやってくれって言われてよ」

護衛依頼ほどではないが、何かあれば手を貸してやってくれ、ということらしい。

ギルドの職員は恐らく、世間話程度にそれらの話を男に聞かせ、男は大きな用事もないことから頷いたという。

だが、レンには魔物の状況を調査する仕事がある。

それを言えば、男は「仕方ねぇか」と言って肩をすくめる。

「機会があったら、一緒に狩りをしてみたいもんだぜ」

「ええ。こちらこそ、その際はいろいろ学ばせてほしいです」

「がっはっはッ！　そのときに向けて俺も頑張っておかねぇとなッ！」

男は豪快な笑いと共に席を立つ。

彼はギルドの入り口に姿を見せた相棒の狼男を見て、

「行ってくるぜ。英雄殿も、怪我をしないようにな」

互いの無事を祈る言葉を口にして、ギルドを後にした。

レンは残る食事をつづけながら、先ほどの女性は何者だったのだろうか————と考えつづけた。

◇　◇　◇　◇

朝は妙な出会いがあったが、昼になる頃には忘れてレンは森の調査と狩りに没頭していた。

ただ、依然として木の魔剣がカンストのまま進まない。

次のレベルにいたるための条件が気になるが、手掛かりがない現状は狩りをつづけて、変化が訪れるのを待つしかない。

「よし」

意気込んだレンの耳に届く、

…………ウァアッ!?

…………ガァ————ッ!

唐突に響き渡った悲鳴と、甲高い咆哮《ほうこう》。

不意に耳を刺した強烈な音に驚いて、森の木々に留まる鳥たちが一斉に飛び立ってしまう。

レンもまた、足を止めて音がした方角に目を向けた。

「……どうして、こんな町の近くで」

いまの咆哮に覚えがあったレンは、背負っていたアースワームから手を放した。

明らかな異変と思い、彼は自然と足を動かした。

ざっ――と地面を蹴って、声がした方角へ駆けていく。

木々の合間を、まるで風のように。

途中、邪魔になる木の枝や葉を鉄の魔剣で切り開きながら、足を止めることなく一心不乱に。

やがて、臭いがしてきた。

風に混じった濃密な血の臭いだった。

（……この辺りから聞こえてきたはず）

走ること、さらに十数分。

たどり着いた先にあったのは、眼下に広がる大地の裂け目だった。

その裂け目の中は広いが、木々の根や、半端に崩れた斜面が複雑に入り組んでいる。落ちてしまえば上るのに苦労しそうだ。

レンはその大地の裂け目の底に、数人の男女がいることに気が付いた。

また彼らが一人残らず、血を流していることも。

（生きてる……けど）

この裂け目から脱することは難しいだろう。

間違いなく、第三者の助けがなければやがて死に絶える。

レンは彼らを助けようと思った。木の魔剣の力があれば、彼らを救い出すことも決して難しくない。

「おらぁあああああッ！」

「くっ……硬いなッ！」

大地の裂け目の中で。

倒れている男女たちの向こうから、聞きなれた声がした。

二人の男の声に気が付いたレンが目を向けると、そこにいたのは狼男と彼の相棒である若い冒険者だ。

さらに金属と金属がぶつかり合う、耳をつんざく音がレンの耳に届く。

そして、相対する黒鉄色《くろがねいろ》の魔物を見たレンは、「やっぱり」と思いながらも自身の目を疑った。

何せあの魔物は、

「鋼食いのガーゴイルが、どうしてこんな場所にいるんだ」

翼をはためかせ、大地の裂け目の最下層で縦横無尽に飛び交うその姿。全身金属の体軀はすべて凶器のようなものだ。

持ち前の俊敏さと強固な体軀を以て戦う強さは、通常個体のガーゴイルと一線を画す。

手配書に書いてあった情報では、クラウゼルからもっと離れた場所にいたはずなのだが……

「くそっ……このままじゃ……ッ！」

狼男の呟き。

戦っていた二人の身体には数多くの傷がある。

狼男は片腕に力が入らないようで頼りないが、彼の相棒にはまだ余裕があるように見える。

土と岩の壁に蔓延《はびこ》る木の根を足場に、俊敏に飛び交う鋼食いのガーゴイルが狼男の隙を突く。

「――――え？」

情けない声と、その声を発した狼男に振り下ろされる黒鉄の腕。

「この……野郎ぉおおおおッ！」

黒鉄の腕が振り下ろされる寸前、狼男の相棒が間に割って入った。

彼は盾で黒鉄の腕を防いだが、その腕は盾を貫通し、男の肩口を抉《えぐ》るように殴りつけた。

「かはァ!?」

いとも容易《たやす》く吹き飛ばされた男は岩壁に背を預けて意識を失う。

残された狼男がギラッと鋼食いのガーゴイルを睨《にら》んだ。

狼男へと鋼食いのガーゴイルが勢いよく迫り、黒鉄の腕を振り上げた――――

『カカッ!?』

刹那、今度はレンが間に割って入った。

狼男はレンが現れたことに驚き、目を見開く。

「え、英雄殿!?」

「驚いてる場合じゃありません！　急いで逃げてください！」

レンが立つ大地は抉れ、ひび割れる。

それほどの膂力を鉄の魔剣で受け止めながらも、レンは僅かでも後退することはなく、逆に鋼食いのガーゴイルの身体を弾《はじ》いてみせた。

『……クルルゥ』

俊敏に飛び跳ね、壁に足をつけて制止した鋼食いのガーゴイルの鳴き声。

レンの頬をひりつく空気が撫で、一筋の汗が伝った。

「……一つだけ教えてください。どうしてあいつがここにいるんですか？」

「わ、わからないッ！　以前の住処《すみか》から、ここに場所を移したのかも……！」

彼と相棒は、この裂け目にある地下資源を採りに来ていた若い冒険者たちの様子を見ていただけのようだった。

レンは朝に彼らと交わした会話を思い返す。

（なるほど）

きっと、その地下資源には鋼食いのガーゴイルの餌となる鉱物があるのだ。

若い冒険者たちが採掘していた地下資源というのが、それなのだろう。

「貴方《あなた》の相棒と、倒れた人たちを避難させられますか？」

「あ、ああ！　奴の気を引いてくれたら、俺が何往復かして上に運ぶとも！」

鋼食いのガーゴイルから漂う敵意は、刻一刻と増していた。

レンを警戒し、うかつに攻撃を仕掛けてこない。

「すまない！　恩に着る！」

狼男が動くや否や、鋼食いのガーゴイルもまた飛んでみせた。

予想していたレンはすぐに動き、狼男の背を狙った鋼食いのガーゴイルに立ち向かう。

狼男の背に伸ばされた黒鉄の腕へ、鉄の魔剣を振り下ろした。

『クルァッ!?』

「ッ……やっぱり硬いな！」

鉄の魔剣の切れ味はすさまじい。

先日レベルが上がってからというもの、切れないモノはないんじゃないか？　と思うくらいだった。

なのに鋼食いのガーゴイルの腕は断てなかった。剣が大きく刃こぼれするが如《ごと》く、かろうじて砕けて抉れるにすぎない。

僅かに流れた赤褐色の体液が、鉄の魔剣を汚していた。

『カカッ！　クルッ――――カァアアッ！』

鋼食いのガーゴイルが翼をはためかせ、飛び跳ねたかと思えば勢いよく滑空して黒鉄の腕を振るった。

風圧が頬を過ぎるたび、レンは首筋に冷や汗を流す。

躱《かわ》しきれなかった腕がレンの太ももにすれ違って服を裂き、肌を裂いて鮮血を舞い上がらせた。

(忘れるな。こいつはただの魔物じゃない)

だが、過剰な警戒は仇となる。

鋼食いのガーゴイルがシーフウルフェンと同じDランクの特殊個体であることは変わりないが、シーフウルフェンほどの脅威ではない。防御に関しては鋼食いのガーゴイルが勝るが、その他の実力は明らかにシーフウルフェンの方が上だ。

こうして対峙《たいじ》しているとそれがよくわかる。同じDランクの特殊個体でも、同一視できない差だ。

そしてレンは以前と違う。彼は遥かに強くなっていた。

「はぁあああああッ!」

レンが吼《ほ》え、勢いよく魔剣を振る。

『――――ッ!?』

頬を掠《かす》めた黒鉄の腕を、レンは木の魔剣で生み出した木の根で拘束した。

レンの頬にすっ、と深い切り傷が刻まれたが、痛みはしても動くには支障はない。

『ガァッ! ギィイッ!』

鋼食いのガーゴイルが驚嘆しつつも腕を振り回す。金属ではない双眸を見やり、鉄の魔剣をまっすぐに。

その腕がときにレンの頬や体軀を掠めても、最初ほどの切り傷を刻むことはできなかった。

鋼食いのガーゴイルの動きや癖を、レンが少しずつ見切りつつあった。

「そこは硬くないだろ!」

レンは鋼食いのガーゴイルの隙を見つけ、寸分の狂いもなく鉄の魔剣を突き立てた。

シッ、と風を裂く音が響いたと思えば、直後、鋼食いのガーゴイルの片目から赤褐色の液体が飛び散る。

痛みに喘《あえ》ぐ鋼食いのガーゴイルが無理やり拘束を脱し、レンから距離を取って壁に張り付いた。

だが、追撃が、鉄の魔剣の切っ先が迫っていた。

『クルゥァアアアアアアッ！』

耳を塞ぎたくなる砲声に耐え、レンは迫った。

裂け目の最下層に充満した湿った空気の中、戦いはつづいた。

辺りに立ち込める血の臭いで緊張感が高まる中、レンは狼男が仲間を連れて地上へ戻る姿を確認した。

数分と経たぬうちに、彼は他の新米冒険者たちを運ぶために戻ってきた。

「英雄殿ッ！　無事かッ!?」

「はい！　だからそちらも急いでッ！」

鋼食いのガーゴイルはすでに片目を失い、極度の警戒を以てレンと相対している。

レンが優勢なことは、明らかだった。

つづく戦いの中、一人、また一人と救助が進む。

集中しているレンにとってはあっという間で、気づいたときには狼男の仕事が終わっていた。

「こいつで最後だッ！　英雄殿も無理はしないでくれッ！」

遂に救助が終わり、レンは目の前の鋼食いのガーゴイルをどうするかと考えた。倒すか、一度撤退するか。

しかし彼の耳に届いた、天空からの風を切る音。

（……なんだ、いまの音）

迷いが生じたそのとき、だった。

『ギィイイイイイイッッ！』

二匹目だった。

それはこれまで相手をしていた鋼食いのガーゴイルよりもさらに大きく、黒鉄の体躯が禍々《まがまが》しい光沢に覆われている。

一瞬、唖然としたレンは頭上に魔剣を構え、その鋼食いのガーゴイルを受け止める。

滑空による勢いもあるが、そもそもの膂力が一匹目よりも強いと感じた。

「つ、番《つがい》だって⁉」

壁を上る最中の狼男が言う。

「冒険者ギルドにそんな情報は……ま、まさか、最近の話だとでも……ッ⁉」

鋼食いのガーゴイルは一匹だけ。その情報しかなかった。

新たに現れたのがオスだとすれば、二匹が番になったのはここ最近ということになるだろう。

どうにか攻撃を弾いたレンが思う。

（さっきの咆哮は、番を呼んでたってことか）

確かにレンはマナイーターを二匹同時に相手にした。奴らはDランク相当だったから、あのときと同じかもしれない。

でもここにはリシアがいない。

白の聖女が用いるバフはなく、当時とはまったく状況が違う。

『カカッ……ァ……』

『クルゥ、カカカッ』

怪我をした鋼食いのガーゴイルの傷を、オスと思しき鋼食いのガーゴイルが舐《な》める。

じり、じり――と肌を焼くような空気が漂う。

壁を登っていく狼男が、僅かに震えた声で言う。

「待っててくれ！　すぐに助けに来る！」

しかし、その様子ではあてにできない。

レンは一人でこの場をどう打開すべきか考えた。

(……下手に逃げれば、救助した人たちが狙われる。だったら、どうにかするしかないだろ)

鋼食いのガーゴイルには悪いが、レンも死にたくない。

手負いの個体から先に倒し、まずは一対一の状況に持っていかなければ。

(余裕があれば、盗賊の魔剣も使ってみたかったな)

いまはそんな場合ではないと思い直し、鉄の魔剣を構えた。

二匹の鋼食いのガーゴイルがほぼ同時に飛び跳ねた。目を見張る連携で左右、前後、そしてレンの頭上を縦横無尽に飛び跳ねて、彼の死角という死角から黒鉄の腕を見舞ってくる。

『シュッ！　シィッ！』

「さすがに疾い……けど！」

直接的な脅威は明らかにシーフウルフェンの方が上、これは変わらない。だから躱せるし、攻撃を受け止めずに済む。

イエルククゥが最期に放った力を思い返せば、これくらいで恐怖することもなかった。

「――ごめん」

番に対し、吐息のような声で謝罪する。

互いに事情はあれど、レンだってここで負ける気はない。

「もう、終わらせる」

レンが手にした鉄の魔剣は一匹目の鋼食いのガーゴイルとすれ違いざまに、幾度もその胸元を切りつけていた。

強固な鋼の体軀はその影響で、少しずつ柔らかな肉がさらけ出される。

その弱点へと、軽やかに戦いをつづけていたレンが――

「はぁあああああッ！」

鉄の魔剣の切っ先が、鋼食いのガーゴイルの胸を突く。

確かに肉を断つ感触と、その奥にあった魔石を砕く音がした。

レンの腕輪が間接的に魔力を吸っていた。

・盾の魔剣（レベル１：０／２）
魔力の障壁を張る。レベルの上昇に応じて効力を高め、効果範囲を広げることができる。


剣なのに盾なのかと思うことはあったが、腕輪を一瞥《いちべつ》したレンはあまり深く考えなかった。

そうしている間にも、一匹目の鋼食いのガーゴイルが大地に伏す。

怒り狂ったもう一匹の鋼食いのガーゴイルが背後に迫る中、レンの片手から木の魔剣が消えた。

『コァアアアアアアアアッ！』

目の前の個体は怒りに身を任せ、裂け目の中の壁や床を抉り、濃霧に似た砂塵《さじん》を上げた。

黒腕で削り取った岩をレンに投擲《とうてき》する。

幾度となく砂塵を目隠しにして攻撃を仕掛け、レンの身体を貫かんと試みた。

「英雄殿ッ!?　く……何がどうなっているんだ……ッ!?」

冒険者を避難させる最中にある狼男には、地下の最下層でどのような戦いが繰り広げられているか見えなかった。

逆にこれがレンに新たな力を使うことを決意させる。

見通しも悪く、投擲や死角を突いてくる鋼食いのガーゴイルの剛腕に対し、その力を使うことに迷うことは一切なかった。

『ギィイイイイッ！』

完全に背後をとった鋼食いのガーゴイルの腕がレンの背中に迫っていた。

もう一秒、いや、それよりずっと早い時間でその身体が貫かれる直前、鋼食いのガーゴイルも勝利を確信した。

一方、待ち構えるレンは無意識のうちに、盾の魔剣の存在を心の中に浮かべた。

剛腕を躱し切ることもできたのだが、それ以上に、新たな魔剣がレンにその強さを訴えかけているように思えた。

レンは木の魔剣と入れ替わらせるように、盾の魔剣を強く意識した。

(これが――――盾の魔剣)

レンの面前の何もない宙が割れて現れた盾の魔剣は、どの魔剣とも違う威容を誇った。

翡翠色《ひすいいろ》の全貌の中でも、その剣身が宿した紋様が目を引く。

レンが持ち手を握ることで、剣身を彩る紋様が青白く光った。

迫る剛腕に対し、レンが盾の魔剣を振って構えると、

『……ッ!?』

剛腕とレンの間を隔てる、魔力の壁が生じた。

生じた壁はレンの上半身を覆うほどの大きさで、まるで黄金に光る流線形のガラスの膜。

驚いた鋼食いのガーゴイルが幾度も剛腕を突き立てたことで、ようやく小さなヒビが入るほどの堅牢さを誇った。

壁は彼が盾の魔剣を構えている限り消える気配がない。

だが恐らく、砕け散った際は魔剣の再召喚と同じで魔量を消費することになるだろう。

裂け目の上では狼男がいままさに地下へ戻ろうとしていたのだが、彼は彼で、地下で急に音が止まったことに驚いていた。

レンは意に介していない。

彼は盾の魔剣と、この勝負の決着だけを考えていた。

(すごいな、コレ)

レンには勝利の確信と、この魔剣が役立たなかった際にも反撃できるという自信があった。

やがて盾の魔剣を振り下ろせば魔力の壁が砕け散り、陽光を反射して、ダイヤモンドダストの如く美しい光景を作り出す。

度重なる攻撃で疲弊した鋼食いのガーゴイルに対し、レンは振り向きざまに鉄の魔剣を何度も叩きつける。

最後はもう一度「ごめん」と口にして。

応戦する鋼食いのガーゴイルの剛腕を躱し、さらに胸を狙う。

一匹目と同じように肉が見えたところで、レンは最後の一突きを見舞った。

『ツ……ア……』

轟音《ごうおん》が響き渡り、鋼食いのガーゴイルは巨軀《きょく》を横たわらせた。

それを見ていたレンは、ため息を吐く。

「……やっと終わった」

予期しない戦いで大きく疲弊してしまった。

シーフウルフェンと違い戦いやすかった気はするけれど、かと言って余裕があったかというとそうではない。一瞬でも油断すれば、倒れていたのは自分だった。鋼食いのガーゴイルの剛腕を一度でも直接受けていたら、身体が抉られていただろう。

「ば、馬鹿な……英雄殿、君は……ッ!?」

砂塵が収まり、ようやくやってきた狼男が驚きの声を漏らした。

レンは疲れたのか地べたに腰を下ろし、魔剣の姿はもう見えない。見えたとしても鉄の魔剣程度だから、特に不審に思われないだろう。

再びため息を漏らしたレンは、地面へと大の字に倒れ込み、

「俺も、少しは成長してるのかな」

空に向けてかざした自身の手を眺め、そう呟いた。

◇◇◇◇

街道を抜け、クラウゼルへ入るための城門の前で。

鋼食いのガーゴイルの死骸が二匹分、誰もが決して無視できない存在感を放っていた。

レンは行き交う人々の驚く声を聞きながら、門番の騎士と言葉を交わしていた。

「レン殿！」

その騎士に両肩をがしっ、と強く掴まれたレンが、慌てて「はい！」と応える。

「まさかお一人で成し遂げられたのですか!?」

「いえ、いいとこどりだった気がします」

「むっ、というと協力者が？」

「そうでもない感じなので、何と言えばいいのか……」

はっきりしない返事をしたのは、一匹目は最初から最後まで自分が相手をしたとは言い切れないからだ。

一応、一匹目は若い冒険者たちや狼男、その相棒の男も戦っていたはず。

「そんなことはない。どちらも英雄殿の偉業さ」

そこへ、狼男がやってきて言った。

いまの言葉を聞いた騎士は「やはり！」と言って驚く。

「一匹目も私たちが特筆すべき攻撃ができていたわけではない。だから、どちらも英雄殿の偉業さ」

狼男はそう言うと、

「ギルドには連絡してきたよ。英雄殿が倒していた他の魔物も運んであるから、一緒に金を貰ってくれ。助けられた若い奴らも、自分たちは何も受け取れないと言っていたぞ」

それどころか、裂け目の地下にあった資源の買取金を礼金として渡すと言っていた。

受け取らないと言うレンに、狼男は受け取るべきだと言い、城門を後にしてしまった。

「彼ら冒険者は恩義に報います。そうでなければ、悪評が広まることもあるからです。レン殿が助けたのは事実なのですから、遠慮せず受け取ってよろしいかと。それでアシュトン家の村のために、新たな魔道具もお買いになれるでしょうから」

「……わかりました。そうします」

それにしても、

(旧館に戻ってからのことを思うと、地味に気が重いな)

レンの立場を鑑みれば、相談もなしに危険な魔物と戦うことを咎《とが》められてもおかしくない。

しかし、今回は仕方のない面もある。レンはレザードに頼まれた仕事の一環として魔物の調査をしていたこともあって、見過ごすのはどうかと思ったのだ。

あの場で自分が見過ごしたことで、クラウゼル家が冒険者を見放したと万が一にも誰かが思うことがあれば……と危惧したのである。

いくら相手が自由に生きる冒険者であっても、だ。

などと考えていると、やってきた冒険者ギルドの職員が驚嘆しつつ話しかけてくる。

鋼食いのガーゴイルは、クラウゼルの冒険者ギルドではあまり例のない金額になるのは決定的らしく、査定に多少時間が掛かるとのこと。

結果は後ほど、クラウゼル家の屋敷へ連絡する、と職員が言った。

レンは辺りの賑わいから逃げるように城門の傍を立ち去る。

途中で何度も声を掛けられ、仰々しく祝福されたりして気恥ずかしかったが、クラウゼルの屋敷に近づくにつれ、それも収まった。

落ち着いたところで、彼は身体が普段よりずっと気だるかったことに笑う。

(盾の魔剣か)

使ってみての感想は、使い勝手も性能もよいが、その代わりに魔力の消費が多いというものだ。

これらのことを再確認したレンが、そういえば――と思って腕輪を見る。

(どうなってるかなー)

腕輪を見ると、潤沢な熟練度を得られていた。

でも苦笑いが浮かぶ。

あれだけ苦労して倒したイェルククゥやマナイーターから得た数字と比べ、鋼食いのガーゴイルから得られるそれが多すぎる。鋼食いのガーゴイルは経験値が多い魔物で有名だったことに加え、二匹いたからでもあるのだが、筆舌に尽くしがたい気分だった。

しかし強くなれたことは事実で、かねてからの謎もいくつか解消しているから嬉しくもあった。

(特殊個体から得た魔剣は、同種族の魔石じゃないと熟練度を得られない)

手に入れたばかりの盾の魔剣の熟練度を見てそう思う。

別種でも特殊個体の魔石であれば熟練度を得られる――この可能性については、盗賊の魔剣の熟練度を見るに違うらしい。

ついでに木の魔剣がまだカンスト状態だ。

こうなったら魔剣召喚術のレベルを上げた先で得られる効果に期待せざるを得ない。

[NAME]

# レン・アシュトン

[ジョブ] アシュトン家・長男

【スキル】

■魔剣召喚　Lv.1　0／0

■魔剣召喚術　Lv.3　1055／2000

召喚した魔剣を使用することで熟練度を得る。
レベル1：魔剣を【一本】召喚することができる。
レベル2：腕輪を召喚中に【身体能力UP(小)】の効果を得る。
レベル3：魔剣を【二本】召喚することができる。
レベル4：腕輪を召喚中に【身体能力UP(中)】の効果を得る。
レベル5：＊＊＊＊＊＊＊＊＊＊＊＊＊＊＊＊＊＊＊＊＊＊＊＊。

【習得済み魔剣】

■木の魔剣　Lv.2　1000／1000

自然魔法(小)程度の攻撃を可能とする。
レベルの上昇に伴って攻撃効果範囲が拡大する。

■鉄の魔剣　Lv.2　814／2500

レベルの上昇に応じて切れ味が増す。

■盗賊の魔剣　Lv.1　0／3

攻撃対象から一定確率でアイテムをランダムに強奪する。

■盾の魔剣　Lv.1　1／2

魔力の障壁を張る。レベルの上昇に応じて効力を高め、
効果範囲を広げることができる。

「というわけで、問題はリシア様に――――」

今日のことをリシアにどう説明するかに尽きるのだが、

「私がどうかした？」

どうしてか、そのリシアの声がした。

レンは、声の方にゆっくり顔を向ける。視線の先の路肩にリシアがユノを連れて立っていた。

近くには護衛の女性騎士たちも数人見える。

ああ……そういえば、もう屋敷が近かった。

頬を引き攣らせたレンの足が、自然とリシアから一歩後ずさる。

「ねぇ、私がどうしたの？」

「……いえ、その、」

しかし、リシアがその一歩を詰めた。

彼女の後ろでユノが仕方なさそうに笑って、唇の動きだけで「諦めてください」と言っていた。

◇　◇　◇

屋敷に戻って早々、本邸でレザードに話に行くわけでもなく、レンはそのまま旧館へ連れて行かれた。リシアに手を掴まれて、半ば強引に。

二人が旧館のエントランスに設けられたソファに着くと、そこに座ってと言われたレンの隣にリシアも腰を下ろす。

「よかった。大きな怪我はしてないみたい」

リシアは神聖魔法を行使しながら、レンの頬に残された傷や疲れを少しずつ癒やしていく。光と暖かさが、レンの身体に染み入った。

「怒られると思ってました」

「どうして？　すごいことをしたんだから、むしろ讃えられるとは思わなかった？」

「……すごいかどうかはおいといて、勝手に戦ったわけですし」

「そうね。けど、レンが勇気を出したおかげで何人もの人が助かったんだし、誇るべきよ」

リシアだってレンの立場は理解している。

自分の父が彼に仕事を頼んでいるのだから、わからないはずもなかったのだが、

「でも、危ない相手だったことを考えると、私は少しくらいレンを怒ってもいいのかしら、って思っちゃった」

くすっと笑いながら言ったリシアにレンは、

「仰る通りです」と同意した。

「……心配したんだからね」

リシアが唇を尖らせる。

だが頬は緩み、可愛らしく拗《す》ねていた。

「夕食もまだでしょうし、今夜は本邸で一緒に食べましょう」

レザードもレンと話をしたいはず。

先に立ち上がったリシアに倣ったレンが、彼女と肩を並べて歩きはじめる。

すぐに旧館の扉を開けて、本邸へつづく渡り廊下へと進む途中で、

「ご心配をおかけしたことへのお詫《わ》びとして、何か俺にできることはありませんか？」

「それなら、今度の遠出に付き合ってもらえる？」

唐突な問いかけはレンに首を傾げさせた。

「前にレンの村を訪ねてたときみたいに、いくつかの村々へ行く予定があるの」

「わかりました。ご一緒します」

我ながら即答だと思ったが、リシアと行動を共にするのは今更感が強すぎる。

今回は自分のせいで心配をかけたこともあって、素直に応じようと思ったのだ。

だが、提案した張本人のリシアが「冗談よ」と笑う。

「お詫びなんていらないわ。私が心配したのは事実だけど、それ以上にレンの勇気を讃えなくちゃ」

「いえ、讃えていただけるのとお詫びは別ですから」

「……忘れてたわ。レンって私以上に頑固なときがあるのよね」

リシアは冗談で遠出の件をレンに告げたことを悔やんだ。

共に遠出できるとなれば彼女は嬉しく思うが、それにしても、レンを関係のない仕事に巻き込むのは本意ではない。

「俺個人としても気になってるんです。きっといい経験になるでしょうから、是非にって思います」

「ほんとに？　嘘ついてない？」

「リシア様から見て、俺が嘘をついてるように見えますか？」

「……ううん。見えない」

立ち止まってレンの瞳を見たリシアが、すぐに確信した。

「でも、ダーメ。冗談で言っちゃったのは私が悪いけど、私の一存では、レンが同行していいか決められないの」

仕方なさそうに肩をすくめたレンだが、

（じゃ、後でレザード様に聞いてみよ）

自分の興味とは別に、リシアの周りに戦力を増やすためもある。

春の事件から半年も経っていないとあって、レン個人としても警戒すべきという考えがないわけではなかったからだ。

◇　◇　◇　◇

その頃、本邸にて。

「これを。バルドル山脈近くの村々からです」

「ああ、騎士たちからか」

執務室にいたレザードを訪ねたヴァイスが、一通の手紙を渡した。

ロイ・アシュトンのように村を預かる騎士が、このクラウゼルには何人もいる。その中でも、バルドル山脈の周辺に村を構えた騎士たちが連名で手紙を寄越《よこ》した。

手紙の内容を確認したレザードが「今年の冬は、これまで以上に薪や魔道具を用意しておいた方がよさそうだ」と、低い声で言った。

「村を預かる騎士たちによれば、バルドル山脈付近が例年に増して冷え込んでいるそうだ。となれば、今年の冬はひどく冷えるだろう。これまでもそうだったからな」

「ならば雪も警戒せねばなりませんな」

「そうなる。凍死する者が出ないよう、いまから準備をはじめなければ」

確認するように言ったレザードの言葉に対し、ヴァイスも同じように頷いた。

「ところでヴァイス、鋼食いのガーゴイルの件はどう思う？」

「冒険者ギルドの職員によれば、食料を求めて飛来した可能性が高いとのことです。どうやら、二匹とも身体がやせ気味だったようで」

また、人為的に動かされた様子もないそうだ。魅了《チャーム》を用いられた痕跡も見当たらず、魔物使いなどのスキルによる影響も考えられなかった。

「確か最近、とある鉱物の価格が下がっていたな」

「ええ……鋼食いのガーゴイルが以前まで生息していた地域で、その地域の冒険者が無計画に地下資源を掘りつくしたのかもしれません」

「まったく……苦情を言いたくとも言いにくい話だ……」

冒険者が法に背く行動をしたなら話は別だが、魔物を狩っても鉱物を採掘しても問題ないことについては文句を言えない。

「それにしても」

いま本邸に向かっている途中のレンについて。

「レンに聖剣技の才がないと聞いたときは衝撃を覚えたが、此度《こたび》の働きや成長速度を鑑みるに、もしかすると剛剣技の才があるのかもしれんな」

その剣技を覚えられたら最良だ。

レンは身を以て――――というのは語弊があるが、ゲーム時代にその強さを嫌と言うほど理解させられているから、あの強さが身に付くと思えば惹《ひ》かれるはず。

しかし、剛剣技はその才を持つ者が限られるため、身に付けるのは難しそうだ。

# 五章　予想外の再会を

レンは久しぶりにクラウゼルの町から遠出して、馬に乗り街道を進んでいた。

その目的は、リシアが口にしていた近隣の村を巡ること。クラウゼル男爵家の仕事の一つだ。

あの夜、レンがレザードに同行を直談判《じかだんぱん》したことで、遠征が実現したのである。

（もう昼過ぎか）

クラウゼルを発ったのは早朝で、それから六時間以上経っている。

辺りの景色は様変わりしており、街道を挟む平原がしばらくつづいていた。

のどかな景色だった。付近には路肩に馬を繋いだ商人たちの姿や、地べたに腰を下ろして休憩している冒険者たちの姿があった。

クラウゼル家の一行もそれに倣い、一度馬を繋げて休憩することに決める。

レンは乗っていた馬から下りて、

「お前、結局俺に懐いてるけどそれでいいの？」

『ヒヒンッ』

馬に尋ねると、短く上機嫌な声で嘶《いなな》いた。

この馬はレンとリシアが逃避行をする際に乗っていた馬で、元はイェルククゥの馬車を引いていた馬の片割れだ。

リシアがレンの近くに来て笑った。

「よかったわね。ご主人様として認められてるじゃない」

「それはそれで嬉しいんですが、イェルククゥに対しての忠誠心とかはあまりなかったんでしょうか？」

「なかったんじゃない？　割と最初からうちの屋敷でくつろいでたらしいわよ」

「へぇー……そうだったんですね」

「ええ。あんな男だもの。あまり優しくしてくれなかったんでしょうね。ご飯の世話をしてるユノが言ってたけど、うちに来てから、毛並みもあっという間によくなったみたい」

ということはリシアが想像するように、あまりよくしてもらえていなかったようだ。

レンが同情して馬の首元を撫でてみれば、また上機嫌に『ブルゥ』と嘶いた。

「この子はヴァイスの馬と同じで魔物の血を引いてるらしいから、もっと大きくなるわよ」

「ってことはこの子はまだ子馬なんですか？」

「もちろん。ヴァイスの馬を見て。少なくともあの子くらい大きくなるはずだから」

促されてヴァイスの乗る馬を見ると、四肢の逞《たくま》しさに恐れ入るし、何より他の騎士が乗る馬より一回りは身体が大きい。

だが、レンが乗る馬だって負けてはいない。

色艶のいい濃い栗毛《くりげ》は上質な絹を想起させるし、まだ若くとも、骨格はヴァイスの馬にも劣らず将来を期待させられる。

「魔物の血を引く馬は全盛期が長くて、寿命も長いらしいの」

「じゃあ、長い付き合いになりそうですね」

「そ。ちゃんと、名前を付けてあげるのよ」

レザードからもこの馬の所有権はレンのものだと聞いているから、問題はない。

二人はその後も休憩しながら歓談に花を咲かせたのだが、そこへリシアの世話係として同行していたユノがやってきたことで、会話が終わる。

「お嬢様、ヴァイス様がお呼びです」

リシアが席を外すと、

「レン様、少しお話が」

彼女はレンに話しかけた。

普段と違って、ひそひそと話しかけるような声音だった。

「いろいろございましたが、レン様はこれからもクラウゼルにいてくださると聞きました」

「ですね。もうしばらく、そうしようと思ってます」

「よかったです。おかげでお嬢様も喜んでおられましたよ。レン様もパーティに参加してくれるかもしれない、と私に喜びを共有してくださいましたから」

「……パーティ？」

「はい。以前他の者も言っていたと思いますが、お嬢様の誕生日パーティでございます」

「……あ」

そういえば、リシアの誕生日は夏だ。

もう七月も終盤だから、来月にはパーティが開かれる。

「クラウゼルに帰ったら、すぐに贈り物を用意します」

贈り物と言えばついこの間、白いワンピースを贈ったばかりだ。

リシアがその服を着た姿は、レンの予想を上回るほど可愛らしかった。

……それはそうとして、また別の贈り物を用意しなければならない。

(ちゃんと考えておかないと)

レンが一人頷いているのを見て、ユノは密かに笑っていた。

◇　◇　◇　◇

この日の目的地の村にある騎士の屋敷に着いた。

その屋敷は燃える前のアシュトン邸と違い真新しく、内部も綺麗《きれい》で清潔感が漂っていた。

一室の客間を借りたレンの元を、夕方になってからリシアが訪ねる。

彼女はこの村を預かる騎士との話を終えてから、空いた時間をレンと過ごすためにやってきた。

リシアは客間に置かれたテーブルにレンを連れて行き、手にしていた丸めた羊皮紙をその上に広げた。

羊皮紙には、クラウゼル領の地図が描かれていた。

「私たちがいまいるのはこの村よ。明日からはこの道を進んでいくの」

リシアは指先を地図の上に滑らせ、進む道をレンに教える。

「ここって、バ、ル、ド、ル、山、脈ですか？」

「うん。私たちが前に近くを通りかかった、あのバルドル山脈よ」

リシアが言ったのは、イェルククゥの騒動の際、クラウゼルに向けての逃避行のときのことだ。

想像以上にバルドル山脈の近くを通ると知り、レンはやや強張《こわば》った様子で考える。

（まぁ、イグナートが何もしてないなら危険でもないか）

普段のバルドル山脈は特別危険な場所ではない。これは以前確認した通りだ。

現れる魔物はFランクがいいところで、大したことはないはず。七英雄の伝説ではイグナート侯爵がレオメル帝国を滅ぼすため、あることをしてバルドル山脈を異変に陥れたからなのだ。

それに利用されるのが、とある魔物の魔石だ。


――――赤龍《せきりゅう》アスヴァル。

遥か昔にバルドル山脈を根城としていた、とある龍。

アスヴァルは数百年の時を生きた古い龍で、その叡智《えいち》により人の言葉も解する。

誇り高く、そして好戦的な性格をしており、常に強者を求めていたという逸話がある存在だ。

だがアスヴァルはある日、魔王の手にかかり正気を失った。

挑戦者の到来を待っていたアスヴァルは叡智を失い暴れるだけの龍となってしまうのだが、七英雄に討伐される。

亡骸は当時バルドドル山脈に存在した火山に落ち、長い時間を経て骨まで溶けた。

火山はその影響で内部の環境が変わり、休火山となってしまう。

だが、唯一溶けることなく残されていたアスヴァルの魔石だけが、その奥深くに眠っていた。

(その魔石の情報を得たイグナートが、現代に残る魔王の力を用いて周囲を活性化させたんだ)

バルドドル山脈に生息する魔物は力を得た。

これによりFランクか、高くともEランク程度の魔物しか姿を見せないバルドドル山脈が、あっという間に危険な地域に早変わりした。

『私はすべてが憎い』

レンの脳裏に、七英雄の伝説Iの最後の戦いが思い浮かぶ。

バルドドル山脈にある休火山の大穴を前に、イグナート侯爵が主人公たちに語りかけた場面だ。

『祖国へ尽くしに尽くしたこの生涯、たった一度の慈悲も得られずフィオナを失った』

彼を前に、七英雄の末裔たちが武器を構える。

説得しようとした主人公の言葉を笑い飛ばしたイグナートは、両腕を翼のように広げて語りつづけた。

『レオメル《君たち》が私を認めないのなら、私も君たちを認めない。私は君たちのすべてを否定する』

ユリシス・イグナートは剣と魔法を駆使して、主人公たちの前に立ちふさがった。

その間もつづくアスヴァル復活の儀に、プレイヤーは焦《じ》らされた。

『────結構だ。君たちも、あの第三皇子のようにしてあげよう』

戦闘が進むにつれてアスヴァルの復活が近づく。

増していく緊張感の中、主人公たちと同じくイグナート侯爵も諦めず、レオメルを破滅に導かんと戦いつづける。

やがて、

『ッ……フィオ、ナ……私は……間違えていたの……か……い……？』

アスヴァルが復活する直前、遂に剛腕、ユリシス・イグナートが斃《たお》れる。

しかし、アスヴァルを復活させる儀式は進みすぎており、もう止められない。

それでも諦めなかった主人公が、ここで勇者ルインの血統たらしめん力を覚醒させる。

復活し切る直前の赤龍アスヴァルは、これにより眠りについたのだ。

レンが一頻《ひとしき》り思い返していると、

「なんで急に黙っちゃうの？」

リシアに肩を揺すられた。

彼女を見れば、むすっと頬を膨らませている。

「あっ────すみません、つい」

「……別にいいけど、さっきレンが言いかけた言葉も気になるわ」

「えっと……前にレザード様の元に届いていたっていう連絡が気になったんです。今年の冬はすごく寒くなりそうって話でしたから、雪が大変じゃないかな、って」

リシアは疑うことなく笑い、「気が早いわよ」と言った。

「あ、ねぇねぇ。さっきの話なんだけど、レンはバルドル山脈が気になってるみたいだし、せっかくだから寄ってみる？　この時期なら何の心配もないわよ」

リシアはレンのことだから、すぐ頷くと思った。

「やめておきましょう」

好奇心旺盛な性格なのはお互いさまと思っていたリシアが驚く。

「いいの？　いつものレンだったら、是非！　って言うと思っていたのに」

「いやー……バルドル山脈はやめた方がいいと思います。魔物は大丈夫でも、遭難してしまったら大変ですし」

イグナート侯爵の娘が生き残っており、その影響で反旗を翻さないと思われるとしてもわざわざ近づく気にはなれない。

(君子危うきに近づかず——いや、近寄らずだっけ。俺君子じゃないけど、足を運んで何かあったら嫌だし)

ただし特別な理由があれば別だ。

たとえば、誰かを助けるために行かなきゃいけない、とか。

家族のためだったり、リシアのためなら気持ちも変わる。

夕食の席に呼ばれる直前になって、レンは思い出す。

（バルドル山脈って、隠しマップがあるんだっけ）

隠された入り口から行ける場所なのだが、そこには高価な換金アイテムや特別な装備が入った宝箱がいくつも並んでいる。

また、確定で鋼食いのガーゴイルが一匹現れる。

つまりそこに行けば、ついでに盾の魔剣のレベルを上げることだってできてしまう。

（だからってバルドル山脈は……）

逡巡《しゅんじゅん》したレンは答えを見出せず、この問題を棚上げすることにした。

◇◇◇◇

次に訪れた村はレンとリシアが逃避行をしていた際、レンが知らぬ間に通り過ぎた村だった。

ここまで来れば、レンが生まれた村と大差ない田舎だ。

近くにバルドル山脈を見上げることもできる。

「ヴァイス様、相談したいことが」

村を預かる騎士の顔には若干の憂慮が漂っていた。

曰く、数日前から村の傍にある川の水が減っており、比例して魚の量も減ってしまったそう。

「今朝、上流の様子を確認して参りました。水の流れを遮るように倒木が重なっていたのです」

「天候の悪い日でもあったのか？」

「数日前まで、この辺りは強い雨と風に見舞われておりました。その影響で木々が倒れてしまい、川の流れをせき止めてしまったのではないかと」

この村を預かる騎士は若い村人と共に倒木を退《ど》けようとしたが、重すぎて対処しきれなかった。

そのため、ヴァイスやその他の騎士の手を借りたいという。

しかしリシアをはじめとして、ヴァイスも忙しい身だ。村に到着して早々とあって、他の騎士たちにもするべき仕事がいくつもある。

レンがここで口を挟む。

「よければ、俺が行ってきましょうか？　倒木くらいなら俺でもどうにかできると思います。聞けば魔物も心配なさそうですしね」

「そうだな。現れたところで、東の森程度の魔物だ」

この村の騎士はレンに道案内をすると言ったが、レンは必要ないと言って案内を固辞する。

「川の上流まで何分くらいかかりますか？」

「大人が歩いて二時間ほどですが……お一人で大丈夫なのですか？」

村を預かる騎士の疑問はもっともだ。

レンはまだ少年なのだから、自分たちにできなかったことを成し遂げられるとは思えないだろう。

それが普通であれば。

「案ずるな！　この少年こそ、あのレン・アシュトンであるぞ！」

「な、なんと！　噂に聞く英雄殿でありましたか！　それは失礼なことを……！」

(すっごい恥ずかしい)

「というわけだから心配はいらん。が、大人の足で二時間としても、馬で行けばもっと早いのではないか？」

「そうなのですが、先日の雨と風のせいで道が悪いため、馬で進むには向かないのです」

それならレンの足でも時間が掛かりそうなものだが、彼の身体能力は一般的な大人のそれよりも高いから、そう心配は必要ないだろう。

ヴァイスもそう思ってか、特に懸念を抱いている様子はない。

「早速ですが、これから行ってみようと思います」

「承知いたしました。では僭越《せんえつ》ながら、上流へ向かう道までご案内いたします」

村を預かる騎士は最後まで申し訳なさそうにしていた。

レンを見送る際には深々と頭を下げていたほど。

◇◇◇◇

レンは一時間以上かけて道を進んだ。

道はぬかるんだ泥がいたるところにあるせいで、聞いていた通り歩きづらい。

横を流れる川を見ながら、そろそろだろうか？　などと考えながら歩いていると、ようやくそれらしき場所が見えてきた。

枝分かれした支流の一本が、下流の村を流れる川に繋がっている。

合流地点は幾本もの倒木で塞がれていて、倒木と倒木の間から流れる水の音がした。

水が減った川から飛び跳ねてしまったのか、魚が何匹か地面の上で跳ねていた。

「帰りに持って帰ろ」

村人の大切な食料だというし、無駄にしないためにも。

レンは倒木を眺め、

「……退かすかー」

川に近づき、上から一本ずつ倒木を退かしていく。

途中、川の水で服が濡《ぬ》れたせいで真顔になった。

もっと気を付けながら退かしておけばよかったと後悔していると、

「ボクとしては自然魔法にものを言わせればいいと思うんだけど、どうかな？」

近くから声がしたので誰かと思い、その方向に目を向ける。

先日、ギルドで言葉を交わした法衣姿の女性が立っていた。

相も変わらず加工したような声だから、殊更、気付きやすかったのだろう。

「どうして貴女《あなた》がここに？」

「それはボクの台詞だよ。クラウゼルにいたはずのキミが、どうして川で水遊びをしてるの？」

「俺はやむを得ない事情がありまして。――――それと、水遊びじゃないです」

れっきとした仕事なのだが、こうも濡れていては胸を張れないところだ。

ところが不満げなレンの姿を気に入ったのか、法衣姿の女性はくすくすと笑いながら宙に指をかざし、くるくるっと動かしはじめた。

「風邪を引いちゃったら大変だもんね」

瞬く間にレンの服が乾いていく。

服の汚れまで消えていき、パリッと乾いた服に早変わりした。

「いまのは？」

「ふっふっふー……何を隠そう、いまの魔法は服を綺麗にしてしまう魔法なのだ！　どう？　どう？　すごいでしょ！」

明らかにそんな限定的な魔法ではないだろう、とレンは思った。

そんなことよりも、レンはこんな用途に使える魔法があることを知らなかった。

とはいえ七英雄の伝説でそんな魔法があったところで、誰が使うというのだろう。汚れなんて概念はないから、使い道は皆無なのだ。

(ってことは、俺が知らない生活用の魔法も存在するのか)

予定外に面白い知識を得たと思い、レンは満足した様子で微笑んだ。

「結局、貴女はどうしてここに？」

「お仕事だよ。この見るからに怪しそうな服装と違って、結構、お堅いお仕事なんだ」

「……なるほど」

レンは怪しさに対して否定も肯定もせず、

(怪しい自覚はあったのか。変装が必要で、しかもお堅い仕事――ってなんだ？)

警戒心は捨てず、僅かに首を傾げた。

だが、法衣の女性は他に何も教えてくれる様子がない。

声は依然として加工されたままだったし、深く被ったフードから覗くのは口元だけで、どうしてかそれ以上は顔のパーツがレンの視界に映らない。

やはり、あの法衣が彼女の姿を隠すための効果を持っているのだろうか。

レンは答えを見出せず、黙ったまま女性の言葉を待つ。

『……ブルゥ』

すると何かの声が聞こえ、レンと女性が顔を向ける。

二人がいる場所から少し離れた、川に落ちていなかった倒木の陰。

あるいは倒れていない木々の陰から、数匹の魔物がレンたちを見ていた。

レンにとっては懐かしいリトルボアだ。

「災害のせいで、普段の餌場で食べるものがなかったんだろうね」

「どうやらそのようです」

女性はレンの返事を聞いてすぐ、彼の前に立ちふさがるように動いた――のだが、レンはそれよりも早く一歩前に出る。

女性を庇《かば》うように立ち、腰に携えていた鉄の魔剣を抜いて構えた。

前に出られた女性はまばたきを繰り返し、

「あ、あれ？　どうしてキミはボクの前に立ってるの？」

「そりゃ、戦うためですけど」

レンはいまにも襲い掛かってきそうなリトルボアから目をそらさず、振り向くことなく答えた。

「そ、そうじゃなくってっ！　まるでボクを守るようにしてるのは!?」

「実際に守ろうとしてるんだから、当たり前じゃないですか」

「――――ふえ？」

怪しさに溢《あふ》れた女性相手ではあるが、レンの身体は自然と動いていた。

恐らく、リシアと行動するうちに身に付けた振る舞いであろう。

また、警戒心もさることながら、見ず知らずの女性に守られるようなことは受け入れがたかったのもある。

背を見せることにはやや不安があったから、すぐにリトルボアの討伐にかかる。

近くでは、女性がいまもなお驚きの声を上げていた。

「……やっぱり、キミが例の英雄さんなのかな」

呟きはレンの耳に届かず、彼は飛び跳ねたリトルボアを瞬く間に討伐した。

彼は女性に振り向き、

「何か言いましたか？」

「うん。キミは可愛いなー、って」

「……意味がわからないんですが」

「説明してあげるって言ったら、一緒に帝都に来てくれる？」

「いえ、絶対に行きません」

「はぁ……残念」

法衣の女性は心底残念そうに呟くと、仕方なさそうに歩き出す。

彼女はすれ違いざまに、レンの服に付いた返り血を浄化した。

「もう行かなくっちゃ。仕事だらけで辟易《へきえき》してたけど、キミと会えたおかげで楽しかったよ」

唐突な別れの言葉がレンに告げられる。

「待ってください！　まだ話は……ッ！」

まだ、聞いておきたいことがある。

冒険者ギルドで、そしてさっきもレンの力を示唆したことを確認できていない。

しかし、彼女の肩に手が届きかけたその刹那、

「――――ボクはこれからバルドドル山脈に行かなきゃだから、またねっ！」

レンの前に暖かな風が吹き、一瞬だけ手で目を覆った。

次に目を開けたときには女性の姿はなく、片付けるはずだった倒木もどこかへ消えてしまっていた。

怪しさ満点だったあの女性について、レンはじっと佇みながら考えた。

いろいろな魔法、そして一人称。

いま一度話してみてよくよく理解に至った、彼女の人懐っこさを感じさせる話し方。

これらを思えば、レンもある人物を予想できる。

「……まさか、あの女性《ひと》じゃないよな」

けれど、その人物がこんな田舎にいるとも思えなかった。

何せ脳裏を掠めたのは、帝国士官学院の学院長こと、クロノア・ハイランドに他ならない。

しかしどうにも半信半疑だ。極めて多忙な彼女がここにいるとは、どうしても断定できなかった。


村に帰ったレンは念のために、川の上流で会った女性のことをリシアに告げた。

レンが素性が知れない女性と冒険者ギルドで出会い、その女性と川の上流で再会したことを聞いたリシア。

あの女性がわざわざレンに姿を見せたということは、一行を追ってきた可能性は低い。

故にイェルククゥのときのように、アシュトン家の村が襲われた一件とは同一視できなかったが、
リシアはヴァイスと相談した。

「念のため、予定を切り上げてクラウゼルに帰りましょう」

春先の件からまだ間もないとあって、リシアもヴァイスも慎重だった。

# 六章　白金の羽

レンがクラウゼルに帰ってから数日後の朝だ。

旧館の自室で目を覚ましたレンが朝日を浴びるべく窓辺に近づいた。

彼はその傍にある机と、その上に置いたままだったセラキアの蒼珠に目を向ける。今日も今日とて内部で青い靄や雷光に似た光が迸るそれに、何となく手を伸ばした。

もちろん返事はなかったが、内部の靄や光が蠢いて応えているように見えた。

ついでに、以前も経験した魔力が吸われるような感覚もあった。

「……魔力を吸ってるみたいだけど、孵化させてあげることは難しいんだ」

申し訳なさそうに言えばセラキアの蒼珠が微かに震え、切なさそうにしている気がした。

レンはセラキアの蒼珠から手を離した。

すると間もなく、

『レン様、ユノでございます』

部屋の外からレンを呼ぶ声が聞こえ、レンは軽く身だしなみを整えてからユノの元へ向かう。

ユノは朝から申し訳ないとレンに謝罪したうえで、あと数時間後に、クラウゼル邸へ多くの荷物が届くと言った。

「荷物……ああ！　リシア様の誕生日パーティのためのですか？」

「ご賢察でございます。食材をはじめ、パーティに必要な資材が一気に運び込まれることになっておりまして、それらを旧館のエントランスに運び入れるのです」

「わかりました。それなら俺も手伝いますね」

朝から仕事が決まったレンは一度ユノと別れて身だしなみをしっかり整える。

着替えをしていると、一度旧館を去ったユノがレンの朝食を手に戻ってきたため、今日はその厚意に甘えることにした。


荷物は昼になる前にクラウゼル邸に届いた。

レンが資材の整理を手伝っていると、

「はぁ……はぁ……っ！」

旧館のエントランスにリシアがやってきた。

昼を過ぎた頃で、騎士たちは休憩に向かったときのことだった。

息を切らしてやってきたリシアが、慌ててレンと顔を合わせる。

「み、見たっ⁉」

「見たって、何をです？」

「たとえばほら……っ！　厳重に梱包《こんぽう》された、武器みたいなものとか……っ！」

なかなか、選択肢が限られる問いかけだ。

とりあえず、レンはリシアが言ったものに該当する品は見ていない。

（注文したものがこっちに紛れ込んでたのかな。でも武器なら別に焦らなくていいような……）

レンがそう思っていたら、リシアが「あったっ！」と声を上げた。

彼女の目的の品がこちらに迷い込んでいたらしく、リシアはレンが目を放している隙にそれを抱きしめ、隠すようにレンに背を向けた。

「……見た？」

と、再びの問いかけ。

リシアは背中で隠しているだけなので、彼女の肩越しに何かが若干見える。

厳重に梱包され、彫刻が施された白木の箱を見た気がしたが、忘れることにした。

「いえ、よく見えなかったです」

「……ならよかった。私は用事を思い出したから、また後でね！」

妙によそよそしく立ち去ってしまったリシアを見送ったレンは、

「リシア様の様子を気にしてる場合じゃなかったな」

彼自身、考えなければならないことがある。

資材の移動を手伝いながら、頭の中ではリシアへの贈り物のことだけを考えていた。

（リシア様に喜んでもらえるもの……服は前に贈ったから、別のものかー……）

アクセサリーはどうだろう。指輪などは意味深すぎてまずい気がしてならないが、普段使いもできる品であれば大丈夫そうな気がした。

レンはしばらく迷った末に、とある品を思い付く。

(髪飾りとかいいんじゃないかな)

リシアの絹のような美しい髪を彩る髪飾りだ。

とはいえ下手な品を送ることは絶対にできない。

どんな髪飾りなら似合うだろうかと迷ったレンが、窓の外の空を見上げる。

「ホワイトホークだ」

空をホワイトホークの群れが飛んでいた。

ホワイトホークと言えば、レンがリシアと逃避行をしていた際にも見た魔物で、白い羽毛が特徴の鳥の姿をした魔物だ。

その群れが飛んでいく姿をじっと見つめていたレンが、ふと、あるアイテムの存在を思い出して頬を緩めた。

◇　◇　◇　◇

しかし、

「そりゃ貴重品だしあるわけないかー……」

数刻後、レンはギルドで項垂《うなだ》れていた。

町中の店を巡《まわ》ったので、もう空は茜色《あかねいろ》に染まっている。

窓から差し込むその陽光に照らされた彼の横顔は、いつもと違いやや焦りを浮かべていた。

項垂《うなだ》れたレンを見て、狼男が近づいてくる。

「どうしたんだい？　困っているようだが、手伝えることはあるかい？」

「……実は探している素材がありまして。でも手に入れるのが難しいんです」

「素材？　英雄殿でも困る素材なのか？」

レンは一縷《いちる》の望みを込めてその素材の名を口にする。

「白金の羽を探してるんです」

磨き上げられた純銀のように煌めくことから、多くの女性を虜《とりこ》にしている素材のことだ。

一般的な扱いは宝石と同じ貴重品で、そこに特別な効果はない。

「し、白金の羽というと、ホワイトホークが稀《まれ》に生やす羽のことかい!?　英雄殿も知っていると思うが、あれは本当に運がよくなければ手に入らないぞ!?」

「ええ。なので頑張らないとって思ってます」

「なるほど……道理で英雄殿が困っていたわけだ……」

ホワイトホークには時折、通常の個体より多くの魔力を持って生まれる個体が存在する。白金の羽はその個体が生やす尾羽のことだ。

だが、白金の羽はそれが生えたホワイトホークを討伐すると同時に、一瞬で普通の羽になってしまう。羽から魔力が抜けて普通の羽になるからだ。

それにホワイトホークは敵を察知すると逃げるために魔力を使う。

これで普通の羽になってしまうと、白金の羽になるまでまた数年を要するとあって、狼男が呟いたように運がよくなければ得られない。

基本的に、抜け落ちた羽を拾うことだけが入手方法とされているためだ。

あくまでも、一般的には。

レンは別の入手方法を知っている。

まずはホワイトホークの魔力が安定している満腹状態なことが前提で、さらにそのホワイトホークに見つからないように昏睡《こんすい》させなければいけない。

その隙に白金の羽を拝借する。

命まで奪う必要はない。

(ゲーム時代はホワイトホークと出会って、しかも見つかっていない状況のまま食べ物を放り投げて――――それを食べさせてから昏睡させたんだっけ)

昏睡させる手段は魔法か、頭部を狙い物理的にどうにかするかの二択だ。

これらの前提に加え、ホワイトホークが基本的に狩りづらい魔物であることも影響して、白金の羽を人為的に得る方法は一般的に知られていない。

「帝都の商会に手紙を送るのはどうだい？　こちらの方がより確実だと思うぞ？」

「それだと遅いんですよね……」

リシアの誕生日まで一か月もない。

鋼食いのガーゴイルの件で資金は潤沢でも、行動が遅かったことが惜しい。

（あの儲《もう》けのおかげで、村全体の生活水準をさらに上げられるくらい潤ったけど……）

金があっても時間はどうにもならないということだった。

「なら自分でホワイトホークを探すしかないわけか」

「ですが、ホワイトホークを探すところからなので、前途多難どころじゃありません」

「うん？　白金の羽を入手できるかはさておき、ホワイトホークの群れが通る場所なら知ってるぞ」

それを聞いたレンはテーブルの上で身を乗り出す。

「ほ、本当ですか!?」

「ああ。場所は……そうだな。あっちの地図で教えよう」

狼男に促されて向かった先の壁に掲示された地図を前にして話を聞いた。

どうやらホワイトホークの群れは、東の森を昼前に通過するようだ。場所は大地の裂け目から、また数時間ほど奥まったところだった。

「英雄殿は周辺を見回っているから、知っていると思っていたよ」

「あはは……まだ調査しきれていないところもありまして……」

レザードから魔物の調査を請け負っているものの、全体の地形を把握できているわけではない。

また、どういった魔物がどのように生息しているかも、不明な点がないわけではなかったのだ。

「私も現地での狩りを手伝いたいんだが、自分は自分で、依頼のためにしばらくこの町を離れなくちゃいけないんだ。この後すぐにね」

「教えていただいた情報で十分ですよ。でも、しばらくですか？」

「そうなんだ。クラウゼル男爵からギルドに依頼が来てね。薪や魔道具なんかを、いろいろな村に運ぶ依頼を請け負ったってわけさ」

「そういえば、今年の冬はすごく冷えそうって話ですからね」

「ああ。自分の冒険者としての経験から言っても、今度の冬は大変だと思う。夏のうちに動くことに決めたクラウゼル男爵は、やはり仕事が早いお方さ」

その寒さに備えるための依頼とならば、なおのことこれ以上力を借りることは避けたい。

レンはもう一度礼を言い、狼男に頭を下げた。

(明日から挑戦しないと)

今後を考えるレンと、隣でそのレンを見る狼男。

彼はレンの瞳をじっと見つめ、その奥に何かを探るように黙りこくっていた。

◇　◇　◇　◇

屋敷に帰ったレンは廊下でリシアと鉢合わせた。

昼、レンに見られたくない荷物を隠して去ったリシアがどうしてか、いまは疲れた様子でふらふら歩いている。

しかしレンを見つけると、疲れ切った様子ながら微笑んだ。

「お帰りなさい」

「ただいま帰りました。リシア様はどうしてお疲れなんですか？　もしかして俺がいない間に剣の訓練でも？」

「ううん……魔力を使いすぎちゃっただけだから、心配しないで」

予想していなかった言葉にレンが首を傾げた。

「神聖魔法の訓練ですか？」

リシアが首を左右に振る。

「魔道具に私の魔力を――――って!?」

疲れ切っているのか、油断したリシアは素直に返事をしてしまった。

レンは気づかなかったようだが、リシアはハッとして頬をぱんっ！　と叩いて意識を覚醒させた。

「何でもないからっ！　気にしないでっ！」

リシアは足早にレンの元を立ち去ってしまう。

まだ足元がふらふらしている彼女を、レンは不安そうに見送った。

◇　◇　◇　◇

翌朝、レンは日が昇る前に町の門に到着し、門番を務める騎士に挨拶をしてから街道に出る。

しばらく進んだところで、朝日が少しずつ辺りを照らし出した。

「頑張るか」

そうレンが言えば『ヒヒンッ』と、元イェルククゥの馬が嘶く。

ちなみに名を「イオ」という。

名前に特別由来はなく、響きからそれがよいとレンが決めた。性別は牝《めす》だ。

「白金の羽が手に入ったら、服を買った店のご主人に加工してもらうんだ。その時間も考えないといけないから、急いで手に入れないと間に合わない」

『……ブルゥ』

「あの、よくわからないからって、路肩の草を食べないで」

イオはレンの言葉を気にせず路肩の草を食みはじめた。

「ま、まぁいいや……」

やがて満足して歩きはじめてくれたから、何も言うことはない。


数時間もすればレンは予定していた狩場、ホワイトホークが空を通過する付近に足を踏み入れた。

辺りには背の高い木々が何本も生えており、その上部にはブドウを思わせる鮮やかな赤い果実を実らせている。

人が食べても美味《おい》しいと感じる甘い果汁が特徴なのだが、労力の割に儲けが得られないため、採りに来る者は滅多にいなかった。

狼男が言うには、その果実がホワイトホークの好物なのだとか。

度々訪れるホワイトホークの群れが毎日のように食べても、十分な量が実っていた。

（ちょうどいいな）

ホワイトホークを満腹にさせる手間が省ける。

あとは見つからないよう、なるべく自然に見えるように木の魔剣の力を駆使して潜んだ。

人の匂いは冒険者ギルドで購入した、匂い消しの香水で消している。

（問題は、白金の羽を持ってる個体が現れるかなんだけど）

懸念を抱いてすぐ、近くの空に白い雲のように動くホワイトホークの群れが現れた。

その群れはまっすぐレンが待つ方角へ向かって飛んでくると、枝に留まり果実をつきだす。

（いないかなー……）

一羽一羽の外見を確認するが、ゲーム時代は数百羽と出会ってやっと一枚得られるかどうか。

だから、得られなくて当然。何度も探して見つからなければ、諦めて別の贈り物を用意しなければいけない。

ホワイトホークは次々に位置を変える。

最初は何羽いるのか数えてみたが、途中から諦めた。

はじめにやってきた群れは数分もすればこの場を去り、つづけて別の群れが入れ代わりにやってくる。

白金の羽と思しきものは数十羽、百羽を超えても見当たらない。

さすがに無謀だったか、とレンは苦笑いを浮かべはじめたのだが、

（ん？）

不意に眩《まぶ》しい光がレンの双眸を刺激した。

それは、どこかに反射した日光だった。

しかし反射するようなものはないはずなのに、とレンは光の方を見た。

(んん!?)

視線の先で果実を食む、一羽のホワイトホークに目を奪われる。

煌びやかな尾羽を生やしたホワイトホークがいた。

(いるじゃん!)

果実を食むホワイトホークの姿にレンの目が釘付《くぎづ》けになる。

尾で存在を主張する白金の羽を見て、何としても手に入れなければと思った。

レンがホワイトホークの頭部に狙いを定め、手にした石を投擲する直前、

(――――へ!?)

食事を終えた個体から空に飛んでいき、つづけて一羽、また一羽と羽ばたいていく。

白金の羽が生えた個体も倣って羽ばたき、これまでいた木から足を離してしまう。

そもそも投擲が得意でもないため、無理に狙って失敗してしまえば白金の羽がなくなってしまう。

(そうだ!)

レンは投擲による昏睡は難しいと悟り、別の手段を思いつく。

盗賊の魔剣を召喚して指に装着し、身体を任せていた太い枝を蹴って宙に飛ぶ。

『クルゥッ?』

宙に飛び出した彼の音が気になって、狙っていたホワイトホークが振り向きかけた。

しかし、振り向き終えるその直前、レンの腕が一瞬先に振り下ろされ、それにより一陣の風がホワイトホークの身体を撫でた。

『ガァッ！　ガァッ！』

『クルッ！　クルルゥッ！』

周囲のホワイトホークたちも一斉に鳴き声を上げ、唐突に現れたレンから離れるべく慌てて翼を羽ばたかせる。

レンはそれを、地面に落下しながら見上げていた。

落ちることへの恐れはない。

レンは召喚していた木の魔剣を大地に向けて振り、木の根やツタを生み出してそこに身体を落とした。

やや遊びを持って張られたツタがレンの身体を受け止めると、彼は手元にあった感触に気が付いた。

(どうかあの羽でありますように)

見るのが怖くてしり込みしてしまう。だから確認できたのは、たっぷり数十秒経ってから。

意を決して顔の上に運んだ手のひらを開くと、ひらっ、ひらっ、と数本の羽が胸元に舞い落ちる。

「……ははっ」

乾いた笑いは、緊張で喉が渇いていたせいだ。

しかし、頬に浮かんだ喜色は格別のもの。

「もしかしたら、一生分の運を使い果たしたかも」

ただでさえ数が少ない白金の羽。

それをランダムでアイテムを奪える盗賊の魔剣で得ることは、限りなく低い確率の奇跡なのだろう。

レンは胸元に落ちた白金に輝く羽を見て、感じたことのない喜びに全身を震わせた。

◇◇◇◇

白金の羽をリシア行きつけの店で加工してもらう手はずを整えてから、幾日か経った。

レンは夜な夜な、本邸のキッチンでユノからパーティでの作法を教わり、パーティ前夜までそれをつづけた。

「え？　外部からのお客さんはいらっしゃらないんですか？」

作法を教わり終えた後の会話の最中、レンが驚きの声を上げた。

「帝都近くの町で開く場合でしたら招待していたでしょう。ですが、クラウゼルは大きな町や領地からは遠いので……どうしても、貴族のパーティのようにはならないのです」

一応、この町に足を運ぶ商人などが挨拶に来ることはある。

それも誕生日パーティが開かれる夜までで、基本的にそういった客は日中のうちに来訪を終える。

「なので簡単なマナーさえ覚えていただければ、あまりかしこまる必要はございません」

レンがなるほど、と思い礼を言えば、ユノは笑みを浮かべてレンの元を去った。

僅かに強張っていた身体をうんと伸ばして息を吐き、ユノに倣ってキッチンを出る。

するとレンの耳に、

「……また、私に隠れて何かしてる」

不満そうに呟くリシアの声が聞こえた。

彼女は曲がり角からそっとレンの方を覗き込み、じとっとした細目でレンの様子を窺っていた。

レンが近づくと彼女は姿を隠してしまうが、レンが曲がり角まで行けば、彼女はその先で壁に背を預けて佇んでいた。

「あらレン、奇遇ね」

「奇遇っていうか、さっき俺の方を見てましたよね？」

「ううん。知らないわ」

「……左様ですか」

リシアの挙動不審はどうしたものかと思ったが、彼女がとぼけるのなら仕方ない。

「ねぇ、どうして最近キッチンに通ってるの？」

どうやらリシアは、レンが何をしているのか気になっていただけのようだ。

レンとしても隠す必要はないから、連日何をしていたのか素直に答えた。

「もう！　それなら私が教えたかったのに！」

可愛らしく唇を尖らせたリシアに対し、レンは何とも言えず苦笑した。

「ですが最近のリシア様はお疲れだったじゃないですか。魔力を使いすぎたとかで」

「うぐっ……そ、そうだけど……夜はちょっとだけ回復して楽になるの。それにレンったら、最近は夜に話したいって思っても、ずっと旧館にいなかったもの」

「あ、だから隠れて様子を窺ってたんですね」

「知らないわ。私は別に隠れてないもん」

今日はいつにも増して拗ね方が可愛らしい。

レンに向けた上目遣いはその一言に尽きたが、その双眸に浮かぶ微かな寂しさは見間違いではないだろう。

「一応お尋ねしますが、無理してたりはしませんよね？」

「うん。明日はパーティだから、今日は無理をしないように大人しくしてたわ」

「ならよかったですが——毎日のようにあんなにお疲れになるまで、何をしてたんですか？」

一瞬答えに詰まったリシアが、表情を一変させて楽しそうに笑う。

「まだ秘密」

「まだってことは、いずれ教えていただけるんですね」

「ふふっ、そうかもしれないわね」

リシアは楽しそうに言い、レンと久しぶりに夜の歓談でもと誘った。

しかしレンは「そうだ」と別の案を口にする。

「せっかくですし、もしよければ、俺が学んだ成果をご覧いただくのはどうでしょう」

「どういうこと？」

「ユノさんには諸々の作法とは別に、お茶の淹れ方《いかた》も教わったんです。ちなみに、披露してもリシア様に満足いただける自信は皆無です」

「誘ってくれたのは本当に嬉しいのだけど……自信満々にそう言われるとは思わなかったわ」

開き直ったように言ったレンの前で、リシアはつい本音を漏らした。

「いやぁ……実際のところ、数日教わった程度なので」

「はいはい。でも、楽しみにしてるからね」

軽い足取りでキッチンへ向かった二人。

レンが茶を淹れる姿を見つめるリシアはやがて、淹れたての茶が入ったカップを口元へ運んだ。

すると彼女は嬉しそうにはにかんで、

「美味しい。でも、ちょっとだけ苦いかも」

◇◇◇◇

翌日はレンが聞いた通り、周辺から足を運べる者たちがお祝いのために屋敷を訪れた。

この日、レンは一度もリシアを見ていない。

何処《どこ》にいるのかは知っていたが、来客の多さから彼女と顔を合わせられていなかった。

あっという間に日が傾き、パーティ本番の時間が近づきつつあった。

「まさか役立つ日が来るなんて」

夏になる前、リシアに贈られたあの服だ。

レンは体に合わせて仕立てられたジャケットに袖を通し、旧館の姿見の前に立ってみる。

黒い生地に淡い色のチェック柄で、スラックスも合わせれば、貴族の令息のようだった。

ジャケットの内ポケットに贈り物が入った細長い薄い白木の箱を忍ばせれば準備万端。

箱のせいで胸元がやや浮いてしまうが、気にして見ればわかる程度だった。

「行くか」

旧館の扉を開けて外に出れば、夜の帳《とばり》が降りつつある空が視界に映った。

本邸の窓から漏れた灯りと相まって、どこか幻想的な光景だ。

レンは正装用の履きなれない革靴で足音を立てながら本邸に向かう。

「似合っているぞ。その凛々しさはまるで、勇者ルインのようだな」

そう言ったのは、本邸に着いてすぐのレンを見かけたヴァイスだ。

彼の傍にいた騎士たちも、似たような言葉をレンに投げかける。

「そういう皆様も、今日は普段と違うお姿じゃないですか」

騎士服というのだろうか。一見すれば軍服のようにも見える服装で、騎士もパーティの際にはそうした服装で参加するのが通例だ。

レンはヴァイスたちと共に、パーティの会場となる大広間へ向けて歩を進める。

「ところで少年、例年なら私が騎士の代表として、使用人らの代表は執事からお嬢様に贈り物をする流れになっている」

「では俺はその前ですね」

「いや、少年は私たちの後だ」

「……うーん？」

「他でもない少年の贈り物なのだ。我ら、仕える者たちの前というのは違う気がしてな」

何を言ってるんだ、この人。

無礼だが、レンはついこう思った。

「いつもなら、ご当主様が最後に贈り物を渡される。少年にはその前を担当してもらいたい」

「本気ですか？」

「本気だとも」

レンは緊張で胸焼けしそうになり、つい左胸に手を伸ばした。

「胃が痛くなってきた気がします」

「少年の少年らしい姿を見られるなんてな」

「勘違いなさらないでくださいね。俺はまだ子供ですよ」

「いやなに、日ごろの振る舞いを見ていると、少年の年齢をすっかり忘れてしまう」

「では、この機会に再確認しておいてくださいね」

どこか投げやりに言ったレンを見て、皆が笑った。

◇　◇　◇　◇

大広間の最奥には、一際大きなテーブルが一つ置いてある。周りを色とりどりの花々や、数多くの贈り物に囲まれた華やかな席だ。

現れたリシアの姿が、レンの目には輝いているように見えた。

以前から変わらぬ妖精のような容貌が、いまはまるで高貴な姫君のよう。

彼女は父のレザードに手を引かれ、凜然としながらも、可憐な笑みを浮かべながら皆の拍手を浴びていた。

不意にレンの視線と彼女の視線が交錯した。

『似合ってる？』

唇の動きだけで尋ねられ、レンも同じように『似合ってます』と唇の動きだけで答える。

リシアも、『レンも似合ってる』と唇を動かした。

リシアが席に着けば、集まった皆は新たなグラスを手に取った。

レザードの口から今宵のために集まってくれた皆へ、また、中でも特にレンへ心から感謝の言葉が述べられてから、乾杯の声が発せられた。

次に使用人を代表して執事がリシアへの贈り物を渡しに行き、つづいて騎士を代表してヴァイスがリシアの元へ足を運んだ。

「我々、騎士一同からの贈り物でございます。私が近衛騎士時代に世話になった帝都の店から、訓練用の品を一式取り寄せました」

「ほんとに!?　ありがとうっ！」

リシアが本心から喜んでいるのがレンにもわかった。

しかし、訓練用の品を一式貰って喜ぶ令嬢は稀有だろうとも思った。

（てか、近衛騎士時代って……）

近衛騎士はそれ即《すなわ》ち、レオメルという国に仕える騎士の頂点。

将官たちを除けば、それ以上の騎士は近衛騎士隊の隊長や、皇族一人一人の護衛くらいなもの。

だが驚いてばかりはいられない。事前の打ち合わせでは次はレンが贈り物を渡す番だ。

レンは高まりつづける緊張に気が付かないふりをして歩きだし、一歩ずつリシアに近づいていった――――のだが足を止めた。

レザードは最後に贈り物を渡すと聞いていたのに、何故かレンより先に渡してしまったのだ。

「申し訳ありません。これは私たちも想定外です」

レンの傍で様子を見ていた騎士が言った。

「もしかしてレザード様は、俺が贈り物を用意してないとお思いなのでしょうか？」

「いえ、恐らく用意してあると確信しての振る舞いかと。ご当主様をご覧ください」

騎士に言われてレザードを見れば、レザードはレンに向かって密かに笑った。

（……まぁ、いっか）

怯《ひる》みすぎるのも男らしくないと思い、レンは頬をパンッ！　と叩いて気合を入れる。

コツン、とレンの足音が広間中に滔々《とうとう》と響き、それまでの賑わいがしんと静まり返った。

リシアはテーブル越しに見ていたレンに近づくため、自身も歩いてテーブルの前へ進む。

二人は大広間の中央で向かい合った。

互いにはにかみ、口を開くまで十数秒を要した。

「おめでとうございます。それと……似合ってます」

それを聞いたリシアは照れくさそうに首をコロン、と寝かせた。

「ありがとう。嬉しい」

その声はいつもと違い、どこか熱を孕んでいた。

普段と違ったぎこちなさが二人の間に漂いはじめる中、レンがすぅっと息を吸ってから、

「というわけでですね、俺からも贈り物を用意してるんです」

「……いいの？　私、レンにたくさん迷惑を掛けちゃったのに」

「俺はそう思ってないので、気にしないでください」

リシアは本当に貰っていいのかという迷いがある一方で、他でもないレンから贈り物を貰えることに、言葉にできない喜びを覚えていた。

胸が早鐘を打っているのが、レンにバレないか心配でたまらなかったほどだ。

「受け取っていただけますか？」

「――――うんっ！」

レンは喜んでもらえますように、と何度も何度も心の中で呟いた。

ジャケットの内ポケットに差し込んだ手が、遂にラッピングされた箱に届いた。

「お誕生日、おめでとうございます」

ありふれた祝いの言葉を口にして、用意した贈り物の入った箱を手渡した。

リシアはその箱を、一度は胸の前に持っていき両手で抱きしめた。

じっと箱を見つめてから、つづけてレンへ熱のこもった双眸を向ける。

「気に入っていただけるとよいのですが」

「もう。私、贈り物がこの入れ物だけだったとしても、他の贈り物より喜べる自信があるのに」

「お気遣いいただけたのは嬉しいのですが、それはそれで他の方に失礼ですので……」

リシアも、半分本気で半分冗談だったのだろう。

あくまでもレンの緊張をほぐすためなのと、それくらい嬉しいという気持ちを伝えたかっただけだ。

騎士や使用人も気分を害さず、二人の冗談に笑っていた。

レザードも二人を見守り、レンが何を贈ったのか楽しみにしているようだ。

「何かしら」

ラッピングのリボンを解《ほど》きながら呟くリシア。

箱の中にあった煌びやかな羽の髪飾りが、シャンデリアの灯りを清淑に反射した。

リシアは言葉を失った。

はじめて目の当たりにした品なのに、それが何なのかすぐにわかった。

やがて彼女の頬を伝った一筋の涙。

ただの涙のはずが、宝石に似た美しさを湛《たた》えていた。

「どうしたらいいの」

彼女は頬を伝う涙を指先で拭いながら。

「私、嬉しすぎて死んでしまいそう」

新雪を思わせる白い肌の指先を、瞳から溢れた珠《たま》の涙が濡らす。

「死んでしまうというのはまずいので、別の品を用意した方がいいでしょうか」

我ながら男らしくない冗談な気がしたが、喜ばれたことに胸を撫で下ろし、少し余裕ができたせいで口走ってしまった。

あるいは、自分の照れくささを隠すための軽口だろう。

「ううん、ダメ。もう絶対に絶対に返してあげないんだからね」

うっすらと紅が塗られた唇が上げられ、笑みを作り出す。

聖女と呼ばれるリシア・クラウゼルの姿はとうにない。

贈り物に喜ぶ、ただ一人の少女がそこにいた。

皆が二人の様子を見て気になるのは、レンが何を贈ったかに尽きた。

邪魔をする無粋な者は一人もおらず、二人のやり取りを見守っている。

「ねぇねぇ、よかったらレンが着けてくれる?」

リシアの声をきっかけに事情が変わる。

衆目の前でリシアの髪に触れてよいものかと迷ったレンも、本人からの頼みだし、誕生日だし、と彼女の願いを聞き入れた。

レンは箱から髪飾りを取り出して、リシアの髪に持っていく。

リシアの髪はよく手入れされており、手櫛《てぐし》を通す必要もなく整っていた。

絹のような髪を彩る髪飾りが、集まった皆の目に映し出される。

「な――――ッ」

最初にレザードが驚きに目を見開いた。

「ヴァイス！　あれは白金の羽ではないかッ！　レンはいったいどこから……ッ⁉」

「わ、わかりませぬッ！　帝都でも稀にしか流通しない品がなぜ……ッ！」

二人をはじめ、会場中が驚く姿に気が付かぬまま、リシアはレンに問いかける。

「似合ってる……かしら」

「ええ、よくお似合いです」

皆が注目するリシアの姿が、より一層輝いて見える。

白金の羽の髪飾りは彼女の耳のやや後ろ側にあしらわれており、彼女が軽やかに歩くたびにシャンデリアの灯りを反射した。

「お父様っ！　見て！　レンからこんなに素敵な贈り物をもらったのっ！」

「あ、ああ……よく似合っているな……」

レザードはまさかの贈り物に驚嘆しつづけていた。

リシアはそんなことに気づきもせず、似合っていると言われて気をよくした。

彼女は使用人たちにも髪飾りを披露しはじめ、褒められるたびにレンを見て、宝石のように輝く笑みを向けたのである。

リシアが喜んでくれたことに安堵していたレンの元へ、ユノがやってくる。

「驚きました……まさか白金の羽をご用意なさるなんて」

「運よく手に入ったんですよ。森に入って偶然です」

それが本当かどうかユノにはわからなかったが、確かに白金の羽は運がよくなければ得られない品と知られている。

だから疑う余地はないが、レンが言うと彼は確実な入手方法を知っていたのではないか？　と考えてしまう自分もいた。

だが、二人の元へリシアが戻ってきたので尋ねる機会を失してしまった。

「ユノも見てっ！　似合ってるかしら？」

「もちろんです。お嬢様にそれ以上似合う品はないかもしれません」

（それはさすがに言いすぎじゃ――――）

「ふふっ、私もそう思う！」

レンはリシアの声を聞いて照れくさくなり、思わず顔を逸らした。

傍のテーブルに置いてあったグラスを手に取ると、顔を隠すためにも一気に呷《あお》って中の果実水を飲み干した。

冷たい果実水が、少しだけ火照りを鎮めてくれた気がする。

「レン？　どうしたの？」

「いえ、何でもないので気にしないでください」

照れているレンを知るユノは密かに笑うと、彼に助け船を出す。

「さぁお嬢様、私たちも頑張って料理をご用意させていただきましたので、是非ともお楽しみください」

「そうね！　こんなにたくさんご馳走を用意してもらったんだもの！」

その後はユノが料理を二人に運んできたり、ときに他の使用人や騎士を交えて歓談を楽しんで時間を過ごした。

白金の羽の件をレザードに尋ねられたが、レンはやはり運がよかったとしか言えない。

入手方法は知っていても運が必要な品であることには変わりないため、嘘ではないだろう。

パーティがはじまってからの賑やかな時間は瞬く間に過ぎていき、時計の長針が何周かしていた。

そろそろパーティもお開きとなろうとしていた頃に、リシアがレンのジャケットの裾を摘まむ。

「この後、ちょっとだけ時間を貰える？」

「大丈夫ですが、どうしたんですか？」

「えっと……あのね、私が魔力を使いすぎてた理由を、レンさえよければお話ししたいなーって思ってて……」

おずおずと、いつになく弱気なリシアだった。

レンは別に断る理由がないし、むしろ誕生日なのだからリシアの願いは叶えられる限り叶えてあげたい。

これ以上の夜更かしが大丈夫なのかとレンが聞けば、リシアは「平気」と短く答えた。

すると、彼女はレンをパーティ会場から連れ出してしまう。

腕を引っ張られたままのレンは抗《あらが》うことなくその後につづいた。

どこへ向かうのだろうと思っていたら、リシアの部屋の前まで連れてこられた。

「ちょっとだけ待ってて」

レンがそこで待って、数分。

部屋の中から戻ったリシアは胸元に、白木の箱を抱いていた。

(それって――――)

以前、リシアの誕生日パーティのための資材が旧館に運ばれてきた際、その中に混じっていた木箱だった。

それをどうして？　疑問に思ったレンをリシアが屋敷の外にあるテラスへ誘う。

生垣に囲まれたテラスは満天の星を望むことができて、誰の目も気にする必要がない。

「こんな誕生日を過ごせるなんて、夢みたい」

テラスの椅子に腰を下ろしたリシアが言った。

レンは彼女の対面に腰を下ろして、リシアはきっと話し相手が欲しかったのだろうと思った。

だが、気になるのは目の前のテーブルに置かれた白木の箱だ。わざわざその箱を取りに行った理由もわからないところなのだが、

「……さっき、魔力を使いすぎてた理由を話すって言ったでしょ？」

「ですね。もしかして、それとこの木箱が関係あるんですか？」

コクリ、とリシアが頷いた。

彼女はそのまま顔を上げることなく、頬から首筋まで真っ赤に上気させて言う。

「こ、これ――――っ！　時間が掛かっちゃったけど、レンに似合うようにって選んだからっ！」

すると、リシアは白木の箱を手で押して、レンの前に差し出した。

いまの会話から察するに、リシアからの贈り物のようだ。

けれどレンは、彼女の誕生日に贈り物を貰う理由がわからなかった。

「あの……」

「いいから、開けてみてっ！」

まだ俯いたまま肌を上気させたリシアが急かすように言ったため、レンは疑問を抱きながらも白木の箱に手を伸ばす。

蓋を開けたレンは、白い鞘《さや》に入った短剣を見た。

月桂樹《げっけいじゅ》をモチーフにした金細工が施された、清廉な印象を抱かせる短剣だった。

レンはイェルクゥとの戦いの際、リシアに貸して以来どこかへ紛失してしまった短剣のことを思い出す。

「リシア様が絶対に返すと言っていた短剣、ですよね？」

「……うん。最近、毎日魔力を使い果たしてたのは、その短剣を用意するためだったの」

つづけて「鞘から抜いてみて」とリシア。

促されたレンは素直に短剣を手に取って、鞘から抜いた。

その剣身はまるで磨き上げてカットされた水晶のように透明だったが、それだけじゃない。

剣身の内部に眩《まばゆ》い閃光《せんこう》が迸っているのがわかる。

「それ、ただの短剣じゃなくて魔道具でもあるの。剣身が金属じゃない特別な素材でできてるから、魔力を封じ込めることができるのよ」

「ってことは、この中に見える閃光は――――」

「うん。私の魔力を限界まで封じ込めてあるから、斬り付けたら神聖魔法に似た効果があると思う」

だがリシアが使う神聖魔法ほどの汎用性と強さはなく、あくまでも斬り付けた際に、リシアの魔力による効果を僅かに発揮するだけであるそう。

そのためこうした短剣は戦力に数えず、お守りとして持ち歩く品なのだとか。

しかしながら切れ味はよく、無くした短剣のように石突きを擦って火を熾《おこ》せるのだが。

「だからその……レンのお守りになればって思って……っ！」

リシアはようやく顔を上げ、真っ赤な頬と、潤んだ瞳をレンに向ける。

「……高価な品のようですが、いいんですか？」

「イヤ……なの？」

顔を上げたリシアは真っ赤に上気した頬のまま、不安そうな声で尋ねた。

目元は微かに涙で潤み、いまにも涙が零れ落ちそうなほど頼りない。

自分の気遣いのない言葉に気が付いたレンが「すみません」と言ってつづける。

「いえ、嬉しいです。恥ずかしながら、腰に携えたらカッコいいかなー……と想像していたくらいですから」

レンはそう口にして、短剣を鞘に入れて木箱に戻した。

するとリシアの頬から不安が消え、彼女はくすっと笑った。

「でも、どうしてリシア様の誕生日の日に？」

「……私だって、レンの誕生日をお祝いしたかったんだもん」

「え？」

「だから！　来年まで待てなかったの！　だから今日渡そうと思って――――っ」

レンの誕生日が春のため、イェルククゥの騒動で祝えなかったことをリシアは今日まで悔やんでいた。だがレンに返す予定だった短剣の存在がある。

それを自分の誕生日に、彼を祝うために渡すことにしていたのだ。

「ぷ、くくっ……」

「っ～～もう！　どうして笑ってるのよっ！」

目の前のリシアのいじらしさを密かに笑っていたレンに向かって、リシアはテーブルの上に身体を乗り出す。

レンは笑ったままだった。

日頃の大人びた姿ではない、身近に感じる笑みにリシアが目を奪われる。

「すみません。お互いに一日緊張してたとわかったら、つい」

「な、何よ！　私が緊張したらダメなの!?」

「駄目じゃないですよ。俺たちは意外と似た者同士だったんだなーって思ったら、つい面白くって」

「もう知らない知らないっ！　別に緊張なんてしてないんだからっ！」

リシアはテーブルに上半身を突っ伏して、じたばたと両足を前後に動かすことで照れ隠しをした。

だが、レンが口にしたなんてことのない言葉に彼女は驚く。

「これからも、よろしくお願いします」

「これからも……？」

彼女はそのままの体勢でレンを見上げると、目に大粒の涙を浮かべた。

涙に気づいたレンが理由を尋ねようとすれば、その刹那にポロポロ、と彼女の頬を涙が伝っていく。

「言質、取ったんだからね」

「言質？　って、どうして泣いてるんですかッ!?」

リシアの顔から、悲哀は微塵《みじん》も感じられない。

それどころか明らかな喜色が浮かんでいた。

「秘密。私が緊張してるのを笑ったレンには、絶対に、ぜーったいに教えてあげないんだから」

リシアは嬉しかった。

一年前まで自分とは距離を置こうとしていたレンに「これからも」と言われ、言葉に言い表せない喜びが全身を駆け巡っていた。

でも、先ほど言ったようにこれは秘密だ。

笑われたことへの仕返しとして……それと、慌てて自分を気遣うレンの姿を見て、そんな彼の優しさにもう少し甘えていたくなってしまったから。

# 七章 イグナート侯爵邸にやってきた佳人

リシアの誕生日から数か月が過ぎる。

レオメル帝国のほとんどの地域で冬の装いが見られはじめた頃、白い王冠ことエウペハイムでも街路樹の葉が落ち、枝々はうっすらと雪化粧をはじめていた。

エウペハイムに鎮座する大豪邸、イグナート侯爵邸に一人の客人が足を運んでいた。

その客は、正門前に立つ騎士に足止めされる。

「恐れ入りますが、お約束はございますか？」

イグナート侯爵に仕える騎士は丁寧に相手を見定める。

ここで自分が相手を軽んじてしまえば、主君イグナートの顔に泥を塗る。

だから騎士は、相手が顔を見せなくとも丁寧な対応を心掛けた。

たとえ相手がローブに身を包んで、深く被ったフードで顔を見せていなかったとしても。

「ごめんね」

客が慌てた様子でフードを外して顔を見せる。

息を呑《の》む美と、どこか妖精のような可憐さを湛えたその顔を。

絹に劣らぬ艶を誇った金の髪を。

「失礼いたしました。貴女様とはつゆ知らず」

「ううん、平気。姿を隠してたのはボクなんだから、気にしないで」

「寛大なお言葉に感謝いたします。では、中へ。主は執務中ですが、貴女様がいらしたと聞けば、必ずお会いになりましょう」

そうして、騎士が急な来客を屋敷へ案内する。

騎士は客人を連れて華美な屋敷の中を進んだ。

中は広く、小城と称されるにふさわしい規模を誇ったが、イグナート侯爵は自身が使う部屋は屋敷に入ってすぐに配置しているため、彼の執務室までは遠くない。

執務室の前に着くと、扉の前にはエドガーが待っていた。

「お久しぶりでございます。先ほど、御身を拝見したのでこちらでお待ちしておりました」

エドガーは言い終えてすぐ、騎士から客を引き継いだ。

彼が主君の執務室の扉をノックすれば、すぐに返事が届く。

次にエドガーが扉を開けて、客に中へ入るよう促した。

奥の部屋には、床一面に敷き詰められた漆黒の絨毯が視界いっぱいに広がっていた。

銀を多く用いた調度品と相まって、決して暗すぎる印象はない。やや冷たい印象はあるが、派手さがなく品が良かった。

「こんにちは、イグナート侯爵」

客人が執務室に入ってすぐにそう言えば、

「ご無沙汰しております。――まさか帝国士官学院が学院長、クロノア様がいらっしゃるとは」

執務室の最奥、窓の手前に置かれた机を離れてイグナート侯爵が言う。

クロノアは申し訳なさそうに苦笑しつつ、イグナート侯爵が座るよう促したソファまで歩いた。

「急に来てごめんね」

「いえ、クロノア様でしたらいつでも歓迎しますとも。エドガー！　お茶と何か甘い物を！」

「う、ううん！　エドガーも同席してほしいんだけど……ダメ、かな？」

「――だそうだから、エドガーは他の給仕に指示を出してくれるかい？」

「かしこまりました。少々お待ちくださいませ」

エドガーは主君の声に従い一度部屋を出る。

部下へ軽く指示をしてから、数十秒と経たぬうちに執務室に戻り、主君の後ろに控えた。

「今日はどうされたんです？　クロノア様は急な仕事で帝都を離れたと聞いておりましたが」

「あれ、知ってたんだ」

「もっとも、仕事の内容までは存じ上げませんが」

「ふっふっふー……それは秘密だよ。ひーみーつ」

「だと思いました。ところで、本日はどのようなご用件で？」

「そうそう！　ボク、レン君の話を聞かせてほしかったんだっ！」

いまの言葉を口にしたクロノアはその美貌にニコニコとした笑みを浮かべているが、イグナート侯爵とエドガーは一瞬眉をひそめた。

「一応、お尋ねしても？」

「はえ？　何をだろ？」

「何故、レン・アシュトンの情報を求めているのか、です」

イグナート侯爵の問いかけに、クロノアは答えに詰まった。

対するイグナート侯爵が真摯に神妙に理由を尋ねてきた様子に、クロノアは「レン君のこと、気に入っちゃって」という軽い返事を呑み込んでしまった。

「ご存じかと思いますが、一部の者にしか我が娘、フィオナの病は告げておりません。しかしクロノア様には、フィオナがクラウゼル家の世話になった件を共有してある。何故なら私がシーフウルフェンの素材を探していた際、貴女様にも伺いを立てたからです」

「……うん。そのときは力になれなくてごめんね」

「いえ、シーフウルフェンはただでさえ個体数が少ない魔物。見つからなくて当然と言えば当然の結果でございました。それにクロノア様は、代わりの魔道具をご提供くださいました。感謝してもしきれませんとも」

ここで閑話休題。

会話をしていた二人は到着した茶に口をつけ、喉を休ませた。

「私はレン・アシュトンに、アシュトン家と、クラウゼル家に多大なる恩がある。なので理由も知らず教えるのは、気が進まないのですよ」

大国レオメルの中心で腹芸をつづけ、数多《あまた》の政争に勝ちつづけてきた大貴族、イグナート侯爵の目には武力とは違う、息を呑まされる圧があった。

だが、クロノアもまた一握りの強者だ。

その気になれば、エウペハイムのすべてを焦土と化せる実力をその身に秘めている。

そんな二人の間に漂う緊張は、クロノアが諦めたことで終わった。

「わ、わかったわかったっ！　内緒にしてたボクが悪いから、落ち着いてっ！」

クロノアはレンとはじめて会ったときのことを語った。次にバルドル山脈近くの村で彼と再会して、自分を守ってくれたことを弾む声で告げる。

話を聞くイグナート侯爵とエドガーの二人は、先ほどまでの緊張を忘れて唖然とした。

「ボク、守ってもらう経験なんてお父さんくらいしかなかったからさ。あれっていいね！　温かい気持ちになっちゃった！」

彼女はレン・アシュトンに何かしたいわけではなく、単に自分が気に入ってしまったから話を聞きたいだけなのだと、イグナート侯爵とエドガーの二人がここで悟る。

そのためエドガーは、イグナート侯爵の許しを得て語りはじめた。

クラウゼルで起こったあの騒動の際、レン・アシュトンが起こした奇跡のような一幕を。

「あんなに可愛くて強いのに、頭もいいんだ」

「ですが残念なことに、私はお嬢様に、レン様のご容姿などをうまくご説明できなかったのです」

「うん？　どうして？」

「彼が満身創痍《まんしんそうい》だったから、でございます」

イエルククゥとの戦いを経てクラウゼルに戻ったレンは、リシアに支えられながら同じ馬に乗っていた。

エドガーは、そのレンが鋭い言葉を発した姿をいまでも覚えている。

だがレンはすぐに療養のために隔離されてしまったので、レンの容姿を見られたのは僅かな時間だった。

三人はレンの話に花を咲かせ、その後もしばらく会話をつづけた。

やがて窓の外に広がる空に夜の帳が降りはじめた頃に、クロノアがソファを立った。

「そろそろ行かないと」

「泊まっていきませんか？　フィオナも喜ぶと思いますよ」

「うーん……そうしたいのは山々なんだけど、今夜中に魔導船で帝都に帰らなくちゃ。でもでも、フィオナちゃんには会っていこうかな。もう大丈夫だろうけど、久しぶりに診ておくね」

「主、私がクロノア様をご案内いたしましょう」

「頼んだよ。私はそうだな……お見送りの支度でもしておくとしよう」

皆がこうして執務室を離れ、エドガーはクロノアを連れてフィオナの元へ。

「フィオナちゃんはどこにいるのかな」

「本日はご自室で、夕方まで勉学に励まれるご予定です」

勉強の邪魔になるかと思ったクロノアだけれど、念のためにフィオナの体調を確認するという目的があり、少しだけと思い歩を進めた。

「クロノア様っ！」

自室にいるとのことだったフィオナが、廊下の先から駆け寄ってきた。

小走りになったフィオナの胸元で、いつも身に着けているネックレスが今日も揺れる。

彼女はクロノアの前で足を止め、「お久しぶりです」と淑《しと》やかに言った。

「久しぶり。もう自分の足で走れるようになったんだね」

「たはは……リハビリは大変でしたけど、お父様が用意してくださったポーションもあって、やっと人並みに動けるようになりました」

「リハビリ、大変だったよね？」

「はい！　ですが楽しかったです！　日に日に身体を動かせるようになったので、辛くてもへっちゃらでした！」

立ち話もなんだと思い、フィオナがクロノアを先導する。

「それで……今日はどうされたのですか？」

「もっちろん、フィオナちゃんの調子を診に来たんだよっ！」

「もう……ほんとに調子がいいんですから。私、クロノア様はお父様たちと楽しくお話しなさっていたって聞いておりますよ」

「――――お話も大事ってことかな」

クロノアが目をそらして言えばフィオナが笑う。

二人はフィオナの部屋へと足を運んだ。

クロノアが知るフィオナの部屋は治療のための魔道具やポーションがひしめいているものだったが、いまではそれらの影がなく、すっきりとした中にもフィオナ好みの調度品が並んでいる。

それを密かに喜んでいたクロノアが、

「あれって――――」

壁際に置かれたトルソーに気が付いた。

トルソーは帝国士官学院の特待クラスの制服を着ている。

「気が早いかもしれないのですが、早めに支度をした方がよいと聞いたんですっ！　なので決して、入試を軽んじているわけではなくて――――っ」

「あははっ！　うんうん、大丈夫。学院長のボクがわからないはずないでしょ？」

クロノアは胸を撫で下ろしたフィオナと共に、トルソーへ近づく。

「ボクの学院を受験してくれるって聞いたときは、もう一日でも早くエウペハイムに行きたいって思ってたんだ」

だが、クロノアはその立場もあって常に忙しい。

フィオナの体調も落ち着いたため、クロノアに無理を強いることはイグナート侯爵も本意ではなかった。

そのため最近のクロノアは、この屋敷に足を運べていなかった。

「制服、もう着てみた？」

「はい。細かな箇所の調整もありましたので、何度か」

クロノアはフィオナが制服に身を包んだ姿を想像した。

「すっごく似合いそうだね」

思った言葉を素直に言えば、フィオナが照れくさそうに頬を掻いた。

「でもまだ、自分が学生になった姿を想像できないんです」

「へ？　どうして？」

「その……今年の春までずっと部屋の中で暮らしてましたので……」

人並みに動けるようになっても、屋敷の外で過ごした時間はまだ僅かだ。

帝国士官学院には度々足を運んだし、帝都を制服姿で歩く生徒たちも目の当たりにしたが、

「級友の方たちと歩く生徒の皆さんを見て、自分も同じように友人ができるのかな、って。あまりにも賑わう帝都を目の当たりにして、思わず気後れしていたのかもしれないのですが」

「大丈夫だよ。フィオナちゃんがいい子なことは、ボクがよく知ってるから」

でも、そうだ――――と。

「フィオナちゃんも考えてみてよ。制服を着たフィオナちゃんが友達と一緒に、帝都で楽しく買い食いしてる自分の姿とかさ」

「帰りに寄り道をして、怒られないのですか？」

「うん。うちは別に禁止してないもん。人の迷惑にならないように、それと学院の品位を損なうよ

うなことをしなければ、っていう条件付きだけどね」

そう言われて、フィオナはトルソーが着た制服を眺めながら想像した。

「フィオナちゃんが思う楽しいことを考えてみて。いまから怖がる必要はないんだからさ」

自分がこの制服に身を包み、あの広い帝都の一角を友人たちと歩く————そんな、前までは夢でしかなかったことを。

フィオナは無意識のうちに目を閉じた。

瞼の裏に浮かんだ光景の中で、自分は顔も体格も知らない一人の少年が隣を歩いていた。

彼の顔は霧に覆われたようにボヤけているが、何となくその人物はレンのような気がした。

「ッ〜〜!?」

フィオナはそんな想像————いいや、妄想をしていた自分を恥じた。

首筋から頬まで真っ赤に染め上げ、ぶるぶると頭を左右に振った。

「ど、どどどどうしたの!?」

「何でもないんですっ！　気にしないでくださいっ！」

妄想の中に勝手に命の恩人を登場させたことと、その命の恩人と制服姿で帝都を共に歩く光景を思い浮かべたことに、フィオナはわけもわからず羞恥心を抱いた。

（か、勝手に知らない恩人を想像して……恥ずかしい……）

フィオナはこの夜、見知らぬ恩人を再び夢に見ることになる。

しかもこの先、時折そんな夢を見るようになるのだから、自分は思っていたよりも年相応の少女らしかったのだな……と実感することになるのだ。

一方、クロノアは自分の腕時計を見て、

「そろそろ行かなくちゃ。最後に前みたいに診てもいい？」

穏やかな笑みを浮かべ、フィオナに手を伸ばす。

「もちろんです。どうぞよろしくお願いします」

承諾を受けたクロノアはフィオナの胸の間に手を添えて、目を閉じた。手元の感覚を研ぎ澄ましていく。

その手から伝わる人肌とは違う仄《ほの》かな暖かさが、フィオナには心地よかった。

「これならもう薬がなくても平気かな。フィオナちゃんの身体も成長してるし、前みたいなことにはならないはずだから、安心して」

クロノアはそう言ってフィオナの頭を撫でた。

すると、人差し指を立てて「でも、」とつづける。

「人の悪意には気を付けるようにっ！　誰かが人為的に、フィオナちゃんの特別な力を暴走させるかもれないからねっ！」

「そんなことができるのですか!?」

「んー……多分」

慌てたフィオナの前でクロノアは緩い笑みを浮かべる。

別に確信を持って述べたわけではなく、あくまでも注意喚起だった。

「もうっ！　驚かさないでくださいっ！」

「あ、油断しちゃダメだよ？　魔王が討伐されて久しいけど、その魔王のような存在が現れるかもしれないもん。そうなったら、ボクたちに想像できない方法で悪いことができちゃうかも！」

「それですと、私だけの問題ではないような……」

「あははっ……うん。実はその通りなんだ」

やはり、注意喚起をしたかっただけ。

だが、フィオナにとってクロノアの言葉は福音が如く力がある。フィオナは冗談を交わし合いながらも、いまの忠告を心に刻み、今後も気を付けるという意思を込めて、

「今度の最終試験も、気を抜くことなく頑張って参ります」

「あっ！　もうすぐうちの最終試験だもんね！」

「はい。長かった特待クラスの入試も、やっと終わると思えば少し気が楽になります」

一般的な学び舎の入試と比べ、帝国士官学院の特待クラスはそれが何段階にも分けられる。

それは、春を終えた頃から年明けの冬までつづく長丁場だ。また、フィオナが侯爵令嬢の立場でありながら帝国士官学院を受験するのは、学院を卒業したことで付く箔に加え、学院長クロノアの方針により、高度な授業を受けられるからだ。

「それじゃ――――」

クロノアがフィオナの胸元を見た。

「ボクがあげたそのネックレスは外しちゃダメだよ？　もうフィオナちゃんの身体は大丈夫だと思

うけど、万が一に備えなきゃね」

「ふふっ。魔王のような存在が現れるかもしれないから、ですか？」

「そういうこと！　ってなわけで最終試験も応援してる――っていうのは、ここだけの話だよ？　ボク、これでも学院長だからさ」

頬を掻き、ばつの悪そうな顔を浮かべながらクロノアが背を向ける。

見送ると言ったフィオナはクロノアにそれを固辞されて不満そうだった。

だから見送る代わりに、何度もお礼の言葉を口にした。


クロノアがエドガーと共に屋敷を出れば、扉の外にはイグナート侯爵が待っていた。

彼らは広い庭園を歩いて外に向かいながら、

「そういえばボク、バルドル山脈に行ってきたんだ」

「それは興味深いですね。いったい何のために？」

「用意してた受験会場が一つ使えなくなっちゃって。その代替地にバルドル山脈が候補に挙がったから、他の候補地と一緒に確認してきた感じかな」

クロノアはつづけて、「けど、バルドル山脈は会場に向いてなかったみたい」と口にする。

「興味本位でお尋ねするのですが、どうして向いていないとお考えに？」

「切り立った崖が多すぎたし、それに今年はひどく冷えそうって話も聞くしねー……。ほら、受験生には危なすぎる気がするってわけ」

それを受けてイグナート侯爵は「道理で」と頷いた。

「では、理事会にもそう連絡を？」

「うんうん。この冬までいろいろ見てきたから、後は選定だね」

「もういっそのこと、選定もすべて理事会に任せてみてもよいかと」

「あははっ、理事会の面々は派閥争いで忙しいのに？」

「……何とも、耳の痛い話で」

何故このような話になるのかというと、理事会に所属する貴族たちは当たり前のようにどこかしらの派閥に属しているからだ。

理事会はそれでも、特待クラスの公平性を保つために機能している。

だからクロノアは文句らしい文句を言わず、誰かの味方をすることもなかった。

「受験会場の情報は機密な分、神経を使いそうですね」

帝国士官学院の特待クラスは、卒業と同時に輝かしい将来が約束されるも同然だ。

そのため、公平性を保つために最終試験の会場は一部の者しか聞かされない。移動に要する魔導船の乗組員の他には、受験会場に選ばれた地の領主しか情報は得られない。受験生の親はおろか、その他の貴族や皇族にすら情報は伝えられないのだ。

「ところで、いまの話を私に教えて問題なかったのですか？」

「心配しないで。声高らかに話すことではないけど、それでも、使わなくなった候補地の話だしね」

クロノアは正門を出る直前、足を止めてユリシスに振り向いた。

「ボクは今年中にレオメルを離れるから、最後にフィオナちゃんを診ておけてよかったよ」

「おや？　どちらへ行かれるのですか？」

「お仕事で聖地にね。それも一年以上だよ！　一年以上！　頼まれたときは断ってやろうと思ったんだけど、内容が内容だったからさー……」

　聖地はエルフェン大陸のほぼ中央に位置している。

　その地は主神エルフェンを祀《まつ》る総本山にして、祈りを捧げる者が世界中から集まる中立地帯だ。

「銀聖宮《ぎんせいきゅう》の一部を建て直すんだってさ」

「ああ、世界中の神殿の本拠地とも言える建物ですね。随分と老朽化しておりましたし、納得です」

　しかし、クロノアは大工でも彫刻職人でもない。

　どうして彼女が駆り出されるのかというと、銀聖宮にある数多くの聖遺物が関係している。

　銀聖宮にはそれらを守る封印や結界が数多く施されており、それらは安易に手を出せない。

　クロノアはそれらの撤去や再設置に手を貸すため、足を運ぶことになっていた。

「他の国も人を派遣するから、レオメルもしないわけにはいかないしね」

　中立を謳う聖地に対し、各国が人員を送り込む。

　政治的な香りがそこかしこに漂う話だが、主神エルフェンに祈りを捧げる者はレオメルにも数多くいるため、諸々の事情から無視はできなかった。

「だからボクがいない間は、理事会が学院の最高責任者になるのかな」

「それはいい話です。派閥争いに余念のない理事会が忙しくなるのは、傍から見ればいい気分ですよ。クロノア様はこの機会に、羽を伸ばしてくればよろしいかと」

「うーん……そうなのかなー……」

クロノアはイグナート侯爵の言葉に少し迷いながらも、手元の時計を見て「あっ！」と言う。

「それじゃ、今日はありがとうっ！」

「ええ。レオメルにお帰りになった際には、是非またいらしてください」

クロノアはイグナート侯爵邸を後にした。

当然、目立たぬよう法衣を着てローブを深く被りながら。


彼女は一時間以上にわたって町を歩いた。

せっかくだから、風光明媚な町並みを楽しみながらエウペハイムの魔導船乗り場へ向かって。

そこで魔道具の発券機に金を入れて切符を買い、一時間後に帝都へ向かう予定になっていた魔導船に乗り込む。

奮発して個室の切符を買ったクロノアは、個室の窓からエウペハイムを見た。

帝都貴族にも評判の町並みを目に焼き付けながら、此度の出張で思ったことを考える。

レン君、可愛かったな。バルドル山脈を試験会場にできたら楽だったのに――――レンの振る舞いを可愛らしく思ったことに加え、彼自身の顔立ちも思い返す。

しかしクロノアがイグナート侯爵邸にいた際、レンの外見については一切触れられていない。

イグナート侯爵たちはレンの外見を知りたいと思っていたが、クロノアの急な来訪と急な話への驚きにより、レンの外見について尋ねる余裕を失していた。

クロノアに至ってはイグナート侯爵たちの事情を知らなかったため、既に知っているものだと思い話題にしなかった。

そんなことはつゆ知らず、クロノアは「う～ん」と唸りながら身体を伸ばし、大きなソファに身体を倒す。

人目がないのをいいことに、ソファのクッションを抱いて足をばたつかせてみた。

「あーもう無理っ！　寝るっ！」

誰に言うでもなく宣言する。

トロンと重くなった瞼を擦り、力を振り絞ってベッドへ向かった。

服を着替えてから、忘れないように手帳に目を通した。

手帳にはびっしりと予定が書《か》き綴《つづ》られていて、レオメルを発つ日の朝まで隙間がない。彼女にとって、この帝都に帰るまでの時間だけが休日ということだ。

「がおーっ！」

意味をなさぬ抵抗だが、クロノアは予定で埋まった手帳を威嚇した。

「……って、なにしてんだろ、ボク」

ばかばかしく思い、ベッドに横たわり目を閉じる。

たまりにたまった疲れのせいか、彼女はすぐに寝息を立てはじめた。

# 八章　冬に届いた指名依頼

　ある朝、レンは冒険者ギルドに足を運んでいた。

　足を運んで早々、もう顔なじみとなった受付嬢がレンに尋ねる。

「手紙を確認いただけたのですね」

　頷き返したレンが言う。

「使いの方が屋敷にいらっしゃった際は驚きましたが、いただいた手紙はすぐに拝見しました。俺に指名依頼とのことですが、どういった内容でしょうか？」

「それについてはカイ殿より、商人たちの護衛任務と伺っております」

「カイ？」

「おや？　レン殿が度々お話しなさっていた方ですが、ご存じありませんか？」

　残念ながら記憶にない。

　というか、この冒険者ギルドで誰かに名前を聞いた記憶すら皆無。

「俺のことだぜ、英雄殿」

　レンの背後で誰かが言った。

　振り向いたレンは、すぐ後ろに若い男が立っているのに気が付く。

この男は、冒険者ギルドに足を運んだレンにはじめて声を掛けた男だ。

「カイさんって、貴方のことだったんですね」

「おうよ。ま、知らなくて当然だな。自己紹介をしたわけでもねえし。ってなわけだ、ねーちゃん！　後は俺から直接話させてもらうぜ！」

受付嬢が頷いたところで、レンは飲食ができる席に案内されていく。

そこには、カイの相棒である狼男が待っていた。

「聞こえたよ。悪かったね、英雄殿。自己紹介をすっかり失念してしまっていた」

「いえ、お気になさらず」

レンが席に着くのと同時にカイも席に着き、カイはおもむろに地図を取り出した。

「英雄殿に頼みたい仕事ってのは、聞いての通り護衛任務だ。依頼主はどこだかの貴族様お気に入りの商会だ。いわゆる御用商人と呼ばれる奴が作った商会で、その商会の使いがこっちに派遣されてるって話でよ」

「で、その御用商人の使いを護衛するんですね？」

「だな。ちなみに英雄派の貴族様と懇意だって話だ」

うわぁ、とレンの表情が一瞬で歪んだ。

事情を知るカイはニカッと笑う。

「複雑な気持ちはわかるが英雄殿を頼りたい。日数は往復で一か月を予定してるんだが、どうだ？」

一か月とはまた長い。

レンが難しそうに言う。

「……長いですね」

クラウゼル家の旧館に住まわせてもらってる状況や、管理人の立場から言っても一か月は長すぎる。

金銭面の条件は悪くなさそうだが、レンの心は少しも動かなかった。

しかしカイは諦めなかった。

彼はレンの腕を借りるべく、慌てた声で譲歩する。

「な、なら行きだけでいい！　往復と言わず、片道だけでも参加してくれりゃ助かるんだッ！」

必死な引き留めには申し訳なく思うし、腕を買われていること自体は光栄に思う自分もいたけれど、レンはやはり首を縦に振らない。

仮に片道の同行だろうと、単純計算で二週間と数日は要する。

どう考えても、旧館の管理を任されたレンには向いていない仕事だ。

「そんな説明じゃ、英雄殿も承諾してくれるわけないだろう。もっと詳しく説明するべきだ」

今度は狼男が口を開き、至極まっとうな言葉を述べてカイを後押しした。

白い犬歯を見せて笑った狼男の横で、カイは短くため息を吐いた。

「メ、メイダスの言う通りだな」

レンが突然の名前に首をひねれば、狼男が笑う。

「私の名前さ。まさか、こんな流れで二人とも自己紹介をすることになるとはね」

狼男ことメイダスは自嘲気味に笑い、「よろしく」と言ってレンと握手を交わした。

そしてカイの脇腹を肘で小突く。

「この男はいつも言葉足らずと言うか、説明不足と言うか……常日頃から注意してるんだよ」

「なっ、おい！　わざわざ言わなくてもいいだろ！」

仏頂面を浮かべたカイがテーブルの上に頬杖《ほおづえ》を突いた。

カイがつまらなそうに「ったく」と愚痴を漏らせば、メイダスが仕方なさそうに笑う。

「茶々を入れるコイツのことは忘れてくれ。で、仕事だがこんな感じの経路で進む予定になってる」

用意した地図の上にメイダスが指を滑らせる。

レンにも覚えのある経路だった。

リシアやヴァイスをはじめとした騎士と村々を巡った際、まったく同じ経路で進んだばかりだ。

しかしメイダスの指先は地図上で止まることなく北へ向かい、バルドル山脈を突っ切った。

それを見たレンの眉が一瞬だけ吊《つ》り上《あ》がる。

「バルドル山脈までなら戦力はそういらねぇ。だが、バルドル山脈に入ってからは道も悪ぃし、魔物の数も増える。英雄殿にはそのバルドル山脈で戦力になってほしいんだ」

レンは安請け合いしなくて正解だったと強く実感した。

（余計に駄目だなー……）

隠しマップにある財宝などはもちろんのこと、確定で一匹現れる鋼食いのガーゴイルを思えば足を運びたい気持ちがゼロではないのだが、やはり首を縦に振ることは難しい。

「ってか、今年は寒さがすごいと聞きますけど、大丈夫なんですか？　こんなときにわざわざバルドル山脈を通るって、どうなんでしょう」

「俺だってどうかしてると思うぜ。だが商人側からはどうしてもって言われてよ」

「無理をしないと納期に間に合わないそうだ。手に入れた魔物の素材を、名のある鍛冶師に加工してもらうらしい。鍛冶師の予定を押さえているから、御用商人は相手に指定された時間までに届けなければならないと聞いたな」

魔物の素材自体はクラウゼルで得たのではなく、別の領地で得てクラウゼルは経由地のようだ。

「納期に間に合わなかったら、どうなるんです？」

「名のある鍛冶師は、数年先まで予定が埋まってるなんてことがざらにある。次に加工してもらえるのは数年後だろう。貴族はそれを嫌がるだろうから、納期に遅れたら御用商人としての立場が危うくなるかもしれないな」

「あー……俺が考えていた以上に切羽詰まってることがわかりました」

「金も相場の倍以上積んでくれるから悪くない話だ。無事に送り終えたらボーナスもあるぜ」

御用商人も貴族との関係を保つべく必死なのだろう。

「それでもやっぱ難しいか？」

「……すみません。俺はクラウゼル家に世話になってる身なので、今回は辞退させてください」

カイは諦めた様子で項垂れる。

「……だよなぁー」

「仕方ないさ。ダメ元って決めてただろ？」

「まぁな。……そこのメイダスも別の仕事で参加できないってんで、信用できる奴を連れて行きたかったんだ。他の知り合いも当たってみるさ」

二人は互いに別の依頼を受けることもあって、別行動になることも珍しくないそうだ。

「本当にすみません。せっかくお声がけいただいたのに」

「気にすんな！　仕事がはじまるまで二週間近くあるし、一人くらいすぐに見つかるだろうしよ！」

「おー、意外と時間が空くんですね」

「ま、護衛される商人たちの予定次第だしな」

特に今年は寒さが厳しく、雪だって当然のように猛威を振るうと予想されている。

今年のバルドドル山脈が迎える冬は、いままでにないほど過酷な環境になりそうだ。

でも、そんなことはカイも知っているはず。

夏には相棒のメイダスが村々を巡り冬の備えに魔道具などを運んだそうだし、今冬の厳しさについては嫌というほど聞いているだろう。

「せっかくギルドまで来てくれたんだ。俺が奢《おご》るから、酒でも飲んでいってくれよな！」

「まだ子供なので、ジュースでお願いします」

そういえば、レオメルにおける成人は十四歳だったっけ。

届いたジュースを飲みながら、レンは「俺も成長したもんだ」と呟いた。

◇　◇　◇　◇

指名依頼を断ってから幾日か経った。

レンは冬場の狩りに迷うこともあったが、旧館を出て狩りに出られるほどの余裕はあまりなかった。旧館の管理人として、冬の仕事で忙しかったからだ。

町を出て森に行く日もあったが、魔物の状況は調査できても狩りはできていない。

代わりといってはなんだがある日の朝、レンは予想していなかった騒動に見舞われる。

旧館の屋根が雪の重みに負け、一部崩落してしまうという被害が発生したのだ。

「少年が住むようになったことで、旧館内の熱が屋根に伝わったのだろう。溶けた雪が凍り、さらに降り積もった雪で重みを増したのかもしれん」

騒ぎを聞きつけて足を運んだヴァイスが言った。

旧館のエントランスから天井を見上げれば、空が見えるほどの大穴が開いている。

「普段から雪を降ろすようにはしてたんですが……」

「はっはっはっ！　昨晩は特に冷え込んだから仕方ないとも！　それにしてもありゃすごい。また立派な穴が開いたもんだ！」

「笑い事じゃないですけどね」

「まぁな。ともあれ、修理しなければなるまい」

「職人さんを呼ぶんですか？」

「呼ぶには呼ぶが、当家の大工仕事を担当している職人はクラウゼルに住んでおらん。離れたところの村まで呼びに行かねばならん」

それまで穴が開きっぱなしかと思うと、レンの頬がより引き攣った。

しかしヴァイスの心の中に、旧館の屋根を放置しておく気持ちはない。

「私たちで応急処置をせねばな」

「あ、そっか。そうすればいいんですね」

というわけで大工仕事だ。

ヴァイスは事情をレザードに説明してくる旨と、必要な資材を倉庫から取ってくると言ってレンの傍を離れた。

すると入れ代わりにリシアがやってきて、レンの前で白い息を吐きながら言う。

「屋根を直すって、ほんと？」

「ですね。じゃないと、今度は旧館内部が雪でやられるかもしれませんし」

リシアはくすっと笑い、軽い足取りで着ていた白いコートの裾を揺らした。

また、夏の誕生日パーティ以来、毎日欠かさず身に着けている髪飾りも静かに揺れる。少しずつ大人びてきたリシアの髪で、確かな存在感を放っていた。

「もちろん、屋根の上に行くのよね？」

「ええ。じゃないと直せませんし」

「じゃあっ」

「駄目ですからね」

「――――まだ何も言ってないわ」

聞かなくてもわかってる。

リシアのことだし、興味を持たれた時点で想像できた。

「屋根に上るのは駄目ですよ。見学程度なら大丈夫ですけど、それだって雪や資材が落ちる可能性があるので、レザード様かヴァイス様に了承を取ってください」

「……けち」

少しして、ヴァイスがレザードと共に旧館へ戻ってきた。

「ほー」

レザードは呑気に言った。

「お父様、私もレンと一緒に屋根に上ってみてもいいですか？」

「言うまでもないが、駄目だぞ」

「もうっ！　お父様もレンみたいなことを言うんだからっ！」

「心配していなかったが、レンはまっとうな判断をしてくれていたようだな」

やれやれ、とレザードが苦笑した。

大工仕事を終えた昼過ぎ、湯を浴びて汗を洗い流したレンは本邸の食堂に足を運んだ。

レザードに昼食を一緒にとろうと誘われたからだ。

「すまないな。レンには面倒をかけた」

「いえ、あれが俺の仕事ですし、ヴァイス様たちにも手伝っていただきましたので」

それにしても久しぶりにあんな仕事をした。前は確かイェルクゥが村を襲撃する直前だし、その前ともなれば、父のロイと大工仕事をしていた幼い頃にまで遡る。

レンの村の話を、レザードとリシアが興味津々に聞いていた。

「……やっぱり、村に帰りたい？」

リシアが思わず口にしてしまったのは、村での思い出を語るレンが楽しそうに見えたからだ。

「帰りたくないと言ったら嘘になりますが、俺自身が成長しないと、また村に迷惑をかけるかもしれませんから」

「でも――――っ」

「それに、これでよかったんだって思う自分もいるんです。出稼ぎって言うべきなのかわかりませんが、俺がこっちの冒険者ギルドで稼いだお金で、村のための魔道具を買えますからね」

これで村が豊かになるなら、その生き方も間違いではない。

やがて村を継ぐ騎士の倅として、村の力になれているはずなのだ。

「私の元にも度々、レンの村から報告が届いているぞ」

曰く、レンのおかげで今年の冬は例年ほど厳しくないそうだ。

特に最近は、鋼食いのガーゴイルで得た報酬のほとんども、村の施設のために使っていることもある。

魔道具の恩恵は大きく、村人は口々にレンへの感謝を告げているという。

「道はしっかり整備され、村人の家も見違えるらしい。村の周囲を囲む壁も建築するめどが立ったそうだ」

「お父様っ！　でもレンは……っ！」

リシアはレンが村で過ごせていないことを気遣うべきだと、レザードに告げようとしていた。

「気にしないでください。すべては俺が決めて、レザード様に相談したことですから」

だから後悔はないし、間違った判断をしたと思っていない。

両親に加え、村人たちが幸せに暮らしてくれるのなら、それ以上の喜びはなかった。

「リシアは勘違いしているようだが、私は考えなしに村のことをレンに告げたわけじゃないぞ」

「どういうことですか？」

「そろそろ一度、レンが村に帰るというのは私も賛成だ、ということだ」

その唐突な言葉はレンとリシアを驚かせた。

「私はレンが村を離れて暮らす理由とその考えを知っているし、尊重している。だがさっき、村を囲む壁の話をしただろう？　その作業の一つが春に行われるのだが、人手が足りず二週間ほど騎士を派遣する予定がある」

レザードが派遣する騎士の中にレンも交ざればどうか、という提案だった。

「形だけでも騎士として行ってもらう方がいいかもしれん。短期間なら、それでレンの心配も気にしなくていいものとなるはずだ」

食事を終えたレザードは一足先に立ち上がり、「考えておいてくれ」と言いこの場を後にした。

(里帰りの後でクラウゼルに帰る感じだと、一か月くらい旧館を空けるってことか。そのときはこっちでする仕事を多めに済ませておかないと)

村に想いを馳《は》せていたレンは、不意に自分の言葉に小さな違和感を覚えた。

(クラウゼルに帰る、ね)

レンは知らず知らずのうちに微笑んだ。

彼の笑みを見たリシアが、

「里帰りが楽しみなのね」

「それもですが、もう一つ面白いことがあって」

「もう一つって?」

尋ねられたレンは気恥ずかしくて、つい笑って誤魔化した。

# 九章　彼の申し出と、彼女の隠し事

ある日、少年少女たちが一か所に集められていた。

場所は帝都から馬で数週間ほどの距離にある、とある町に設けられた魔導船乗り場だ。

彼らは皆、帝国士官学院、特待クラスの最終試験を受験する者たちだ。

用意された魔導船は一級品。仮に空で強大な魔物に出会ったとしても、受験生を無事に町へ送り届けることを至上の目的として造られたもの。

受験生が目的地に着く直前まで、周辺を含め徹底した管理下に置かれる。

用意された魔導船に乗り込みさえすれば、それこそレオメルが誇る帝城ほどではなくとも、十分な安全が保障される。

試験会場はいくつかに分かれていて、どの会場にも万が一に備えて学院の教員や帝都の騎士が配備されている。

不穏分子が入り込む可能性は限りなく低かった。

そんな魔導船の中で、

「船長」

すべての確認が終了した後に、操舵室《そうだしつ》にて乗組員が船長に声を掛けた。

「所定の確認、検査が終了しました」

「では、出航だ」

操舵室も魔導船の場合は通常の船と違い、内部に多くの魔道具が連なった特殊な空間になる。中でもこの魔導船はさらに特殊だ。公平性を保つべく厳しい管理下に置かれた受験のため、行き先についても出発直前にならなければ確認できない。

出航の合図を出すと同時に、操舵室中央に鎮座したガラス板状の魔道具にその航路が浮かび上がるのだが、

「な――――ッ」

それを見て船長が驚いた。同じく多くの乗組員が絶句した。

「間違いはないのか？」

船長が近くにいた乗組員に尋ねた。

「そ、そのはずです！　魔道具職人の他、魔導船管理師も……それこそ、帝国士官学院の理事も確認しております！」

船長は受け取っていた報告書を確認する。

中には百を超す確認事項の責任者に加え、それらをいつ、誰と確認したのかがすべて詳細に記載されていた。

目を通していくと、数人の乗組員が魔道具職人や理事と確認したとある。

「お前たち、間違いはないのだな？」

「は、はい！」

「何度も確認いたしました！　冬なのに間違いないのかと尋ねれば、その環境でこそ真価が問われるのだ……と……」

乗組員たちも最初は驚いたのだが、理事も、そして魔道具職人もまた航路の指定に問題はなく、決まっていた試験会場通りだったとのこと。

「ならばいい。我々はこれより、定められた航路に則《のっと》って受験生を連れて行く」

遂に船長は納得して、乗組員らに出航の合図を告げた。

魔導船の中に積まれた炉が魔石を動力に浮上を開始して、すぐに魔導船乗り場の遥か天空へたどり着く。

「目標、バルドル山脈」

この言葉をきっかけに、受験生たちを乗せた魔導船が空を駆ける。

目指すは、七英雄の伝説Iのラストステージ。

学院長クロノアが試験には使えないと明言したはずの、あの場所へ向かって。

◇◇◇◇

幾日か遡った日の朝。レザードの執務室へとユノが何通かの手紙を運んできた。

執務室でレザードの仕事を手伝っていたレンとリシアの二人は、手紙を受け取ったレザードの邪魔にならぬよう声を潜ませた。

「各村々を預かる騎士たちからでございます」

「わかった。すぐに確認しよう」

返事を聞いたユノが立ち去るのを傍目《はため》に、レザードが手紙の封を開けた。

手紙には雪の被害が多い村々からの陳情がつづられている。

「……物資は足りているようだが、雪圧《せつあつ》の被害が多いようだな」

レザードが冬支度のためにしていた判断を間違えていたのではない。

あくまでも、手紙には別の自然災害が発生したため騎士を派遣してほしいとある。

「レザード様、それって旧館であったことと同じような被害ですか？」

「そのようだ。雪の重みに負けて古い家々が損傷したらしい。他には森の木々が曲がったり、降り積もった雪が道をふさいでいる例も多々あると書いてある。……こればかりは、実際に雪が降ってみないとわからないからな」

「ということは、これから派遣する騎士を選ぶのですか？」

「そうだ。急がなくては領民が困ってしまう」

「でしたら、俺もお手伝いします。いまの話を聞いて、リシア様と一緒に向かった村のことを思い出してしまって」

「えっと……私と行った村のこと？」

「あの村では川がせき止められていましたので。雪のせいで似たような被害があったら、俺も一緒に行った方が役に立つと思いまして」

「なるほど、そういうことか」

レンはDランクの魔物を単独討伐する実力があり、その膂力は魔剣召喚術の恩恵もあって大人顔負けだ。

ただの剣でもレンが使えば、大岩すら容易に両断できる。

少しの間考えたレザードが、

「正直に言えば、レンが手助けしてくれるならありがたい。だが大恩あるレンに、わざわざ遠出してもらうのは心苦しいな」

「お気になさらず。レザード様に仕事を任せていただくのは今更じゃないですか」

レンは既に東の森の調査を請け負っているから、もう気にしないでくれと言いたかったのだ。

「ヴァイス様は万が一に備えてクラウゼルにいるべきですし、そう考えると俺が行く方が都合がいいはずです。遠出や野営なら、俺も慣れてますから」

「ふむ……」

「別に俺の両親が、そうした仕事を手伝うことを禁じているわけでもありませんよね？」

「ああ。逆にロイからは、レンが仕事を手伝いたいと言ったら、レンに任せてやってほしいと言われているが……」

「それでは是非。今回のような仕事は俺も慣れてますよ。村で暮らしていた頃は似たような被害もありましたし、その修繕をする父さんを手伝ったこともありますから」

レンは足手まといになるどころか、体力面でも騎士を凌駕《りょうが》しているから問題ない。

レザードはひどく申し訳なさそうに「なら、頼みたい」と頭を下げた。

「……さすがに、今回は私も一緒に行く！　って言えないわね」

「俺の剣はこういうときのためにありますから。なので――」

「無理を言いたいわけじゃないの。ただその、私もできることはしたいなって思って」

リシアがいれば領民が勇気づけられたりすることはあるだろうが、今年の積雪はそれよりも修繕などの作業を優先したい状況だ。

当然、彼女もそれを理解していた。

「お父様、レンの準備を手伝うくらいなら構いませんよね？」

「もちろんだとも」

「あの、リシア様、旅支度くらい自分でできますが……」

「いいの。私が手伝いたいだけなんだから」

◇◇◇◇

少し事情が変わったのは夕方のことだった。

旧館で旅支度に勤しんでいたレンの元を、レザードが神妙な面持ちで訪ねてきた。

「レンの耳に入れるか迷ったのだが、伝えるべきと判断した」

そう口にした彼が、懐から一枚の紙を取り出した。

レンはその紙を受け取って目を通すと、書かれていた内容は指名依頼のことだった。

「指名依頼、ですか」

先日断ったのと同じ指名依頼の連絡だが、今回は内容が剣呑だ。

レンが騎士に交じって村々へ向かうことが決まった歴史的な豪雪は、特に雪が厳しいバルドル山脈でも事件を引き起こしていた。

「バルドル山脈内にある砦《とりで》から、緊急用の狼煙《のろし》が上がったそうだ」

今回の狼煙は、恐らくカイをはじめとした冒険者たちによるものだろうと推測されている。

要は今回の指名依頼は狼男メイダスからのものだ。

『バルドル山脈の中腹付近には、冒険者たちも使う古い砦がある。今回のような緊急時にはそこに籠もり、狼煙を上げて救助を求めるんだ』

指名依頼書にはこのように記載があった。

(けど、あの砦じゃ……)

その砦の存在はレンも知っている。

幸い砦には食料があり、暖もとれないことはないだろう。

水は雪を溶かせばどうにかなるだろうし、食べ物も食肉に向く魔物がいれば問題ない。

だが古い砦では潤沢な備えは期待できないから、万が一、暖をとれなくなれば間もなく凍死してしまう。

レンはだからやめておけばよかったのに、こう思いながらも、

（メイダスさんには白金の羽の件で世話になった。とはいえ行く先がバルドル山脈で、この天候なのは無視できない）

冒険者たちによる自己責任ということもわかるのだが――――かといって、人命が懸かっているのだから悩んでいる場合ではない。

（って、無視しちゃいけない理由があるじゃないか）

レンはとある情報を思い出し、それまでの迷いを一瞬で忘れた。

「レザード様、救助を待つ冒険者の中に俺の知り合いがいます。彼は出発する前に、依頼人は英雄派に属する貴族の御用商人の使いだと言っていました」

それを聞いて、深く深くため息を漏らしたレザード。

彼は旧館の天井を仰ぎ見て、もう一度ため息を漏らした。

「こんなときに面倒な……」

ギヴェン子爵の件《あの事件》から間もないため、神経質に考えるくらいがちょうどいい。

いまではイグナート侯爵との友誼があるが、だからといって何もせずにはいられない。

「ここでクラウゼル家が救助に尽力しなかったことが、春の件《くだん》の意趣返しなどと難癖を付けられてはたまらんな」

たかが御用商人、それも使いに対して男爵がこうまで気を遣う必要があるのかと、レンとレザードが苦笑した。

それでも春の一件から間もないことは事実のため、無視することは決してできない。

「すみません。最初の指名依頼を断った段階で報告しておくべきでした」

「いや、報告してもらえるのに越したことはないが、結果は変わらなかったろう」

何故ならば、

「英雄派と懇意の商人の関係者であるなら、英雄派の一員と事を交えた私の助言を素直に聞くとも思えん。主人の進退がかかった仕事を前にしたなら、派遣された使いも耳を貸さんだろう」

レンの後悔を慰めるわけではないが、今冬のバルドル山脈の厳しさを伝え予定の変更を求めることはできても、それ以上のことは難しかった。

御用商人の使いの身柄を拘束したり監視した際には、敵対行動をとったと思われただろう。

「いずれにせよ騎士の派遣は既に決まっている。領内の村を巡りながらバルドル山脈近くに到着する予定だったのもあって、当家からもバルドル山脈へ戦力を派遣することはできる」

豪雪による被害を受けた村々のための話である。

言ってしまえば冒険者はある程度自己責任なのだが、砦内に他の遭難者がいないとも限らない。

今回の救助は人命のため、領民のため、そしてクラウゼル家がまた面倒な貴族の問題に巻き込まれることが無いよう動いた方がいい。

（この状況なんだ。うだうだ言ってる場合じゃない）

レンはバルドル山脈への懸念は一度忘れなければ、と決心した。

「バルドル山脈へ向かう一団に、俺も交ぜてください」

「……ふぅ、レンのことだからそう言うと思っていたが」

ただでさえ村々を巡り、領民に尽くすための仕事をしてくれるというのに、さらにバルドル山脈まで足を延ばすとなると、一か月以上は見なければならない。

それほどの手間暇をレンに強いるのは、レザードとしては不本意だった。

「少し寄り道するだけです。なのでどうか、俺にも自分の居場所《クラウゼル》を守らせてください」

レンは「それに」と頬を掻いた。

「こういうときに何もしないでいると、リシア様の悲痛な表情が頭の中によぎってしまいそうになるんです」

「……二人がイェルククゥから逃げていた頃のことか？」

「はい。俺はもう、リシア様にあんな思いをしてほしくありません」

今回の件が何らかの騒動に繋がる可能性は限りなく低いものの、春先の騒動を踏まえれば軽んじることはできない。

またレン自身、貴族の理不尽な権力に抗えるよう自分自身強くなろうとしているところだ。

ここで救助を避けて通ることは、彼自身したくなかった。

「Dランクすら軽々と単身討伐するレンなら、バルドル山脈も恐れるに足りぬだろうが……」

「ヴァイス様はクラウゼルに残るべき状況ですから、どうか俺を」

しばらくの間考えたレザードが、折衷案を口にする。

「指名依頼を受けるのは駄目だ。しかし、騎士に同行して砦を目指すことは許そう」

「それって、どんな違いがあるんでしょう？」

「冒険者として行動した際は、依頼を受けた者としての責任が生じる。だが私が命じた場合なら話は別だ。もしも捜索が砦より奥地になっても、レンは行かなくて済むということだ」

バルドル山脈において、クラウゼル領から砦へ向かう山道は比較的安全だという。

魔物が少なく、地形も安定しており雪崩による心配も山道に限ってはないそうだ。

万が一面倒な状況に陥った際、レンは冒険者と関係なく帰還できるように、とレザードは計らいたかったらしい。

「そういえば、レンはスキルを持っていたな」

思い出したように発せられた言葉だった。

「恐らく、レンのスキルはこうした状況でも活《い》かせるのだろう。レンの勇気とは別に、それも理由に協力を申し出てくれたのだろうと考えていた」

「それは……」

「ああいや、別にスキルの詳細を教えてくれと言っているわけではない」

確かにレンは、木の魔剣の自然魔法がバルドル山脈でも活用できるかもと考えた。人工的に道を作り出すことができる術《すべ》は、万が一の際に人を助けるためにも使えるからだ。

ただ、魔剣召喚に関わる情報を誰にも告げていない。

状況が状況だったためリシアは目の当たりにしているが、かといって彼女もレンが語ろうとしないから詳細は尋ねず、さらに父のレザードにすら教えていなかった。

ここまでレンがその力を隠してきた理由だが、幼い頃は何となく軽率に口走ることを避け、ゲームのシナリオを思い返して口を噤《つぐ》んだにすぎない。

ただ最近になってからは、自衛のためにもあまり公にする気がなかった。

「リシアのように聖女であれば話は別なのだが、これからもみだりに他人に教えることは避けておきなさい。強さを語ることは裏を返せば、弱点を語るも同然だ」

レザードの気遣いに、レンは深く感謝した。

◇　◇　◇　◇

冬は日の入りが早く、あっという間に窓の外が薄暗くなりはじめた。

レンの旅支度が一通り終わった後、リシアは自室にて、

「……もう大丈夫よね？　必要なものは全部用意したはずだわ」

先ほどまで確認していたレンの荷物のことを思い出しながら、窓の近くにある机に向かってメモを確認していた。

後は用意した魔道具の使い方などを、レンのためにメモしておくだけだ。

リシアは手にしていたペンを見て、ふと思い出す。

「へ……平気よ。今回はただのメモだから、前みたいなことにはならないわ」

かなり前のことだが、リシアはレンをクラウゼルに連れてくるための手紙を書いたことがある。

当時は燃える前のアシュトン邸でその手紙を用意して、ヴァイスに『まるで恋文ですぞ』と言われたため、屋敷の外で処分しようとして懐にしまい込んだ。

それをどこかで紛失し、偶然にもレンの元に渡っていたことを思い出してしまい、リシアは頬を真っ赤に染めた。

だが、彼女も口にしたように今回はただのメモだ。心配はいらない。

しかし、魔道具の使い方などを書き記した後で、

「……あんまり長く帰ってこなかったら、私もそっちに行っちゃうからね」

と、リシアはインクが付いていないペンの先で、微かに跡を付けた。注視しても読むのが難しい程度にうっすらと、バレないようにと思いながら書いた文字だった。

バレてほしくないがバレてほしいと思う自分もいる、悪戯心《いたずらごころ》に乙女心を孕ませた一言だった。


翌朝、レンが屋敷を発とうとしていたところで。

屋敷を出た先にある、門の外側でのことだった。

「レン、手を出して」

しんしんと雪が降りつづく中で、リシアはそれを気にせずに言った。

レンが素直に手を伸ばせば、その手を取ったリシアの指先から暖かな光が生じた。

彼の身体は活力に満ち溢《み あふ》れ、全身に力が漲《みなぎ》っていく。

「神聖魔法ですか？」

「うん。けど、無理をしていいって意味じゃないから勘違いしないでね。レンが怪我をしないように、少しでも身体が軽くなるための神聖魔法よ」

あくまでもレンの身体に溜まった疲れを解消し、彼が動きやすくなるよう、少しだけ力を貸しただけだ。バルドル山脈に着く前はおろか、クラウゼルを発って数時間もすればわからなくなってしまう、そんな小さな手助けだった。

「ありがとうございます。おかげで頑張れそうです」

それに、とレンが腰に携えた短剣に目を向けた。

「リシア様からいただいたお守りもありますので、何も心配はいりませんね」

「ふふっ。だったら一つ約束なさい」

リシアは握ったままだったレンの手に力を込めた。

レンを見上げた彼女の瞳は、息を呑むほど美しい迫力と必死さを孕んでいる。

「絶対に絶対に無理はしないこと。いい？」

聖女然とした姿に年相応の少女らしい姿の彼女は、神秘的な可憐さを湛えていた。

# 十章　白銀に舞う少女

クラウゼル家の騎士や、冒険者たちで一団を成しての冬場の行軍は、魔物への憂いを感じない頼もしさがあった。

特に今回はレンも同行しているからなのか、野営に使える魔道具が多く持ち出されている。

しかしバルドル山脈までの道のりは、雪のせいで普段より数日多く要した。

「……本当に、来たんだ」

眼前にそびえ立つ白銀の峰。

以前見たときは雪化粧が残るだけのそれが、いまではすっかり白銀一色に染まっていた。もうすぐ日暮れのため、僅かに茜色に覆われていた。

磨かれた剣を思わせる鋭利な山肌はそのままに、自然の猛威だけが増していた。

リシアとの逃避行中に見た光景とはまったくの別物で、ゲーム時代のラストステージに恥じぬ荘厳さを誇っていた。

「やはりとてつもない雪の量ですね」

クラウゼル家の騎士が言った言葉を聞き、レンが答える。

「道中で寄ってきたどの村にも、これほどの雪はなかった気がします」

一行が救助を後回しにしたわけではない。

冬の行軍は夏場に比べて厳しく、数日を要したことは記憶に新しい。いくつかの村に寄ることがあったため、その際は予定通りの作業に勤しんだということだ。

途中で何人かの騎士は分かれ、特に助力が必要な村に残してきている。

レンは騎士の中でも特に精鋭に数えられる者たちと、バルドル山脈までの道中で領民のために尽くしたにすぎない。

元々はそのための遠出だったため、抜かりはなかった。

「英雄殿！」

離れたところにいた冒険者の団体の中から、メイダスがレンを呼ぶ声が響いた。

彼ら冒険者たちとは、クラウゼルの町からここまで同行していた。

「はい？　どうしたんですか？」

レンがメイダスの元に向かうと、メイダスはバルドル山脈を見上げて言う。

「山道も思っていた以上に雪が積もっている。場所によっては木々も丸ごと埋もれているようだ」

「苦労しそうですね。魔道具や魔法で雪をどうにかしても、下手をしたら雪崩を招きかねませんし」

「英雄殿が言うように、そんなことをすれば雪崩が起きてしまう。結局のところ、我々は雪を避けながら進むしかないのさ。もっとも、有翼人《ハーピー》のように翼があれば別だが」

ないものねだりをしてもしょうがない。

まずはできるところからと考え、騎士が口を開く。

「冒険者諸君、我らは先に拠点の設営をするべきと提案する」

メイダスがそれに応じる。

「では、出発は明日にしよう。今日はもう遅いし、拠点を設営し終えたらもう日が暮れる」

騎士の中にも冒険者の中にも、その決定を悔しく思う者はいた。

一行は昨日もバルドル山脈中腹の砦から上る狼煙を見ており、一行が生存しているのを確認している。

だからこそ、一刻も早く救助に向かいたかった。

(けど)

レンには今更ながら気になったことがある。

依頼人の商人を守る冒険者は複数人いるはずだ。これはレンがカイに指名依頼を受けた際、その本人に聞いたから間違いない。

なのに、いくらひどい降雪だからといって身動きが取れなくなるだろうか。

この世界は前世と違い、冒険者ともなれば身体能力はとても高い。

魔物が別に強くないのなら、プロの冒険者がそこまで追い込まれるのかと疑問に思った。

レンはその疑問を騎士に尋ねる。

「すごい雪なのは見ての通りですが、冒険者はこれだけで動けなくなるものでしょうか?」

「難しい例もございます。魔物の素材を用いた装備に加え、魔道具があれば下山は可能かと思われますが、今回は護衛対象がおりますので」

ですが、と騎士がつづける。

「もちろん、護衛対象がいても不可能とは申しません。冬のバルドル山脈を通過する予定なら、相応に経験豊富な冒険者が選ばれているはずですしね」

「ってことは、下山できても不思議ではないってことですか？」

「はい。無理をせず、救助を待つという判断をしたのかもしれませんが……あるいは、怪我人が出て身動きが取れない可能性もございます」

「こちらにはわからない、不測の事態ってことですね」

「その可能性が捨てきれません。我らも用心して参りましょう」

レンは「肝に銘じます」と答え、視界いっぱいに広がるバルドル山脈を見上げた。


野営の支度が終わり、皆が焚《た》き火《び》を囲んで夕食をとりはじめた頃、

「砦への道は共有した通りだ。面倒な雪をかき分けながら進むため、到着までは二日から三日を予定している」

冒険者を代表してメイダスが言い、次に騎士が言う。

「荷物の運搬と、雪をかき分ける前衛。魔物の出現に備えて人選をしたい。メイダス殿には、冒険者たちの方を任せる」

「任せてくれ。では隊列も考えなければ」

「私たちは英雄君の傍がいいなー」

「そうね。むさくるしい男の傍なんかより、可愛い男の子の方がいいし」

メイダスの声を遮るように、女性の冒険者たちが笑った。

「おいおい！　俺たちじゃ嫌だってのか？」

「当ったり前でしょうが！」

皆、ときには冗談を言い合ってこの場を明るくさせることに努めた。

明日のために英気を養ったこの日の夜、一行は砦にいる者たちの無事を祈りながら眠りについた。

◇◇◇◇

翌朝は朝日と共に出発し、初日の行軍と同じく夕方手前まで雪をかき分けながら進んだ。

その日の行軍も無事に終えて、つづく三日目の朝。砦が見えるまであと少しまで迫ったところで、一行は峡谷に設けられた、長い長い吊り橋へと差し掛かった。

横顔を叩く吹雪で見通しが悪い上、そもそも高さがありすぎて吊り橋の底は見えない。

「この下は休火山の一部らしく、過去には溶岩が流れていた時代もあるそうです」

吊り橋に揺られながら、騎士がレンの傍で言った。

その情報は知っていたが、レンは「そうなんですね」と言って頷いた。

眼下に広がる峡谷を見て、ある情報を思い出す。

ゲーム時代、峡谷の下はアスヴァルの魔力に影響を受けて、いたるところに溶岩流ができていた。

溶岩がない足場には数多くのアンデッドが蔓延り、瘴気が漂う深淵《しんえん》だった。

瘴気《しょうき》とは、死んだ魔物の死骸から漏れ出した魔力の密度が、その密度を高めることで生じる気体だ。

その本質は人体に毒となるガスである。

吊り橋の下には魔物の死骸が数えきれないほど転がっていたため、Ⅰのラストステージに相応《ふさわ》しい禍々しさだった。


吊り橋を抜け三十分も過ぎた頃には、目的の砦まですらに近づいた。

「諸君！　行こうッ！」

意気揚々と号令を発したメイダスにつづき、皆の足取りが勢いを増す。

膝までやすやすと埋まってしまう深い雪の道を進みながら、なるべく早く砦にたどり着けるよう一行は進んだ。

（もうすぐだ）

先ほど見えた砦を思い出しながら、レンは額の汗を手の甲で拭う。

すると、前方の冒険者たちが足を止めた。

最前列を進んでいたメイダスが片手を上げ、皆の注目を集める。

「魔物だ」

だが、近くではない。

メイダスはすぐに遠くを指さし、自身の犬耳を軽く揺らす。

「砦が襲われている可能性がある！　急げ！」

勢いよく駆け出したメイダスと彼につづく冒険者の後続にて、レンは騎士と顔を見合わせた。

決して一種類ではない魔物の群れが声を上げ、何者かがそれらと戦う音が耳を刺す。

再び吹雪《ふぶ》きはじめたことで、周囲の視界が悪化した。

「レン殿ッ！　無理はなさらぬようにッ！」

「はい！　わかってますッ！」

騎士と言葉を交わしてから、レンは辺りの魔物に目を向けた。

この世界に来て以来見慣れた魔物や、ここに来てはじめて見る魔物。数多の魔物が群れを成し、すぐ傍の砦に蔓延っている。

レンは商人を護衛する冒険者たちが無事だったのだろう、と喜んだのだが、

(な、なんで……？)

吹雪の中、砦の周辺で戦っていたのは見慣れぬ十数人の少年少女たちだった。

「だ、誰なの!?」

「わからないが、油断するなッ！」

少年少女たちが冒険者たちを見て慌てふためけば、

「ッ……こちらも状況はわかっていないが、君たちに協力する！」

その不安をメイダスが払拭した。

やってきた冒険者や騎士が魔物と戦うのを見て、驚いていた少年少女は魔物に意識を戻す。

少年少女の中には魔法を駆使する者が何人もいた。ある者は火球を放ち、ある者は吹雪に勝る風を放ち魔物の皮膚を切り裂いている。

魔法はこの世界ではスキルを生まれ持っていなければ扱えないため、こうも贅沢《ぜいたく》に使われる力ではないのだが、魔法を扱う少年少女は全員、その扱いに長《た》けていた。

(これならあまり助けは――――)

レンが思いかけたその刹那、吹雪がさらに荒れ狂う。

彼はその吹雪の奥、離れた場所で戦う孤立した者の存在に気が付くと同時に、その周囲に多くの魔物の影を見た。

「俺はあっちの人に手を貸してきます!」

「承知しました! もう一度言いますが、絶対にご無理はなさらぬよう!」

「はい! 皆さんもご無事で!」

レンが騎士に言い、離れた先で戦う者の傍へ向かう。

この辺りの雪は、これまでと違い膝が隠れるほどではなかった。

でも足首まで当たり前のように埋まってしまうから、レンは身体能力に物を言わせて、風のように駆ける。

吹雪の先で戦っていたのは一人の少女だ。

彼女の背を狙っていた魔物をレンが鉄の魔剣で斬り伏せると、彼女が振り向いた。

「っ――――貴方は!?」

「俺は皆さんを救助に来た者です！」

戦闘中だというのに、少女の声は不思議なくらいすっと耳に入ってくる澄んだ声だった。

ただ、少女の顔立ちは吹雪のせいで窺うことはできなかった。

代わりにレンは驚いていた。

彼女が吹雪に黒髪を靡かせながら、両腕から魔法を放つ姿に。

驚いていたのは少女も同じだ。


……すごいな、この人の魔法。

……この方の剣、すごい。


互いに声に出すことなく驚きつつ、押し寄せる魔物を倒していく。

苦戦は論外。二人の戦いぶりが魔物を圧倒した。

(こんなに戦える子たちが、どうしてバルドル山脈に)

苛烈さにヴァイス仕込みの堅実さも持ち合わせたレンの剣戟は、一切の魔物を寄せ付けない。

いつしか二人は、自然と背中を任せていた。

剣の間合いはレンが。

少し離れて、少女が放つ氷の刃《やいば》が魔物の身体を貫く。

まるで観劇の一場面のような、流麗な戦いぶりで。


……なんだろ。戦いやすいな。

……どうして？　まるで私以上に私を知ってるみたい。


気が付けば魔物は残り一匹だった。

レンの剣と少女の魔法が、ほぼ同時にその一匹の身体を貫いた。

少女は辺りの新雪が魔物の血潮で深紅に染まっているのを見て、戦いが終わったことを知る。

少女は全身から力が抜けた様子で、

「終わったんですね……」

レンの傍ですとん、と雪の上に腰を落とした。

「大丈夫ですか？」

「す、すみません……！　こんなに多くの魔物と戦ったことははじめてで、終わったと思ったら、つい身体から力が抜けてしまって……っ」

少女は清流が如く澄んだ美声に、一生懸命さを感じさせる口調で言った。

背中を預けるような姿勢で戦っていたので、レンはまずその少女へ身体を向けた。

レンが手を貸そうと思い腕を伸ばせば、いつの間にか吹雪はやんでいる。

その影響で、レンはようやく少女の全貌を視界に収められた。

「あっ……ありがとうございます」

「いえ、お気になさらず」

そう言った彼女の姿は、辺りの殺伐とした景色を一瞬で変えてしまう圧倒的な華のようだった。

黒曜石を想起させる髪。磨き上げられた宝石を想起させる顔立ちは、この場と相まって雪の精霊のよう。

リシアを間近で見ているレンにとっても、神秘的な印象を抱かざるを得ない少女だった。

少女が差し伸べられたレンの手を見る。

二人の手が合わさった瞬間、だった。

「……あれ？」

「……え？」

少女の首元を飾るネックレスから、紫電が迸った気がする。

気のせいだったのかと思うほどの一瞬だったせいで、二人は特に気にすることなく、僅かに首を傾げるにとどめた。

レンがそのネックレスに目を向けると、彼は密かに疑問を抱いた。

(破魔の、ネ、ッ、ク、レ、ス、だ)

七英雄の伝説内にも登場した、装備するタイプの魔道具だ。ゲーム時代と外見が同じだから、勘違いではないはず。

（なんであんなハズレ装備をしてるんだろ）

破魔のネックレスは七英雄の一人が作った魔道具にして、世界に数個しかない貴重なアイテムだ。

しかしその貴重さに性能が比例しないし、さらに破魔のネックレスには、紫電を放つ効果はない。

やはりさっきのは勘違いだ。

レンは少女が立ち上がったところで手を離した。

「よかった！　そちらも大丈夫だったようだなッ！」

メイダスが近づいてきた。

彼は防寒具に付いた雪を払っていた二人の傍にやってきて、すぐに少女へ問いかける。

「あっちの人たちから聞いている。どうやら君が、皆のまとめ役だそうだね」

俯いた少女はメイダスやレンの素性を尋ねたそうだったが、メイダスが話をつづけたため、彼女は耳を傾けるにとどめた。

「早速で悪いが、何故君たちのような少年少女が、こんな危険な地に集団で足を運んでいたのか教えてほしい」

「……先にお教えください。そちらにいらっしゃるのは、クラウゼル家の方々でお間違いありませんか？」

遅れてレンたちの元へやってきたクラウゼルの家の騎士を見て、少女は確信めいた声音で尋ねた。

騎士たちの装備に刻まれた紋章を見たからだろう。

「我らはご当主様より命を受け、この地の冒険者たちを救助すべく足を運んだのです」

騎士の佇まいと返事を聞き、少女はそれが嘘ではないと思った。

おかげで安堵したのか頬が僅かに緩んで、小さな声で「よかった」と呟く。

「どうやら、そちらに任せた方がよさそうだ」

ここでメイダスは半歩下がり、この場を騎士に任せることに決めた。

騎士はその意を汲《く》んで少女に尋ねる。

「失礼ですが、貴女様は？」

「あっ……申し遅れました」

見目麗しい少女はその声を聞き、ハッとした様子で騎士に顔を向けた。

佇まいを正し、騎士へ凛麗な所作で一礼する。

ここが夜会の会場であれば、間違いなくすべての異性を虜にしたであろう婉麗《えんれい》さを湛えていた。

「――――私は」

次の句を聞いたとき、誰もが驚きで言葉を失うことになる。

きっとレンが稀代《きたい》の賢者であろうとも、この出会いは予想できなかったことだろう。

「私はフィオナ。エウペハイムが領主、ユリシス・イグナートの一人娘です」

その可憐な唇から発せられた言葉は、皆の表情に衝撃を植え付けた。

# 十一章　迷い込んだ受験生たちと、倒れた冒険者たち

灰色で武骨な石畳と、同じ素材で造られた壁や天井が皆を迎える。壁に指先を滑らせれば、じゃりっと湿った感触がする。窓は小さく、等間隔に並ぶ松明《たいまつ》の灯りに頼らなければ昼でも薄暗い。皆の足音が飾り気のない砦内に響き渡っていた。

「私はメイダス。クラウゼル家の騎士たちを除く冒険者らを、今回の救助中に限って指揮している」

一行を先導して歩くフィオナの傍で、メイダスが軽く自己紹介をする。

このときフィオナはレンを冒険者だと誤解した。

メイダスの話を言葉通りに受け止めれば、騎士の姿に身を包んでいないレンを冒険者と間違えても無理はなかったのだ。

「何故、君たちのような少年少女がバルドル山脈に？」

フィオナは足を止めずに話をつづける。

「私たちは受験生なんです。この砦へは、数日前から避難しておりました」

「受験生だって？」

「ええ。この地は帝国士官学院の特待クラスにおける、最終試験会場なんです」

その説明にはメイダスも驚いた。レンも、そして騎士たちも驚きの表情を浮かべる。

「まさかとは思ったが、かの学院が誇る特待クラスの……」

「ははっ！　おいメイダス！　失礼のないようにしろよな！」

驚くメイダスを他の冒険者が囃《はや》し立《た》てた。

「わ、わかってるとも！　だが許してくれ！　貴族相手の口調はどうしても身に付いておらず……というか、お前たちも自己紹介をするんだ！」

メイダスが他の冒険者たちを促す。

しかし、冒険者たちは難色を示す。

「私は遠慮しておくわ。前にお貴族様の護衛任務を引き受けたとき、対応が悪かったたって難癖つけられたことがあるのよね」

「俺もちっとばかし遠慮したい。田舎の冒険者には、あの学院の受験生さんたちは恐れ多い」

「親御さんに報酬を頼めばそこそこの金になるだろうが、俺たち程度の冒険者が大貴族と縁を持つと、大概が面倒なことになる。遭難した件も俺たちのせいとか言われたら、たまったもんじゃない」

冒険者には冒険者独自の理由があり、彼らは貴族が相手であっても自己紹介を避けた。

「だが放っておく気はない。受験生たちが俺たちに干渉しないでくれたら護衛しよう」

「互いに不干渉ってわけだな。そうしてくれれば、俺たちも安全を約束するぜ。不干渉でいることが報酬、ってとこだな」

先ほど誰かが言ったように、受験生の親から決して安くない報酬を貰えるかもしれない。

だが、この場に集まった冒険者たちは権力者の強さを知っていた。

万が一にも難癖をつけられたらたまったもんじゃない。言い換えれば、自衛のために素性を隠していたかった。

特にフィオナ・イグナートの存在が、彼らをこうさせたのだろう。

「承知しました。では、そのようにします」

フィオナは貴族の理不尽さに覚えがあるのか、素直に頷いた。

歩きながらメイダスが謝罪したが、彼女は健気に笑っていた。

「しかし、あの特待クラスを受験するのなら、この雪も恐れるに足らなかったのではないか？」

帝国士官学院はレオメル一の名門で、その特待クラスともなればさらに一握りの人材しか入学が許されない狭き門。

そこを目指す受験生なら田舎の冒険者より実力があるだろう、と。

故にこの異常な気候でも、避難するまではなかったのではないか？　こう言いたかったのだ。

「私たちは体力で大人に勝てません。この異常な事態が数日であればどうにかなったかもしれませんが、避難を決めた際は、一週間以上も山脈を歩いた後でしたから」

身体が成長し切っていない彼女らにとって、冬の行軍は厳しかった。

仮に数日に限ってならクラウゼル近辺で活動する冒険者に勝れようとも、それ以上になれば、こと野営においてはどうしてもままならない。

「それに、不思議なくらい多くの魔物が現れてしまい、必要以上の消耗を余儀なくされたのです」

メイダスはすぐに「少年少女だけとあって、狙いやすかったのかもしれないな」と口にした。

だが騎士は、

「我らが行軍した道ではあまり魔物が現れませんでした。山脈の中でも、そちら側に集まっていたのかもしれませんね」

一方、レンは密かに考える。

(特待クラスの試験は確かに難しい。この最終試験はその象徴……だけど)

それは学院が指定した場所で行われ、決められた経路を踏破することを目的とした試験だ。

主に受験生の体力や忍耐力、機転やグループ単位に分けられた受験生の協調性など、様々なことを見定める試験だ。

そのため、試験官がどこかにいるはずなのだが、

(この状況だといないな。あくまでも受験なんだから、こんな無理はしないはずだけど)

異常気象は野営に慣れた冒険者でも救助を求めるほどなのに、それをいくら名門だからといって、試験官が放置することは考えにくい。

受験生には国内外の貴族やそれに連なる者もいるから、下手をすれば大問題だ。

だとすれば、試験官はどこにいるのか？

「気づいたか」

レンの傍を歩いていた冒険者が自嘲を交えて、

「今回の件は普通じゃない。俺たちなんか一息に殺せる権力者が裏にいそうな事件だろ？　受験生には派閥を問わず貴族の関係者がいるってのに、それに手を出すとすればとんでもない話だ」

「皆さんの様子が急に変わったのは、その懸念からなんですね」

「そうさ。さすがに無礼すぎるとは思うが、俺たちも自分が可愛いからな」

二人が話すのを傍目に、前方でフィオナが足を止めた。

彼女は砦の奥にある広間へつづく扉の前に立つと、

「この砦に避難した私たちは、先客がいると知り胸を撫で下ろしました」

でも、そう言った彼女の表情は冴《さ》えない。

扉が開かれると同時に皆がその理由を理解するに至った。

通された広間には簡素な寝具が敷かれ、その上にカイをはじめとした冒険者や、護衛対象と思しき商人が寝かされていた。

彼らは皆、苦しそうな呼吸を繰り返している。

「カ、カイッ!?」

メイダスが慌てて相棒の元へ駆け寄っていく。

救助に来た他の冒険者たちもまた、その後を追った。

「ご覧の通りです。この砦にいた方々は、一人残らず歩くことすらままならない状況でした」

先ほどの冒険者との会話の不穏さが、より一層その信憑性《しんぴょうせい》を増した。

騎士たちはレンと同じ考えを抱いたが、冷静さを欠くことなくフィオナに尋ねる。

「イグナート嬢。他にわかることがありましたら、是非、ご教示ください。私たちはあの者らが発した狼煙を見てクラウゼルから来たのですが、理解が追いついておりません」

フィオナがコクリ、と頷いた。

「私と同じ受験者の中に、治療の心得がある者がおりました。その者が診たところ、彼らは体内の魔力が異常に増えていたそうです」

彼女の顔に僅かなかげりが見えた。

心なしか、唇も少し震えている気がする。

「診たところ、器割れに似た症状でした」

それを聞いた騎士が驚嘆。

「身体に見合わぬ量の魔力を宿した際、それが毒となり身体を蝕《むしば》む病ですね。先天的に魔力を多く持って生まれた子がかかる症状だったと思いますが……それが何故、大人の冒険者に？」

「……残念ですが、その理由まではわかりません。ただ、器割れは生まれ持った魔力が多ければ多いほど死亡率が上がる病です。しかし、あちらの方々は命に別状はないそうです」

器割れの症状は、以前リシアが罹《かか》った病と似て非なるものだ。

レンには医学の心得がないから説明を聞いても理解はできないが、大雑把に言えば、直接命に関わるかどうかというもの。

また、器割れは基本的に生まれてすぐ罹るため、それも症状の違いと言えよう。

冒険者たちを診た者が言うには、彼らの身体を蝕む異常な量の魔力は少しずつ落ち着いているらしく、しばらくすれば調子を取り戻すだろうと。

「だから最近の狼煙は、私たちが上げていたんですよ」

切なげな笑みを浮かべて言ったフィオナはコテンと首を傾げた。

騎士は腕を組み考えはじめたが、倒れた冒険者たちに向かうためフィオナに頭を下げた。

「考えるべきことはいくつもありますが、まずは我らも冒険者たちの様子を確認して参ります。その後に、皆様の下山についてご相談させていただきたく」

では。こう言って背を向けた騎士を見るフィオナは密かに、

「私はまた、クラウゼル家に力を貸していただくのですね」

と言い、彼女も広間へ足を踏み入れた。

ここで、これまでの緊迫感を一瞬で消し去る出来事が発生する。

「しょーもないわね。後で報酬を上乗せしてもらわないと、こんなんじゃ割に合わないじゃない」

レンと同行していた女性冒険者がため息交じりに言った。

彼女はもう一人の女性冒険者と顔を見合わせ、それからレンに目を向ける。

「どうせ今日はここで一夜を過ごすんだし、さっさと寝る部屋だけでも決めちゃいましょ」

「そうね。あっちのことは男たちに任せておけばいいし」

そう言った二人が、レンの身体へしな垂れかかる。

「私たちと一緒の部屋はどう？」

最初は驚きに唖然としていたレンだったが、彼はすぐに苛立った声で言う。

「あの――――こんなときに変なことをしないでください」

レンは二人の色香に惑わされるどころか、この状況下における緊張感のなさに、煩わしさを覚え

てため息交じりに一蹴。

彼は両腕を伸ばし、女性冒険者たちのことを引きはがした。

彼女たちはレンのつれない態度を笑いながら、この場を後にしてしまう。

レンは「はぁ……」と苛立ちが残るため息を漏らしてから、ハッとする。

さっき大広間に足を踏み入れたはずのフィオナが、いつの間にか扉の傍にいて苦笑いを浮かべていたのだ。

「あ、あのあの……っ」

「念のために言うんですが、俺があの二人をはべらせていたとかではありませんからね……？」

「だ、大丈夫ですっ！　ちゃんと見てましたから……っ！」

何ともタイミングの悪い出来事だった。

幸い、フィオナが妙な誤解をしていないことだけが救いなのだが空気が重い。

（まっずい。完全に自己紹介しづらくなった）

フィオナにとってレンは命の恩人といえるが、ここで自己紹介というのはいかがなものか。

別に情熱的な挨拶を交わしたいわけではないが、この出会いはさすがにどうかしてると思わざるを得なかった。

この非常時に、フィオナを混乱させてしまうことは間違いない。

余計な混乱を招くことは、レンの本意ではなかった。

（みんなに相談して場を改めよう）

フィオナはレンを冒険者と勘違いしているし、冒険者と受験生の間で不干渉の約束が交わされたばかりなこともある。

とりあえず、ここで自己紹介をすることは避けることにした。

後はこの微妙な空気の中でどう振る舞うかなのだが、

「イグナート様！　私、少し相談したいことが……っ！」

予期せぬ助け船が来た。

二人の近くにやってきた女性の受験生が、フィオナに話しかけながら手を取ったのだ。どうやら相談内容がやや込み入っているらしく、現れた受験生はレンの顔をチラチラと窺っている。

「俺はこの辺で失礼します」

レンがフィオナに背を向けると、

「あっ……冒険者さん！　ご助力いただける件、本当にありがとうございます！」

彼女はその背に深々と頭を下げながら、心からの礼を口にした。

◇◇◇

ついさっきの受験生にはとある心配事があった。この最終試験の結果だ。

彼ら受験生にとってこの試験は、将来がかかっていると言っても過言ではない。

なのにこの砦へ避難することになったこと、それと救助に訪れた冒険者やクラウゼル家の騎士に手助けされることに、強い不安感を抱いている者が多々いるそうだ。

（ルール違反なんだっけ）

夕方過ぎ、その話を聞いたレンは砦の食堂で密かに思った。

彼は外で焼いた肉で少し早めの夕食をとりながら、隣に座った騎士からつづきを聞く。

「受験生たちは自分たちの力だけで価値を示さねばなりませんからね。しかし、私としては違和感を覚えてなりません」

「違和感ですか？」

「はい。確か例の特待クラスの試験に使われる場所は、その地の領主へと連絡が届きます。その際は第三者が介入できぬよう、当該地域が封鎖されますので」

しかし、現状封鎖されている様子はない。

それどころか、試験が開始される前から冒険者がいたくらいだ。

「事故の可能性はゼロに等しいでしょう」

「確かに怪しさ満点の状況ですけど、どうして言い切れるんですか？」

「特待クラスの試験はそれほどの管理体制だからです。第三者が何らかの仕掛けをした可能性の方があり得るかと」

「あれ？　事故があり得ないほどの管理体制で、第三者の介入が考えられるというのは……？」

「派閥を問わず、強権を持つ貴族はいくらでもおりますからね」

騎士が何とも言えない苦笑いを見せた。

そこで別の騎士が言う。

「あるいは皇族ってところか？」

「イグナート侯爵家の令嬢がいるのにか？　何のために？」

「さすがに皇族の関与は馬鹿げてるな。かと言って、英雄派が手を出してるとも思えんが。イグナート侯爵に喧嘩《けんか》を売るとは考えにくい。我らクラウゼルを嵌《は》めたかったとしても、代償が大きすぎる」

会話の不穏さにレンは笑みを繕っていた。

「あの学院長がレオメルを離れたというし、事故っていうのもあり得なくもないかもな。どこかでその隙を突いてってのはわからないでもない」

クロノアがレオメルを離れた話はレンも初耳だったが、どうせ関わることのない人物だと思い聞き流した。

「いずれにせよ、我らが護衛することは変わりませんよ」

受験生の不安を説明していた騎士が言った。

「事情はどうあれ、ここで受験生たちを無視することはできません。それこそご当主様に迷惑をかけてしまいますから、助力を拒む受験生がいても、強制的に下山させるべきと判断します」

今回はフィオナ・イグナートもいるとあって、可能な限り慎重にことを進めなければいけない。

皆が緊張と使命感に頬を引き締めるも、一人の騎士がレンに苦笑いを向けた。

「それにしても驚きましたな、レン殿」

「イグナート嬢のことですか？」

「はい」

「お、私も驚きましたよ」

「私もです。このような場で、命を救ったお相手と出会うとは思いもしなかったことでしょう」

確かにその通りなので、レンも苦笑いを浮かべながら肉を頬張る。

「女性冒険者に絡まれたところも見られてしまいましたが、これについて皆さんどう思いますか？」

「……レン殿、こちらの肉も美味しいですよ」

「私のおすすめはこちらですので、是非、ご賞味あれ」

明言せずとも慰められ、レンの心にほろりと涙が流れた。

レンが女性をはべらせていたと勘違いされることはなかったけれど、あのせいでタイミングを逃したことがある。

「自己紹介するつもりだったのに、あのせいで機会を逸しました」

「下山してからでもよいかもしれませんね。お二人共、その方が落ち着いて言葉を交わせるかと」

「やっぱり、そう思いますか」

「幸いイグナート嬢は、レン殿を冒険者と勘違いしているようです。冒険者たちの不遜な態度は目に余りましたが、その影響で、レン殿に名を尋ねてくることもないでしょう」

「あー……冒険者と受験生の間に壁が生じてますしね」

おかげで明日からも基本的には無関係でいられるだろう。

騎士たちにはレンの名と英雄の呼称を避けるよう頼んだ。この状況下でフィオナを驚かせるのは本意ではない。余計な混乱を招きかねないなら、いまは自己紹介を避けるべきだ。

ついでに言えば、レンもレンで心の準備ができていない。

「俺が名乗らなかったことで、後ほどイグナート侯爵からお叱りを受ける可能性は……」

「イグナート侯爵ほどのお方が、それでお怒りになるとは思えません。恩着せがましい言い方となってしまいますが、レン殿のお力でご令嬢が救われたこともありますから、バルドル山脈では落ち着いた下山を優先したとお伝えすればよいかと」

「ただ、我らがレン殿の名を尋ねられた際には、黙っていられませんが」

もっとも、その可能性は限りなく低いと思われるが。

いずれにせよまずは様子を見ることになり、騎士の一人が今後の予定を共有する。

「明日の予定ですが、冒険者たちとも相談して何人かは下山しなければなりません」

「砦に避難していた者が多いので、増援を呼ぶんですね？」

すべてはフィオナをはじめとした受験生たちを、無事に下山させるためだ。

「そうなります。でなければ倒れていた冒険者はもちろん、受験生たちを連れて安全に下山することはできませんからね。その際、役立つ魔道具も多めに運んで参ります」

「レン殿にもご同行いただいた方がいいだろうな」

「そうだな。レン殿にも明朝すぐに下山していただきます。もしレン殿が怪我をすれば、クラウゼルで待つお嬢様が悲しまれますので」

最後に言った騎士は、冗談交じりにそう口にした。

しかしレンは首を横に振り、

「俺は戦力になれそうですから残りますよ。イグナート嬢をはじめとした受験生の傍で護衛します」

騎士の中には難色を示す者もいたが、レンの言葉はもっともだ。

結局、レンも残ることに決まる。

明朝すぐに数人の騎士と幾人かの冒険者が一足先に下山して、山脈のふもとに残してきた戦力や魔道具も運んでくることになった。

再び狼煙も用い、迅速にふもとの者たちとやり取りができるよう努めるそうだ。

砦にはほとんどの戦力が残るため、こちらも心配は不要である。

（要救助者が多すぎたから、こうでもしないと人手が足りないし）

なので今回は無理に第一陣、第二陣と分けることを避けて万全の態勢を整えるのだ。

レンやフィオナが下山する際は、いま以上に万全を期することができるだろう。

遭難した受験生の中にはフィオナに限らず、国内外の貴族に連なる少年少女も多いため、フィオナ以外の者も丁重に扱う必要がある。

「倒れていた者に重症者が何人かいたから、皆で下山するときも気を付けないとな」

「いや、数日もすれば落ち着く見込みらしい。だが、それまでは無理に動かさない方が無難って聞いたぞ。それこそこの極寒の中に連れ出すのも難しいし、下手をすれば命を落とすかもしれないが」

騎士たちの話にレンが興味を抱く。

「いま、彼らの治療はどうしてるんですか？」

「イグナート嬢のスキルを用いて看病しているそうですよ」

他に看病できる者はおらず、ポーションでどうにかなる症状でもなかった。

話を聞いたレンがどのようなスキルなのだろうと思っていると、また別の騎士が口を開き、

「私たちはこの後すぐ、イグナート嬢に予定を伝えに参る予定です。レン殿はどうなさいますか？」

自分もフィオナの元へ行くとは言えない。

「俺は明日以降に備えて、もう休もうと思います」

レンはそれからすぐに騎士たちの傍を離れ、砦内に設けられた自分の部屋へ向かった。


部屋に着いてから鞄《かばん》を開けて、灯りをつける魔道具を取り出す。

しかし使い方がわからず悩んでしまい、早速リシアが用意してくれたメモ用紙を開いた。

「あー……なるほどー……」

そう呟いたレンが暖炉の灯りにメモ用紙をかざしていると、不意に文字の影らしきそれを見つけた。彼が見つけた影は、リシアが密かに残した例のメッセージだ。

『あんまり長く帰ってこなかったら、私もそっちに行っちゃうからね』

微かに浮かび上がった文字を懸命に読んだレンは、リシアが隠れてこんなことを書いていたことに頬を緩めた。

「これ、見つけてよかったのかな」

リシアがこのメッセージを隠していたことは事実だから、判断しかねるところだ。

悩んだレンは以前、リシアが恋文紛《まが》いの手紙を処理し損ねていた事実を思い返し、再び笑う。

「仮に駄目だったとしたら、リシア様は手紙に妙な縁があるのかも……」

レンはそう口にして、魔道具の灯りを弱めてベッドに横になる。

ぼんやりとした灯りを見ていると、クラウゼルに残るリシアを思い返して、不思議と心温まる気分になれた。

◇◇◇◇

クラウゼル邸の庭園で、リシアが霜天を仰ぎ見ていた。

ふぅ、と息を吐けば真っ白で、肩掛けから覗く白磁の肌は少し冷えている。湯を浴びて間もない身体の熱が、冬の寒さに奪われつつあった。

リシアが見上げた空から目を放そうとせずじっとしていると、見かねたユノが声を掛ける。

「お身体に障りますよ」

だがリシアは依然として空を見上げたまま、

「平気よ。涼しくて気持ちいいくらいなの」

「……そうでしたか」

ユノはリシアの隣に立った。リシアの横顔を覗き込めば、相変わらず精緻に整った顔立ちがそこにある。表情は……冴えないとまではいわないが、普段の凜々しさは鳴りを潜めたように見える。

だが、リシアの顔にレンを心配した様子はない。

ユノは、「あ、あらら？」と頬に手を添えた。

「どうかした？」

「てっきりお嬢様は、レン様が心配だから外に来られたのだと思っていたので」

「私がレンを？　どうして？」

「どうしてって、いまのバルドル山脈は危険ですから」

「心配していないって言ったら嘘になるけど、私、皆が考えてるほどレンを心配してないわよ？」

さも当然と言わんばかりの声音だった。

ユノが「何故ですか？」と繰り返し聞けば、

「そんなの、決まってるじゃない」

リシアは微笑む。

「レンが強いことなんて、私は世界中の誰よりも知ってるもの」

どれほどの経験を積めば、そんな声と表情をこの歳《とし》で披露できるのだろう。

ユノはいまの言葉を言い放ったリシアを前に、その声と表情を言葉で言い表すことができなかった。

「なるほど。愚問でございましたか？」

「ええ。その通りよ」

リシアが微笑みを交えながら言えば、空からしんしんと雪が降りだした。

ユノはこれ以上の長居は看過できないと思い、持ってきた上着をリシアに着せながら言う。

「そろそろ中に戻りましょう」

しかしこれでは、リシアの表情が冴えない理由がわからない。

先を歩きはじめたリシアの後ろで、ユノは密かに腕を組みながら考えた。

リシアは皆が思うほど心配はしていないと言ったから、他の理由があって表情が冴えないはずなのだが……

「あっ」

もしかして、と気が付いたことがあったが、言葉にすることは避けるつもりだった。

主にリシアの名誉のためである。

「何か言った？」

しかし、リシアの耳にはユノの声が届いていた。

ユノは何でもないと頭《かぶり》を振ってみるが、リシアが足を止めもう一度尋ねる。

「隠さなくていいじゃない。どうかしたの？」

「い、いえ……レン様をご心配なさっていたというよりは、レン様がいなくてお寂しい思いをされたのかと思い……」

リシアの頬が硬直した。

すぐに笑みを繕って乾いた笑いを浮かべたが、図星を突かれたことは明らかだ。リシアが笑みを浮かべた肌は少しずつ赤らんでいく。

一方でユノは、冷や汗を浮かべながら笑みを繕ってみる。

「よく聞こえなかったから、もう一度言ってくれるかしら？」

「……お休みになる前に、お茶はいかがですか？　と申し上げたのです」

「ありがと。せっかくだからいただくわ」

いまの話はなかったことになった。


二人は互いに平静を装いながらリシアの部屋を目指した。

彼女の部屋の中に足を踏み入れてからは、話した通り茶の支度が進む。

ユノはここでも気が付いた。もう冬だというのに、リシアのベッドには真っ白なワンピースがあった。

あれにはユノも覚えがある。レンが初夏に贈ったあのワンピースだ。

寂しさを紛らわすために持ち出したと言ったところか。

あのワンピースを抱きしめてそうしていたとすれば、何とも可愛らしい話だ。

「っ〜〜！」

リシアはユノにそれがバレたことに気が付き、装っていた平静がとうとう崩れ去った。

もう我慢ならず……というか、さすがに誤魔化しきれないと思い諦めて、

「……な、内緒だからね？」

頬を真っ赤に染め上げて、照れくさそうに口にした。

◇◇◇◇

翌朝、予定通り増援を呼ぶ一行が下山することになった。

『英雄殿！　おかげで助かったよ！』

その際、メイダスがこう言い残す。

『すみません。俺の名前と英雄殿という呼び方は……』

『おっとすまない。理由はわからないが、他でもない英雄ど――君の頼みだからな。失念していて申し訳なかった』

彼は相棒のカイを背負い、心底嬉しそうな笑みを浮かべて下山していった。

当初、増援を呼びに行く一行はごく少数を予定していたのだが、メイダスが自分の相棒を連れて行くと無理を言った。カイは特に体調が悪そうだったから心配なのはわかるのだが、ここで無理をするべきではないし、増援を呼びに行くのに足が重くなると他の皆がメイダスを止めた。

しかしメイダスは、それでも連れて行くと言い張った。

『馬鹿な男』

『……もう好きにしろ。相棒が死んでもいいならな』

冒険者仲間にも冷たい言葉を投げかけられるも、メイダスは気にすることなくカイを連れて下山した。

　レンは彼の振る舞いに眉をひそめ、でも一行が早く増援を連れて戻ることを切に願った。

　朝早くから狩りに勤しんでいたレンが昼過ぎに砦に帰ると、砦に残っていた騎士たちが姿を見せる。

「おお！　これはお見事です！」

「これなら、ひと月分はありますな！　もう食料の心配はないでしょう！」

　彼らに迎えられたレンは、これまで担いでいた魔物を砦の入り口外に下ろした。

「例の御用商人の使いの治療はどうなってますか？」

　フィオナのスキルで、倒れていた者たちを治療をしているという話があった。その治療が必要だった者の一人が、例の御用商人の使いだったのだ。

「イグナート嬢曰く、順調だそうです」

　それを聞いたレンが「よかった」と頷く。

「処理は我らにお任せください」

　騎士たちはレンが狩ってきた魔物の処理を買って出た。

　レンは彼らに残る仕事を任せ、自分は砦に入り簡素な浴室で汗を洗い流す。

　そんな彼がタオルを首筋に掛けて歩いていると、冒険者たちが寝かされていた広間の前を通りかかった。

偶然にもその扉が開かれて、

「――――っ!?」

疲弊した様子のフィオナが現れ、レンとぶつかってしまう。

その際、破魔のネックレスが前回のような反応を示すことはなかった。

どうしてなのかレンに疑問を抱かせるが、確かめる術はない。

「ご、ごめんなさいっ！」

「い、いえいえ！　俺の方こそすみません！」

謝罪し合ってから二人は互いに黙りこくり、明後日の方向を見た。

数十秒後、沈黙に参ってしまったレンは、先日の件を説明しようと口を開く。

「あの――――ッ！」

「その――――っ！」

二人の声が重なった。

同時に互いを見るべく目線を向けたせいで、じっと見つめ合うように交差する。

「ど、どうぞ……？」

沈黙に耐えきれなかったレンが声を絞り出す。

フィオナは少し考えて、恐る恐る半歩下がってから口を開くも、

「……冒険者さんは、クラウゼルから来たと聞いたのですが――――」

彼女はすぐに慌てて口を噤む。

「すみませんっ！　私たちは不干渉でいるという約束でしたのにっ！」

「お気になさらず。でも、どうして俺が住んでいる場所のことを？」

尋ね返せばフィオナは答えるのに躊躇《ちゅうちょ》するも、意を決した様子で口を開いた。

「クラウゼルに私の恩人がいるんです。皆さんはクラウゼルから来たと聞いてましたから、その方とお会いしたことがあるか聞きたかったんです」

フィオナは命の恩人という言葉は口にしなかった。

理由は彼女の父のユリシスが、どうしてか彼女の容態を隠していたためだ。

「騎士の方にもお聞きしようと思ったんですが、今日まで皆さんお忙しそうでしたから、憚《はばか》られたんです。それと……貴方は私の恩人の方と、年齢が近いような気がしましたから……」

祈るように胸元で手を合わせ、そしてやや俯いたフィオナ。

対してレンは、やはり名乗るべきかと考えを改めつつあったのだが、

「……ううん。やっぱり、いまのは忘れてください」

深く頭を下げたフィオナがこのやり取りに後悔を覚え、口にしたことを撤回した。

冒険者と交わした不干渉の約束を破り、他の受験生の下山に影響が出たらと身を引いたのだろう。

「申し訳ありません。これでは不干渉の約束を破ったも同然ですよね」

「い、いえいえ！　聞き返したのは俺だから、心配しないでください！」

レンが微笑みかければ、フィオナは何度も頭を下げてからこの場を後にした。

◇◇◇◇

「もう、休まないと」

夜、砦内の部屋に戻ったフィオナが硬いベッドの上で横になった。

身体に溜まった疲れは彼女をあっという間に眠りに誘う。

ひどく寝心地の悪いベッドの上だったが、彼女は気持ちのよい夢を見ていた。

夢の中の彼女は、雲一つない空が広がった帝都にいた。

以前、クロノアがエウペハイムの屋敷を訪ねた際、フィオナはクロノアに言われて自分の学生生活を想像したことがある。

この夜の夢は、一人の少年が傍にいた。

しかしあのときと違ったのは、その顔がボヤけていなかったことだ。

『今日は暖かいですね』

『ええ。つい、寄り道したくなっちゃいます』

声だって明らかにフィオナが知る声だった。

小さな窓から朝日が入り込み、瞼を開けたフィオナはベッドの上で身体を起こし、先ほどの夢についで考えてしまう。

「……どうして、なんですか」

まだ少し寝ぼけている頭を無理やり働かせて、夢の内容を鮮明に覚えているうちにと、夢の中で見た少年のことを思い返した。

顔も知らない命の恩人が夢の中に現れたことは、先ほどがはじめての経験ではない。エウペハイムの屋敷で暮らしていたときも何度かあった。

そのどれも相手の顔がボヤけていたし、声だって聞いたことがない。

だというのに、今回はその二つがハッキリとしていた。

しかも、

「どうして、冒険者さんの顔が浮かんだの？」

夢の中で会った命の恩人の姿が、不思議とフィオナの言う『冒険者さん』だった。

会話をしたから、彼に印象が引っ張られたのかと。

フィオナは命の恩人であるレンの姿を、勝手に別の人物に置き換えてしまったのだろうか――――と、命の恩人を軽んじた気がして自分を愚かに思った。

夢の内容が勝手な勘違いではないということを、フィオナはまだ知らない。

◇　◇　◇　◇

フィオナが夢の中で『冒険者さん』を見てから二日後の夜、日付が変わる直前に、

「交代です。レン殿」

「りょーかいです」

砦の外に立ち夜の番をしていたレンの元にやってきた騎士が言った。

すぐに砦の中に戻ったレンは、入ってすぐのエントランス奥に置かれた暖炉に向かい、冷たくなった手を温めた。

(温かいものでも飲もうかな)

彼はそう思って、砦の炊事場へ向かう。

砦に来て以来、何度か足を運んだことのある場所だ。

断熱らしい断熱がされてない寒い通路を進み、向かった先に鎮座する木の扉に手を掛けた。

鳥肌が立ちそうになる低い軋音《あつおん》を響かせながら、開かれたその先に歩を進めた。

「……あ」

「……あ」

レンは中にいたフィオナと顔を見合わせ、力の抜けた声を漏らした。

先客のフィオナは炊事場に並ぶ流し台の前に立ち、一人で食器を洗っていた。

レンは軽い会釈を彼女と交わしたのちに、湯を沸かすべく銅製の片手鍋を手に取った。

古臭い竈《かまど》に近づいてみれば、既に火が焚《た》かれていた。

「冒険者……さん?」

フィオナとレンは一昨日言葉を交わしてから、一度も会話をすることがなかった。

別に互いを避けていたわけではなく、いまの状況下であまり話す余裕がなかったからにすぎない。

フィオナはレンを窺うようにじっと見ていた。

「――――やっぱり、冒険者さんだ」

「あの……俺がどうかしましたか？」

「う、ううん！　何でもないんです！　ただその……勝手に気になってたことがあって……っ！」

声は尻すぼみになって、レンはうまく聞き取れなかった。

例の夢のせいで気が動転していたフィオナは俯いて、胸の前で手を合わせ、祈るような姿勢になって頭を働かせる。

「一昨日も……昨日も夢で見た通り……どうして冒険者さんが私の夢の中に……？」

彼女の呟きはレンの耳に届かず、レンは困った様子で苦笑する。

この妙な時間がいつまでつづくのだろうと思っていたら、それから数秒と経たぬうちにフィオナが顔を上げてレンに尋ねる。

「急に黙ってしまってすみません。えっと、冒険者さんもお使いになりますか？」

フィオナがレンの傍にやってきて言った。

彼女の手には、レンと同じく片手鍋がある。

「もしよければ、是非。寝る前に温かい飲み物でもと思いまして」

「私もですっ！　洗い物が済んだら、お茶でも淹れようと思ってて」

「だから火を焚いていたんですね。お湯、一緒に沸かしても構いませんか？」

「ええ。もちろんです」

レンはフィオナの厚意に甘え、傍にある水瓶《みずがめ》から二人分の雪解け水を汲む。

竈の上に片手鍋を置き、薪《まき》が弾ける音に耳を傾けた。

(……気まずい)

こうして、じっと二人で黙っているのはむずむずしてくる。

しかしフィオナは、冒険者たちと交わした不干渉の約束を守り、最初以降は自分からレンに話しかけようとはしなかった。

当然、レンも気軽に話しかけたりはしない。話しかけるための話題もなかった。

なのに二人はほぼ同時に歩きだし、食器棚に向かう。小瓶に入れられた茶葉をいくつか手に取り、香りを頼りに好みの茶葉を探した。

(こんなものまで運んでるのか)

一応、緊急時の食料その他はクラウゼル家の指示で運び入れているらしい。

依頼を受けた冒険者や騎士がやってきて、今回のような事態に備える。おかげで茶の一杯くらいは楽しめるわけだ。

レンの手が茶葉の入った小瓶に伸び、それに触れた瞬間。

「っとと、すみません」

「い、いえっ!　冒険者さんだけじゃなくて、私もですから……っ!」

偶然にも、二人の指先が小瓶の前で重なった。

互いに同じ茶葉を選んだことに驚きを隠せなかった。

「よければ、俺が淹れましょうか？」

この妙な雰囲気のままでいることに耐えられずレンが言えば、フィオナは遠慮がちに「いいんですか？」と答えた。

その後を追うようにレンが「お口に合うかわかりませんが」と言った。

「けどここじゃ寒いので、暖炉に行きましょう」

レンはフィオナに寒い思いをさせまいと提案した。

二人は炊事場を離れ、隣の広間にある暖炉の前に腰を下ろす。

口が裂けても高価とは言えないカップに、明らかに保存状態がよくない茶葉から淹れた茶を注《つ》ぐ。

温かな湯気と、フルーティな紅茶の香りが漂った。

「あっ……美味しいです」

フィオナは、唇から湯気を漏らしながら言った。

「私なんかより、ずっとずっとお上手でびっくりしました」

「俺なんかまだまだですが……あれ？　イグナート嬢がご自身で淹れる機会ってあるんですか？」

「私は、最近まで病弱な身体だったので、話し相手になってくれた給仕から教わっていたことがあるんです。ですがその……私が不器用すぎたと言いますか……」

フィオナが苦笑を浮かべながら俯いて、カップの陰で照れくささを隠す。

「薬のためにもお茶が大事だったので、自分でも覚えようとしたんです。動けるときは身体を動かしたほうがよかったのもあって、頑張ってみたのですが……お世辞にも、美味しくないお茶しか淹れられませんでした」

「お茶は本当に難しいですよね。でも、薬のためですか？」

「はい。私が飲んでた薬は水ではなく、お茶で飲み込んだ方が吸収によいそうなんです」

へぇ、とレンが頷いた。

「魔物の素材を使うと、やっぱり薬も違うんですね」

「そうみたいです。あはは……私のような素人には、何が何だかですが」

レンは母のミレイユから「薬は水で飲むもの」と教えられたことがあった。

薬を飲む際に用いた飲み物の影響で、薬の効果に変化が発生することもあるからなのだとか。

すべての薬がそうというわけではなく、あくまでも基本的に。

「でもお茶で飲めるなら、薬が苦くても誤魔化せそうですね」

「ふふっ。お察しの通り、そのおかげで飲みやすかったんです」

会話をする間に、二人が手にしていたカップは空になっていた。

そのことに気が付いたフィオナが言う。

「後片付けは私に任せてください」

「いえいえ！　さすがにご令嬢にお任せするのは」

「冒険者さんはお茶をご馳走してくださったんですから、気にしないでください。後片付けくらい、私にさせてください」

フィオナの声は穏やかながら、レンが食い下がっても固辞するだろう芯の強さも漂わせていた。

レンが申し訳なさそうに立ち去った後で、炊事場に向かったフィオナ。

「不思議。どうしてあんなに話しやすいんでしょう」

フィオナはどうして波長が合うのだろう？　とレンのことを思い出しながらカップを洗った。

すると不意に、

「――あれ？」

フィオナはあることに気が付き、疑問を抱いた。

「私……魔物の素材を用いた薬なんて一言も言ってないのに……」

水が出ていた蛇口をひねり、ついでに首もひねった。

炊事場を離れたフィオナは、先ほどの疑問のことを考えながら砦の中を歩く。

そうしていると、『冒険者さん』を連日夢に見たことも脳裏を掠めた。

「……そんなこと、あるはずが」

彼女にとって突拍子もない予想が脳裏をよぎる。

「おや、イグナート嬢」

砦の見回りをしていた騎士が、フィオナから数歩離れたところから話しかけた。

「そろそろお休みになられた方がよろしいかと。明日の出発は早いですよ」

ここで夜更かしをしても迷惑になる、そのことを自覚したフィオナが自室に戻ろうとしたのだが、

「――あのっ！」

彼女は思い定めた表情を浮かべて声を発した。

◇◇◇◇

数日も経てば、受験生たちも冒険者に慣れたようだった。

だが、受験生と冒険者の間に何らかの交流はなく、初日に交わされた不干渉の約束が守られていた。

ぎこちなさが漂う集団生活に終わりが来たのは、そんなある日のことだ。

夕方、騎士や冒険者たちが砦に戻ってきた。

彼らは一様に疲れていたが、まだ砦に残されている者たちを下山させるべく、それでも力を振り絞って雪道を進んできた。

ふもとで待っていた者の多くが増援として同行し、下山に要する装備や魔道具も一層整えられていた。

「すみません。メイダスさんは？」

レンは砦に入ってすぐの広間にて、到着して間もない騎士に尋ねた。

尋ねられた騎士が言うには、メイダスは羊皮紙に伝言を残してふもとを去ったようだ。

理由は『まだカイの体調が優れないから』とのことだった。

これは騎士や冒険者が休んでいる間の出来事で、二人は誰かが止めようと思う前にまるで霧のように姿を消していた。

「情けない男だ。無理をして自分の相棒だけ背負って下山したのに、ただのクズだぜ」

「あいつらには義理ってもんがねえよな。いくら自分が可愛いからって、英雄殿たちに背を向けちゃいけねぇよ」

「その通り。もうあいつとは仕事をしない方がいい。顔も見たくないな」

話を聞いていた冒険者たちがメイダスらを非難した。

「騎士さんたちだってそう思うだろ？　こちとら状況が状況だってんで、騎士さんたちには俺ら冒険者の面倒も見てもらってんだ。だってのにあいつは恩知らずだろ」

「我らの立場では何も言えません。逆にこちらも手を借りていることは事実です」

「それを言っちまえば堂々巡りだっての」

「そうさ。持ちつ持たれつでやってきたんだから、こんなところでそれを言ってもな」

「――――ともあれ、英雄殿」

一人の冒険者がレンの肩に手を置いた。

周囲にフィオナをはじめとした受験生がいないことで、遠慮なく英雄殿と呼んだ。

「俺たちは最後まで付き合うぜ。鋼食いのガーゴイルの件では、若いもんを助けてもらった恩もあるしな」

レンはその言葉に心強さを覚えた。

◇　◇　◇　◇

夜が明けてすぐの朝食の後、皆が砦の外で朝焼けを望んだ。

「レン殿、ようやくですね」

騎士に話しかけられたレンもようやくと思い、「ですね」と答える。

冒険者たちは彼らの代表であるメイダスがいないため、代わりに騎士が冒険者もまとめて指揮していた。

「では、出発しましょうッ！」

騎士の声に応じ、砦に残されていた者が一人残らず雪深い道に歩を踏み出す。

受験生たちは、名門・帝国士官学院が誇る特待クラスの最終試験まで残った逸材だ。

それでも彼らは、大人と自分たちとの体力差を見せつけられた。

騎士や冒険者たちは下山してすぐ砦に戻ったというのに、深い雪道を先導し、疲れた様子も見せないことに驚かされていた。

彼らの様子を傍目に、レンが息を吐く。

(やっとだ)

予期せぬ事態により、予定より長い滞在となってしまったが、肩の荷が下りる思いだ。

彼らを下山させるまで油断できないと気を引き締めたレンだったが、

「……？」

ふっ――――と頬に何かを感じて足を止めた。

冷たいような、それでいて熱いような風が頬を撫でた気がして、その風の名残を探そうと頬に指を滑らせた。

気のせいだろうか？　レンは眉根を寄せた。

まるで、風雪に火花が入り混じった風が吹いた気がしたのだが……

「レン殿？」

近くにフィオナがいないから、騎士が遠慮なくその名を口にした。

「すみません。少し気が抜けてたみたいです」

「ははっ、ようやくの下山ですからね。少し気が抜けても致し方ありません」

レンは頬を叩き、気の抜けた自分に活を入れた。

(油断するなよ)

受験生を下山させるまでは絶対に。

彼はおもむろに受験生たちが歩く後方へ目を向けた。


……もうすぐ帰れるんだな。

……くっ。相手が魔物だけならこんな醜態は……。

……不合格なのかな、私たち。

安堵、苛立ち、不安。

人の数と同じ数の感情が渦巻く中で、レンは前にも考えたことを脳裏に浮かべる。

（結局、試験官の姿もなかったな）

常軌を逸した最終試験で、万が一に備えるはずの試験官。最終試験に要する日数は既に超過しているそうだから、それが不審でたまらない。

だがいずれにせよ、一日でも早く下山した方がいい。

生徒たちの体力もそうだし、器割れに似た症状に参っていた者たちも、それで直接命は落とさずとも、体力の消耗は無視できなかった。


砦を発ってから少し経って、吊り橋が見えてきた。

その吊り橋をはじめて見た受験生たちの顔に緊張が奔《はし》る。バルドル山脈のような高地で、さらに吹雪に煽《あお》られる吊り橋は、傍から見ているだけで恐れを抱かせた。

「騎士さんたち、受験生たちも俺たちで先導しないとな」

「ああ、そうしよう」

先頭を歩く数人の冒険者と騎士につづき、受験生たちは他の大人に手を借りる。

冒険者に「行くぞ。手すりか俺たちのコートを摑んでおけよ」とぶっきらぼうに言われた少年の受験生が、横風にほくそ笑んだ。

「必要ない。俺たちを誰だと思っているんだ？」

「そりゃ失礼した。栄えある名門の特待クラスの受験生となりゃ、こんな吊り橋なんて怖くないか」

「当たり前だ！　見くびるんじゃない！」

冒険者が吊り橋に進んですぐだった。

後を追って吊り橋に足を踏み入れたその少年が、不規則に揺れる足元に怯んだ。

ギシッ、ギシッ、と軋《きし》む踏み板の隙間から覗く峡谷の下は、吹雪で見通せなかった。

それでも、落ちればひとたまりもない高さがあることは理解できる。

生存本能に従い足を止めた少年を見かね、冒険者が手を取った。

「俺は別に……！」

「わかってるわかってる。ただ、落ちられたら困るってだけだ。他の受験生ともども、手が空いてる奴は大人が先導してやってくれ」

レンはそのやり取りを見ながら、冒険者の意外な優しさに笑う。

まだ自分の足で歩けない冒険者も連れている影響で、騎士を含むほとんどの大人が受験生に手を貸した。

レンも彼らに倣うことにした。

残る受験生はフィオナと、以前、彼女に最終試験の結果を相談していた少女だった。他の者たちにはもう相手がいる。

レンはどちらに手を貸すべきか迷ったが、フィオナの身分を思えば騎士に任せるべきだろう……

と思っていた。

「お願いできますか？」

以前、フィオナに相談していた少女が騎士に近づき、そう言った。

残されたレンとフィオナの目が合った。

「冒険者さん、お手を借りてもよろしいですか？」

「いいんですか？　イグナート嬢も騎士に手を借りたかったのでは？」

「いいえ。私は最初から、冒険者さんにお願いしようと思ってました」

「……冒険者がいいということなら、俺から大人に頼んでくることも……」

フィオナも大人の手を借りた方が安心できると思っての提案だ。

しかし、そう告げられたフィオナは一瞬きょとんとして、次にくすっ、と愛らしく微笑む。

「そうじゃありません。私はあなた様の手を借りたいんです」

フィオナは若干照れくさそうに、手袋に包まれた手をレンが着たコートに伸ばす。

遠慮がちに摘まれたコートの裾はレンが一歩進めばぴんと伸び、彼女が後ろにいることをレンに教えた。


レンの片足が吊り橋の木床板に乗る。

すぐに両足が乗り、さらに進めばフィオナもまた吊り橋に足を乗せた。

ギシッ、ギシッ、と吊り橋がとめどなく軋む。

(大丈夫かな)

レンたちにつづき冒険者や騎士、それに残る受験生たちも歩を進めた。

前後から、少年少女たちの不安そうな声が微かに届いた。

けれどレンのすぐ後ろ、彼のコートを摘まむフィオナからはその様子が一切伝わってこない。

最近まで病弱だった令嬢はこんな経験をしたことがないだろうに。

「？　どうかしましたか？」

レンが顔を向けたことに気が付いたフィオナの様子は、吊り橋を渡る前とまったく同じだった。

「失礼しました。イグナート嬢が少しも恐れてないように見えたので」

「私なら平気ですよ。いまは冒険者さんに守っていただいてますし、それに――――」

フィオナが気丈な言葉を口にする。

「寝て起きて、その日に生きていられるかわからない生活を過ごしていたんです。あの日々と比べれば、怖いことなんてありませんから」

吊り橋を進みながら、彼女は辛い日々を追憶した。

いつしか、ぴんと張られていたはずのレンのコートは緩み、フィオナとレンの距離が少し近づいていたことを表していた。

既に吊り橋を渡り終えた者たちも出はじめていた頃、吊り橋のほぼ中央部分にて。

レンとフィオナの二人が、唐突にその足を止めた。

「……なんだ、いまの」

「いまの風は……」

なにものも凍《い》てつかせる風と、戦火の名残を想起させる熱を孕んだ風だった。

二人は鏡に映った自分を見るが如く同じ仕草で頬に触れた。頬を撫でたその不可思議な風の存在を確かめようと、二人は頬を何度も擦って確かめた。

すると、次の異変にレンが気が付く。

彼は視界の端にある峡谷の底に見えた紅い光に、そっと生唾を飲み込んだ。

「俺の手をとって」

レンの緊張と危機感を孕んだ声に、フィオナはその理由を尋ねず頷いた。

彼女が遠慮なくレンの手に自分の手を重ねれば、彼も遠慮なくその手を強く握り返す。

以前のような紫電は見受けられなかった。

「走って！　早く！」

レンは間髪入れず駆け出すと、唐突な励声を発して騎士や冒険者に警告した。

前方を進む者たちも後方を進む者たちも、レンの鬼気迫る様子に眉をひそめたが、他でもないレンが慌てた姿を見て一斉に走りはじめた。

異変は、それとほぼ同時に訪れる。

熱波だった。

峡谷の底から押し寄せる熱波が吹雪と混じり、吊り橋を進む一行の頬に届く。眩い紅《あか》い光が峡谷の底から吊り橋を照らす。

「おい！　何が起きてるんだ!?　お前たち冒険者ならわかるだろ!?」

「知らねえよ、んなこたぁッ！　危ないのがわかってんなら、気にせずさっさと走れェッ！」

熱波に負けじと、吹雪が周囲をあっという間に包み込む。

吊り橋が揺れた。

吹雪ではない、何らかの影響によって。

「こ、これも最終試験の一部なのよねっ!?　そうって言ってよっ！　そうなんでしょっ!?」

「ッ……絶対に止まってはなりません！　絶対にですッ！」

受験生と騎士の切羽詰まった声。

もう、吊り橋の揺れや辺りの景色に畏怖する受験生はいない。

頬に届く熱波と、紅い光……不規則な揺れに恐れ、一刻も早くこの吊り橋を抜けることだけを考えていた。


峡谷の底から伸びた炎の渦が宙をうねり、蛇行していた。

紅炎を散らしながら迫るそれは、気が付けば反対側の宙からも、辺りを見渡せば幾本もの存在を主張しながらレンとフィオナに近づいていた。

「凍てつきなさいっ！」

フィオナが手をかざし、炎の渦に向けて吹雪より冷たい冷気を放った。

猛威を弱めた炎の渦はすぐに勢いを取り戻し、瞬く間に元の調子で二人に襲い掛かる。

炎の渦はさらに数を増し、二人を襲った。

……いや、二人にではない。

（なんだこの炎……まるで彼女だけを狙ってるような）

先ほどの炎の渦に加え、新たな炎の渦も、よくよく見ればその先端がレンというよりはフィオナに向けられている気がした。

熱波と吹雪が入り混じった烈風から逃げるように、レンとフィオナは懸命に駆けた。

吊り橋を抜けるまで、あと少し。


しかしレンは、足を止めざるを得なくなる。

「……え？」

力の抜けたフィオナの声。

レンとフィオナの手を分かつ不思議な圧が空間を――――世界をも揺らした気がした。

絶対に離すものか、と彼女の手を握る手に力を込めていたレンは一切油断をしていなかった。

それでも二人の手が分かたれる。吹雪が意志を持つ魔物と言わんばかりに、二人の間を紅色の風が吹き抜けた。

フィオナの身体はその風に攫われた。

まるで、不可視の力が無理やり奪い去ったみたいに、吊り橋の手すりを越えて身体が宙に浮いていた。

離れたところから強烈な破裂音が響き渡ったと思えば、溶岩が舞い上がる。

(な────ッ)

レンはそれに、何かの存在を感じた。

イェルククゥが最後に見せたマナイーターでは比較にならない、ずっとずっと凶悪な何かを。

「イグナート嬢ッ！」

「っ……冒険者、さん……っ!?」

レンが手を伸ばす。しかし、指先が微かに掠っただけだ。

「この……何がどうなってるんだよ……ッ！」

レンは迷わず自身も宙に身体を投げ出した。

最初は木の魔剣による自然魔法でフィオナを助けようとしたが、彼女の背に迫る炎の渦を見てすぐにやめた。炎の渦はフィオナを包み込まんと上下左右から迫っていたため、自然魔法を使ったところで焼き尽くされる。

代わりに盾の魔剣を召喚した。

これでなくては、もう守れないと悟って。

「勝手なことをしますが、許してください────ッ！」

レンはフィオナの身体を宙で抱き寄せた。

宙に生み出した魔力の盾で自分とフィオナを包み、迫りくる炎の渦から身を守った。

「お願い……凍ってっ！」

フィオナも魔法を行使した。先ほどと同じように冷気を放ち、魔力の盾を襲う炎を抑える。

こうしている間にも二人は落下する。峡谷の底へ向けて真っ逆さまに。

「レ――――殿ッ！」

騎士の声が届く。だが、彼らにもどうしようもない。

レンの視界の端では、吊り橋を抜けた冒険者たちが騎士に変わり、受験生たちを連れて行くのが見えた。

レンもレンで炎の渦の対処に必死だ。

彼は崩壊寸前にまで追い詰められた魔力の盾を見て、息を呑む。

（ツ――――鋼食いのガーゴイルの突きを、何度も真正面から受け止められたのに）

この炎は直接触れたわけじゃないのに、その周囲の熱波に触れただけでこのざまだ。

「冒険者さんっ！」

新たに生じた炎の渦が吊り橋に直撃して、二人が宙に投げ出される前にいた場所が焼き切られた。

炎の渦はそのまま爆《は》ぜて、吊り橋を左右に分かつ。

吊り橋は重力に従って垂れはじめ、レンたちを案じていた騎士たちが慌てて吊り橋に掴まった。

そこに受験生はもういない。冒険者と騎士の活躍により吊り橋は渡り終えていたため、吊り橋に掴まっているのは幾人かの騎士と冒険者に限られた。

（これじゃ、自然魔法のツタも焼き切れる……ッ！）

では、後方――砦へ戻る方の吊り橋はどうだ。

(行ける。摑めさえすれば、俺の力でどうにかできるはず――ッ!)

吊り橋の後方には炎の渦が迫っていない。

これなら、ツタを届けて摑まれる。

少なくとも、峡谷の底に落ちるよりずっとましだ。

そこにも炎の渦が届いたなら、それはもうそのときに考えるしかない。

「イグナート嬢ッ! 貴女のことは俺が必ず無事に送り届けますッ! だから信じてくださいッ!」

必死の声を上げたレンの横顔に、

「っ……はい!」

フィオナは即答。

「すべて冒険者さんに委ねま――っ!?」

返事をし終えるより先に、二人の前方が、左右が、峡谷の底から現れた炎の渦と、飛び散る溶岩が辺りを真っ赤に染め上げる。

レンが自然魔法を行使するのとほぼ同時のことだった。

「間に合え……ッ!」

レンは吊り橋に摑まった騎士たちの無事を案じながら、フィオナを守るために木の魔剣を振る。

片腕で抱きかかえたフィオナが震えていないかと思って顔を覗き込めば、彼女はきゅっと唇を結びながらも、強くレンの腕に身体を預けていた。

# 十二章　深紅に覆われた白銀の峰で

砦に戻ったレンとフィオナは屋上にいた。

自然魔法で吊り橋にしがみつけなければ、峡谷の下を満たす溶岩流に身を焦がされていただろう。だから、フィオナを助けるにはこうするしかなかった。砦にとんぼ返りになるとわかっていても、命には代えられなかった。

「……すみません。私のせいです」

「いえ、あれはイグナート嬢が悪かったわけじゃありません」

レンがフィオナを気遣うも、彼女は悔しそうに肩を震わせていた。

彼女が悪いわけではないのに、自分のせいでレンを巻き込んで、彼を危険に晒したのだと自責の念を抱いていた。

レンはその高潔さに尊さを覚えながら、これからのことに気を配る。

(さっきはどうにかなったけど、問題はここからだ)

吊り橋を脱した直後、レンはどうにかしてその近くから下山できないかと道を探った。

しかし、周囲の溶岩流がそれは無理だと知らせていた。諦めて砦へ戻った経緯でもある。

(吊り橋を渡った人たちは無事なはず。……吊り橋に摑まった皆も、無事でいてくれるといいけど)

別れた騎士や冒険者、それに受験生たちが進む道は無事だと思った。

レンが知る地形通りに溶岩が流れるのなら、登山に用いる道は無事なはずだ。

しかし、レンとフィオナが下山に用いることができる道は少なくなった。当初より遠回りを要する経路だけが残された状況だ。

そもそも二人にとっての最善が、ここで救助を待つべきなのか、という話でもあるのだが……。

(黙ってたら、ここも溶岩流に飲み込まれそうだ)

砦の屋上からは、山脈の様子が刻一刻と変わる光景を目の当たりにすることができた。溶岩流は勢いが収まる気配は微塵も感じられない。

いずれ、砦付近の地面からも、溶岩流や炎が舞い上がるかもしれない。

「冒険者さん。私たちは……」

ここでじっとしていても救助は望めないことに、フィオナも気が付いていた。

「俺たちの選択肢は、あの吊り橋とは別の道から下山を目指すことだと思います」

「……私も同じ気持ちです」

一応、バルドル山脈を下りる道はいくつかある。

レンはある方角に指を向けた。

「一番近いのは、あちらの方角へ向かうことです」

指を向けた方角の先にあるのは、ギヴェン子爵が領地としていた地だ。

ただ、クラウゼル領側に下山するのに比べて多くの時間を要する。

（これでうまくいってくれないと、かなり面倒な道を選ぶことになる）

フィオナをはじめとした受験生が進んできた道からも下山することはできる。

だがそれは避けたい。それではあまりにも下山するのに時間が掛かるため、この異変に包まれたバルドル山脈に長居することになってしまう。

レンが嘆息を交えて、

「妙なことが立てつづけに起こりすぎてます。誰かが何らかの目的によってこんなことをしたんでしょうか」

それを聞いたフィオナが「えっと……」と小首を傾げたのを見て、レンがつづける。

「たとえば派閥争いの一環、とかですね」

「あっ、なるほど」

頷いたフィオナは一度、レンの疑問を確かにと思った。

でも、すぐに首を横に振る。

「単純な派閥争いではないかもしれません。冒険者さんは吊り橋を渡る前、大人の方から気を遣われていた男の子を覚えていませんか？　あの子って、英雄派に属する上位貴族の跡取りなんですよ」

それが意味することをレンはすぐに汲み取った。

「イグナート嬢もいるこの場では、派閥争い……それも今回のようなことはしないってことですね」

「ええ。もちろん確定ではありませんが、互いに利点がなさすぎます」

あのギヴェン子爵のような貴族がいるかもしれないが、それにしても、英雄派だって一定のラインは守るはず。皇族派だって、フィオナがいる場で無茶をするとは思えなかった。

では誰がこのようなことを。

（学院長が不在だから起きた事故？　いや、どっちかと言うと、学院長の不在を狙っての騒動か）

またイグナート侯爵がいるのなら、誰もが容易にこんな騒動を引き起こせるはずがない。

イグナート侯爵と同等か、それ以上の権力を持つ存在が手を出した可能性も捨てきれなかったが、

（もう一つの勢力か）

魔王復活を企《たくら》む者たちが、ここで何らかの動きをしてみせた……とか。

ここまで考えておいてなんだが、ここで犯人探しをしても埒《らち》が明かない。まずは身を守るため、このバルドル山脈を脱するべく行動を起こすことが先決だった。

「早いうちにバルドル山脈を離れましょう。準備をして、すぐに出発しないと」

「はいっ！　すぐに荷物を確認してきますっ！」

まだ昼を過ぎて間もないから、明るいうちに動ける。いまなら溶岩流がいたるところを流れていることもあり、夜でもそれなりに明るいだろう。

進めるうちに進んでおかなければ、と二人が目的を共有する。

二人が砦の中へ戻ろうとしたところで、フィオナが不意に立ち止まった。

「――――」

彼女は、自分の胸に手を押し当てた。

胸が一瞬、不可解に強く脈動してみせたから。

「イグナート嬢？」

「い……いえっ！　なんでもありませんっ！」

でも一瞬だった。

身体が薬を飲む以前に戻ったのかと不安になったけれど、その様子はまったくない。

フィオナはすぐに頬をぱんっ！　と叩き、可憐な微笑みを浮かべてみせた。

天使を想起させる傾国の笑みだった。

◇◇◇◇

まだ侵食されていない道を選んで下山を目指した。

バルドル山脈周辺の地形が侵食されつつあった。地表に流れ出た溶岩流が鋭利な山肌を下り、一帯を真っ赤に染め上げている。


砦を発ってから二日が過ぎた日の朝。

夜が明けてすぐに目を覚ましたレンが朝食の支度をしていたところへ、

「冒険者さん、おはようございます」

「あ、おはようございます」

テントから出てきたフィオナが眠そうな声でいい、挨拶を返したレンが彼女に振り向いた。

「朝食の準備ができてま――」

「すみません。今日も私の方が遅く起きて――」

二人は途中で口を噤んだ。

レンはどうしてフィオナが口を噤んだのかわからなかったが、レンが口を噤んだ理由は簡単だ。

（……アホ毛だ）

これまでの品行方正さから想像できなかった、フィオナの隙を垣間見《かいまみ》た気がした。

起きてきたばかりのフィオナの頭……恐らくつむじがあるであろうそこに、ぴょんっ、と可愛らしく一本のアホ毛が立っている。

指摘した方がいいのだろうか？　それはそれで彼女に恥ずかしい思いをさせる気もした。

レンは笑みを繕い、気が付かなかったふりをする。

「飾りっ気のない料理ですが、どうぞ」

「と、とんでもないですっ！　十分、ご馳走ですからっ！」

フィオナも気を取り直して焚き火に近寄り、レンが用意した簡単な朝食に口を付ける。

焚き火の傍に腰を下ろしたフィオナが、スープが入ったカップを両手に持つ。

フィオナが一口、また一口とスープを飲むたびにアホ毛が揺れる。

（また揺れた）

ずっと見ていても失礼だと思い、レンはすぐに顔をそらした。

代わりに今度はフィオナがレンの頭に目を向けていた。小さく首をひねったレンのすぐ傍で、フィオナは何度もレンのことを覗き見ていた。

レンがフィオナを見れば、彼女はすぐに目をそらしてしまった。

彼女は座ったまま少しだけ背中を丸め、身体を小さくしながら静かにスープを飲んでいた。

「俺は先に出発の準備をしてきますね。急ぐような時間じゃないので、イグナート嬢はゆっくり食べていてください」

立ち上がったレンを見て、フィオナは一瞬声を掛けかけた。

背を向けた彼に手を伸ばしかけたのだが、遠慮がちにその手を下ろして、

「あっ――――ありがとうございますっ！」

やや驚いた声音で答えた。


レンがテントの中で少ない荷物をまとめはじめて、間もなく。

「――――ほう」

粛々と頷き、食器を鞄にしまう。

頭を抱えるわけでもなく伸ばした両手が自分の髪に触れ、ぴょんっ、と跳ねた寝癖――――アホ毛に触れた。

フィオナに負けじと、一本だけ跳ねたアホ毛だった。

「引き分けってことにしておこう」

勝負事ではないけれど、謎の意地を張って髪を押さえる。

するとテントの外から、フィオナの「わ、私もだったんですか……っ!?」という驚きの声が届いた。

彼女も何かに反射した自分を見て気が付いたようだ。

◇◇◇◇

「……やば」

天空を仰ぎ見れば満天の星を望める夜になってから、焚き火の傍に一人腰を下ろしていたレンがハッと目を覚ます。

彼は寝る前のことを思い返した。

今日はこの辺りで野営することに決め、地面の雪を踏み固めたり、二人分のテントを張ったりと忙しない時間を過ごした。

そして夕食後、レンは疲れていたフィオナに休むよう言った。

なのでレンが夜の番をしていたのだが、彼もまた疲れでうとうとしてしまったらしい。

「大丈夫ですよ。冒険者さん」

寝ていたはずのフィオナの声が傍から聞こえてきた。

声の方を見れば、彼女は焚き火の前に座っていた。

「冒険者さんが寝ちゃってる間、特に魔物が襲ってくることもありませんでした」

「……すみません。護衛する身でありながら眠ってしまうなんて」

レンが謝れば、フィオナはすぐに首を横に振った。

「謝るのは私です。きっと冒険者さんは、昨晩も火の番をされていたんですよね？　だから今日は少し眠そうにしていたんだ……と思って」

「それはお気になさらず。俺の仕事ですから」

「ううん。こんなときなんだから、私にも協力させてください」

フィオナは健気に笑う。

彼女は防寒具に身体を包みながらも、やはり寒いのか膝を抱えていた。

手元には温かそうな湯気を立てる木のカップがあり、微かに茶の香りが漂ってくる。

彼女は思い立ったように木のカップをレンに渡すと、焚き火から小さな片手鍋を取って茶を淹れた。

「イグナート家の給仕って、帝城で奉公していた人もいるんですよ」

「おぉー……さすがイグナート家ですね」

「――――でも、そんな給仕たちが、私が淹れるお茶を飲んで苦笑したんです」

どう気遣えばいいかわからない言葉だった。

しかしレンには、茶に口を付けないという選択肢はない。

フィオナは「美味しくなかったら捨ててください」と恥ずかしそうに言ったものの、レンは涼しげな笑みを浮かべてカップを口元に運ぶ。

（……ふむ）

目が覚めた。

紅茶は何というか、とても渋い。

「美味しいですよ」

「嘘ですよね？　冒険者さんの眉がピクッって揺れてました」

「ただの癖なので、あまり気にしないでください。美味しいのは本音です」

「その……そう言っていただけるのは嬉しいんですが、本当に無理はしないでくださいね？　お腹を壊したら大変ですから……っ！」

実際、美味しくないという感想は抱かなかった。

レンがもう一口、そして二口と嚥下《えんか》していくごとに、フィオナはレンの振る舞いに申し訳なくも嬉しさを覚えた。

「下山できるまで、あと二日くらいでしょうか」

しばらくの沈黙を交わした後にフィオナが言い、レンが答える。

「だと思います。そのくらいでギヴェン子爵領に下りられると思いますが――――あれ？　今更ながらですけど、ギヴェン子爵領っていうのは間違ってるんですかね？」

疑問を口にしたのは、ギヴェン子爵がもういないからだ。

彼があの事件の後で失脚したであろうことは間違いないが、それより先に、自ら命を絶っていたからだ。

「えっと……いまは皇族預かりになっていますから、恐らく……？」

「……今回はわかりやすさ重視ということで、ギヴェン子爵領とさせてください」

レンが頬を掻けば、フィオナがくすっと目を細める。

そこにはこの状況に悲観した姿はない。

フィオナは満天の星が輝く夜空を見上げ、白い吐息を漏らし焚き火の灯りで横顔を照らした。

「イグナート嬢はお強い方ですね」

「え？　急にどうしたんですか？」

「俺の勘違いだったらすみません。思えばあの吊り橋での事件ですら、イグナート嬢は恐れた様子をお見せになってなかったと思いまして」

「ふふっ。そのことなら、この前にお話ししたのと同じ理由ですよ」

レンが感じた強さが勘違いでないと裏付けるような、健気な笑みと恐れを感じさせない声音。

「私、砦にいた方たちが器割れに似た症状だった、って言いましたよね」

話題が変わったような気がしたが、レンがすぐに頷いた。

しかし、変わってなどない。この話には確かな意味があった。

「私はその器割れに罹っていたんです。それは魔法による治癒を生業とした者や薬師《くすし》、それに魔道具職人が無理と言い切るほど重度で、過去に例がないほどだったそうです」

（……だから、あのネックレスをしてたのか）

破魔のネックレスの存在は、そのためだった。

元々あれは、七英雄の一人が仲間の気配を隠すために作ったもの。

七英雄の強大な魔力を抑えることで、魔王をはじめとした相手を惑わした。

魔力を抑える効果を利用することで、フィオナの身体を少しでもよくしようとしたのだろう。

「お父様が用意してくださった治療用の魔道具とポーション、それに、体調がいい日にだけ読める本が並ぶ棚と、介助なしでは自分一人で座れない椅子。後は窓から見える僅かな空。私の住む世界は、これで全部でした」

身体を動かすことも介助なしでは難しかった。

動かせても、ベッドの上で自分の力で身体を起こし、飲み物を飲んだり、食事をすることくらいなもの。

それすらも、体調がいい日に限られる日々を過ごしたのだ。

空だって、窓から見える範囲しか視界に収めたことがなかった。

いま見ている景色を一年前のフィオナに見せれば、ただの夢だと一蹴されただろう。

「けど、お父様や給仕たちの様子が変わった日がありました」

「様子が？」

「そうなんです。急によそよそしいというか……誰も私と目を合わせたがらない日があったんです」

フィオナはそれを、もう自分は余命幾ばくもないと診断されたのかも――――と誤解した。

その日の夜、フィオナに告げることなく秘密裏にとある薬が投与された。

イグナート侯爵がフィオナをぬか喜びさせないため、密かに投与させたそうだ。

彼や給仕たちの様子が変わったのは、薬が効くことを祈っていたからよそよそしかっただけだった。

(薬って、シーフウルフェンの素材から作ったものか)

フィオナの口から明言されなくとも、レンはそう確信していた。

「瞼を開けた私は生きていたことに安堵しました。今日は介助があれば立てるかな？　一人で上半身を起こせるかな？　あと何回、自分でご飯を食べられるかな？　――――って、ささやかなことを祈ったんです。だけど、私はすぐに身体の様子が違うことに気が付きました」

目が覚めると身体がやけに軽かった。

視界に映るすべてが煌めき、色鮮やかで眩しかった。

「身体が痛くなかった……それが不思議で、介助がないのにベッドから立とうとして、床に転げ落ちました。頭を床にぶつけてコブができました。頬もぶつけて腫れちゃったんです。だけど、それだけだったんです。情けなく絨毯の上を這いずっているだけで……私ははじめて、嬉しくて涙を流しました」

フィオナは天空に向けていた顔をレンに向ける。

その瞳は夜空に瞬く星々が石屑《いしくず》に見えるほど、神秘的な煌めきを秘めていた。

レンがレンでなければ、死ぬはずだった運命のフィオナ。

彼女がいまを必死に生きている姿が、尊かった。

彼女が何も恐れずにいられた理由も、痛いほど伝わってくる。

「だからいまは何も怖くありません。あの日々と比べたら、こんなのへっちゃらです」

彼女は繰り返すように言う。

「それにいまは、下山してからを想えば頑張れますから」

小さな声で、何かを明言せずに。

彼女はいまの呟きに大きな意味を抱いていた。そのためにも頑張るのだ、と密かに強い意志を持っていた。

いまの呟きはレンに届かなかったが、それでいいと思っていた。

「必ず、無事に下山しましょう。俺が絶対に、バルドル山脈の外へ送り届けるって約束します」

レンの口から自然に出た言葉と、彼の力強い瞳がフィオナを射貫《いぬ》く。

「ほんと、あの方たちが言った通り……すごく優しいひとなんですから」

フィオナはつづけてレンに聞こえない小さな声で言い、くすくすと笑いつづけた。

すると、

「……」

彼女はおもむろに手を伸ばし、自分の胸に手を当てた。

すぅっ……と深く呼吸をしてみせたところで、レンが違和感を覚える。

「大丈夫ですか？　何か、体調が優れないとか……」

「い、いいえっ！　大丈夫ですっ！」

慌てて言い繕ったフィオナだけれど、大丈夫と言えるだけの説得力が頬に宿る。

レンが覚えた違和感を気のせいだったのかと思わせるほど、彼女は平静を装って、これまでと変わらぬ笑みを掲げていたのだ。

「もう少し寝てください。俺なら大丈夫ですから」

さっきはうとうとしてしまったが、もう少し頑張ろう。

フィオナを気遣えば、彼女は少し迷ってから「すみません」と謝った。

「お言葉に甘えて、先に休ませていただきますね」

フィオナは立ち上がってからもう一度謝罪して、レンがいる焚き火の傍を立ち去った。


彼女は自分が使うテントに戻り、入り口を閉じる。

それと同時に、勢いよく両膝をつく。その場に横たわると、両腕を胸に伸ばして目を伏せる。

彼女は身体全体に奔《はし》った強烈な痛みに耐えながら、

「……こんな、どうして……急に……っ」

絶対にレンに気が付かれないように、呼吸すら息を潜めるように。

殺しきれない声は、両手で口をふさぐことで懸命に抑えた。

◇◇◇◇

二人は夜が明けてすぐに野営地を発った。

周囲の雪は数日前と比べて、かなり少なくなっている。

まだ豪雪の影響は散見されるものの、溶岩流がいたるところで流れたことで、その熱を受けた雪が解けてしまっていた。

おかげで、下山は順調に思えたのだが――

(……最悪だ)

ギヴェン子爵領へつづく道が、レンの目の前で途切れていた。

辺りの急な斜面の下は溶岩流に覆われており、溶岩が飛沫《しぶき》を上げながら弾けた。

(イグナート侯爵がアスヴァルを復活させようとしたときも、ここまでじゃなかったのに)

ゲームと現実を一緒くたにするべきではないだろうが、現状はあまりにも苛烈だった。

道中、レンが木の魔剣の自然魔法を用いて道を作ろうと試みたことがある。フィオナが用いる氷の魔法で溶岩をせき止めようとしたことだってあった。

だが、木の根やツタは当然のように焼き尽くされたし、

「やっぱり、溶岩流の魔力が濃くなっているようです」

溶岩流はフィオナが口にしたように魔力を孕んでおり、フィオナの魔法で溶岩流を凍りつかせても数秒後には猛威を取り戻した。

それはまるで、溶岩流そのものが生きているような、氷の魔法に抗うような光景だった。

「ということは、これは自然現象とは思えないですね」

「私もそう思います。この状況はまるで、私と冒険者さんを追い詰めているような感じですもの」

吊り橋での件然り、自然現象と思うことの方が無理があった。

この様子では、引き返して別の道を探すことも悪手に思えてならない。

砦への道はすでになくなっているか、たどり着く前になくなるだろう。

(ここから逃げる道なんてあるはずが――いや、ないわけじゃないんだ)

下山の手段をえり好みしている時間はとうにない――否、最初からなかったのかもしれない。

「一つだけ、他の道に覚えがあります」

「他の道……そこからなら、下山できるんですか？」

「はい。間違いなく」

それはレンが知る隠しマップのことだ。

問題はこの世界でもその場所が存在するかどうか。

また、必ず出現する鋼食いのガーゴイル、それに隠しマップ周囲の環境も相まって、これまで隠しマップへ行くことを避けていた。

「Dランクの魔物もいるため危険を伴う道です。もしもその道まで行けなかったら、場合によっては砦で待っていた方がよかったという結果になるかもしれません」

「いいえ」

フィオナが切なげに苦笑。

「冒険者さんもおわかりのはずです。もう、外からの助けは期待できないんですよ」

仮に吊り橋で別れた者たちが生きていたとして、さらに無事に生還していたとして、きっと彼らはもう下山を終えているはず。

それから増援を求める――あるいは、下山して間もない騎士や冒険者たちが、レンとフィオナを助けに来ようとしているかも。

だが、不可能だ。

吊り橋を経由しない場合、二人がいる砦側へ行くには峡谷を進むしかないのだが、あの深い峡谷を進むことは現実的ではなく、いたるところに流れる溶岩流は勢いを増す一方。

(かと言って、別の道からの救助も期待できない)

それらの道から救助が来るのなら、そもそもレンとフィオナは自力で下山できている。

となれば、救助を待つ間に溶岩流がレンとフィオナの命を奪うだろう。

「行きましょう。危険だとしても、冒険者さんが知っている道に行く以外、私たちが助かる方法はないみたいです」

待っていても溶岩流に飲み込まれるのなら、危険と知っていても進まなければ。

## 十三章

# 白銀と深紅

翌朝に。

（ほんと、何がどうなってんだろうな）

砦を離れてから幾度と思ったことだが、誰が何の目的でこのような状況を作り出したのだろう、とレンは頭を働かせていた。

（吊り橋の炎はイグナート嬢を狙ってた……ように思う。だとすれば、そもそもこの最終試験の異変のすべても、彼女を狙ったものってことになるような）

では、綻びが生じたのは受験生たちがこの地に来る前からだ。

少なくとも、魔導船がやってくる以前に誰かが仕組んでいる。

学院長、クロノア・ハイランドがいない隙を狙い、かの名門に仕掛けられるだけの権力と知恵を持った者たちが関わっているはず。

だがレンの頭の中には、この騒動に関する知識がない。

こんな騒動があったのなら、ゲーム内でも情報を得られたはずなのだが、

（そうか、前提が違うんだ）

この状況を知らなくて当然なのだ。

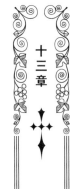

ゲーム内のストーリーではフィオナは亡くなっており、彼女を助けるイベントもない。

別の切り口から考える必要があった。

たとえば……そう。

(フィオナ・イグナートの命を奪うことで、得をする者たちがいる)

先日も脳裏をよぎった、魔王復活を願う者たちを思い出す。

奴らがフィオナの命を奪い、イグナート侯爵にレオメルに対する不信感を抱かせるために騒動を引き起こそうとしているのかもしれない。

(わからないのは、仮にあいつらが関わっていたとして、いまのバルドル山脈を作り出せることが不思議ってことだ)

いまのバルドル山脈における厳しい環境はゲームの比じゃない。

バルドル山脈はあと数日もすれば、白銀の峰が完全に赤黒い溶岩に覆われるだろう。

だが、その状況を作り出せるというのなら、ゲームでも同じ状況にしていたはず。

(イグナート侯爵だってそうしていたはずなんだ)

そうすれば、七英雄の伝説における主人公たちの横やりも入らない。

イグナート侯爵は彼の目的であるアスヴァルの復活を果たし、レオメルに牙を剝いたはずだ。

やはり、フィオナの存在が関係しているように思えてならない。

レンは半歩後ろを歩くフィオナを見た。

「イグナート嬢、少し聞きたいことがあるんですが」

「ええ。なんでしょう？」

疲れを催しながらも懸命に歩いていたフィオナが、微笑みを浮かべてレンに答えた。

「砦に倒れていた者たちを介抱なさってましたよね。そのときに使っていたスキルって、どういうスキルなんでしょう？」

「え、えっと……」

言いよどんだフィオナを見てレンがハッとした。

「すみません。スキルを教えるのは難しいですよね」

彼は興味本位で尋ねたことを後悔した。

「本当にごめんなさい……お父様から、誰にも教えてはいけないって言われていて……」

難色を示したフィオナは心苦しそうにしていたが、レンに何も答えないというのは避けたかったらしい。

ですが、と前置きした彼女は明言を避けたものの、

「私は披露した氷魔法の他に、他者の魔力に干渉する力を持っているんです」

フィオナが答えた内容は、レンも聞いたことのないスキルだった。

「それで冒険者たちの器割れもどきを治療していたんですね」

「仰る通りです。……私の器割れもそれで抑えられたらよかったんですが、自分の身体には効果がなかったんですよ」

レンが興味津々に頷き、再び歩きはじめてから思う。

フィオナは特別な力を持っていて、今回の騒動に影響している可能性を。

しかし、

(黒幕はイグナート嬢のスキルを知っていた――――ってのは違う気がする)

たとえば倒れた冒険者たちも黒幕が仕組んだもので、フィオナを狙うために重要な役割を持つとした場合、フィオナが彼らの看病をすれば、このバルドル山脈に長居をさせることもできる。

これも黒幕の企ての一部かもしれないが、どこかしっくりこない。

(受験生たちを砦におびき寄せるくらいはできるだろうけど、殺すだけなら回り道はしないで殺すだろうし。イグナート嬢が治療のため、砦に残るかも確定じゃなかったはずだ)

あれはフィオナが選択したからで、誰かに強制されたり頼まれたからではない。

そうなると、御用商人を護衛する冒険者たちを貶《おとし》めた意味がわからない。

冒険者たちと受験生が出会わなければ、まったくの無駄だ。冒険者たちがあんな状況に陥っていたことを鑑みれば、黒幕はそれが必要な事柄と考えていたからだと思ってしまう。

何らかの目的があり、砦に到着した後に殺すつもりだったのか、あるいは、本当は砦に到着する前に殺すつもりだったのだが、何らかの事情で殺せなくなったのか……。

そうでないとやはりちぐはぐだ。

が、レンはまさかと考えてハッとした。

(――――)

我ながら頭がよく働くなと思いつつ、空を見上げて苦笑。

ここに来るように仕向けられたのは、レンも同じ。

小さな違和感という点同士が繋がって、もしかしたらという真実に至った。

「一つ話しておきたいことができました」

レンはフィオナに振り向いて声を掛けた。

◇　◇　◇　◇

さらに数十分進んだところでフィオナが足を止めて俯いた。

彼女は首から胸元に手を添えて呼吸を整えている。どうしたのかレンにはわからなかったが、彼女はひどく体調が悪そうに呼吸を繰り返していた。

「大丈夫ですか!?」

「た、たはは……すみません。少し疲れちゃったのかもしれません」

健気に微笑むも、彼女の額には大粒の汗が浮かんでいた。

実際、彼女自身も体調の変化が疲れによるものだと思っており、それ以上の説明はできなかった。

気を取り直して歩きだそうとした、そのとき。

「二人とも！　心配したぞ！」

枝々に雪を乗せた木の陰から狼男メイダスが姿を見せた。

(――――やっぱりか)

メイダスは心から安堵した表情を浮かべてレンとフィオナに近づいた。

しかし、彼が一歩近づけばレンが一歩離れる。

レンはフィオナを守りながら、メイダスから目を離さず距離を取った。

「……冒険者さんの言う通り、でしたね」

「絶対に俺の傍から離れないように。それと対応は俺に任せてください」

コクリ、とフィオナが頷く。

彼女には今朝、『一つ話しておきたいことができました』と告げ、この状況を警戒するよう共有してあった。

片やメイダスは驚いた様子で口を開く。

「ど、どうしたんだい？」

「理由を言わなきゃわかりませんか？」

「何のことを話してるんだい？　もしかして、救助が遅れたから思うところでもあったのか？　それなら本当に申し訳なく――」

メイダスが言い終えるより先に、食い気味に。

「よく、都合のいい御用商人たちを用意できたな」

レンは鉄の魔剣を構え、臨戦態勢を取った。

それを見たメイダスは観念した様子で足を止めた。

彼は依然として物腰柔らかな態度を崩さなかった。

「さすがだよ。君は私の想像以上に頭が回るらしい」

いままで穏やかだったメイダスの顔に、ニタァと、下卑た笑みが浮かぶ。

レンとフィオナはその顔に嫌悪感と明確な敵意を抱き、身構えた全身に力を込める。

「御用商人の使いもお前の協力者なのか？」

メイダスは白い犬歯を露出して、上機嫌につづける。

「ああ、もちろんだとも」

「だと思ったよ。鋼食いのガーゴイルは餌がなくなったから住処を変えたって予想だったけど、あれもお前が仕組んだんだろ？」

レンがつづけて「俺がどれくらい戦えるか試したんだろ」と言えば、

「半分正解だ。実際は、君が死んでくれるならそれでもよかったのさ。君が死ねば、ギヴェン子爵の騒動を掘り返すためにすぐ利用できたからね」

「戦ってた俺を、後ろから攻撃しようとは思わなかったのか」

「あのときは法衣に身を包んだ女性がいただろう？　彼女はイグナート侯爵が放った君の護衛か何かと勘違いしてね。それでやめておいたのさ。結局正体はわからなかったが、違うならあのときに手を出しておけばよかったたな」

警戒して鳴りを潜め、レンの命を奪う機会を窺ったようだ。

「今日まで時間をかけて正解だったよ。おかげで君を巻き込むこともできたからね」

忌々しく思いながらも、しかしレンは心の中で、

（いろいろ、話が繋がった）

鋼食いのガーゴイルを相手にしたレンが死んだら、今度はその死体を利用するつもりだったのだろう。あの場でレンが戦っていたことを知るのは、メイダスの他に若くて実力不足な冒険者しかいなかったから都合がいい。

（若い冒険者《目撃者》たちも全員殺して、俺はどこかの貴族かその部下に攫われて殺された、ってことにされてたんだろうな）

ギヴェン子爵の騒動を掘り返すのに、レンの死はうってつけだ。

レンの死を英雄派の復讐とでも流布すれば、クラウゼル家はもちろん、イグナート家も巻き込み血で血を洗う派閥争いに発展しても不思議じゃない。

もしかしたら、リシアも聖女の身でありながら復讐に身を駆られたかもしれない。

また、バルドル山脈でフィオナの命を奪ってしまえば、間違いなくレオメル帝国は大きく割れる。

「俺をわざわざバルドル山脈に誘い込んだのも、どこかで殺しておくつもりだったからか」

「そうさ。本当は――――」

「お前の相棒がイグナート嬢を先に始末した後で、吊り橋を挟み込んで俺たちを殺すつもりだったんだろ？　仮に俺が最初の指名依頼を引き受けていたら、それが前後するだけだ」

話を聞くメイダスの眉がピクッと吊り上がる。

「だけどできなかった。お前の相棒はどうしてか倒れていたからだ」

「……本当に頭が回るじゃないか」

「後は吊り橋でのことは計画になかった、そうだろ？」

「ならあれは君か、君が守る少女のせいかい。どうやった？　あれのせいで君たちを捜すのに苦労したじゃないか」

「さぁ、どうだろうな」

レンはメイダスがフィオナの力を知らなかったことを確信した。

奴はあくまでも、レンとフィオナの命を奪うことを目的としていただけ。

彼自身には、バルドル山脈の休火山に働きかけ、さらに凶悪な火柱を生じさせられるだけの力はないようだ。

メイダスたちとは別のなにかがバルドル山脈に存在している。これが証明された。

「お前の相棒はどうなった？　まだ倒れたままなのか？」

レンがそう尋ねれば、彼の背後にある木の物陰から現れたカイが言う。

「心配してくれてありがとよ」

その姿に気が付いたレンが、フィオナを守りながら身体の向きを変えた。

「ついでにそこの女にも話がある。てめぇに近づいたせいで俺の身体が変になったのは許せねぇ。だが、看病してもらったおかげでてめぇの力が気になった」

レンが知るフィオナの力は、それが他者の魔力にも影響を与えることが可能であることだけ。

いまのカイの言い方だと、フィオナが存在したせいで彼はあの症状に罹ったということになる。

無論、周りの冒険者や御用商人も同じように。

「さっさと受験生たちをまとめて殺しちまおうとしてたってのに、本当にそこの女はよ」

カイが苛立った様子でつづける。

「あのことはいまでも思い出せる。そこの女を視界に収めた俺は感じたことのない痛みに全身を襲われた。そのせいで仕方なく、砦にとんぼ返りさせられたんだ」

つづけてメイダスがため息交じりに。

「カイと共に君らを殺すはずだったのに、吊り橋に着いてもカイが来ないから不思議だった。砦に着いたら本当にカイが倒れていたんだから驚いたよ。おかげで計画を練り直すために、一度下山して相棒の回復を待つ羽目になった。やれやれ……すべてが台無しだよ」

カイは自分が倒れなくても、最初からレンをおびき寄せるために狼煙を上げる予定だった。

しかし皮肉にもそれは、本当の意味で助けを求める狼煙になっていた。

結果としてレンをおびき寄せるための計画に変更はないが、メイダスはひどく驚いたという。

(御用商人とその使いは本当に利用されただけなんだな)

一応、クラウゼルを発つ前に御用商人が本当に存在しているか、またその使いが本物かどうか確かめてある。偽物ならそれこそ妙だからだ。

リシアが馴染《なじ》みのあの店の主人も顔に覚えがあると言っていたから、間違いないだろう。

つまり、カイとメイダスの協力者の中に、それなりの権力者がいるということになる。

(――――さて)

いろいろと話を聞けたところで、レンが声に出さず確信した。

メイダスとカイの二人が派閥を問わず、国家そのものにも手を出している事実には、レンもそれ以外の選択肢を考えられなかった。

眉をひそめたレンの視界の端で、ぶっきらぼうにカイが剣を抜く。

「ってなわけで予定変更だ。俺たちはフィオナ・イグナートの力を確かめなきゃ――」

メイダスも片手に剣を構え、もう一方の手に杖を構えた。

なのに二人は、レンが口を開いた刹那にその動きを止めた。


「お前らの身体のどこかに、魔、王、教、の、証、が、刻、印、さ、れ、て、る、だ、ろ」


ぴたっと。

全身が凍り付いたかのように動きを止めた二人を見ながら、

「魔王に関係した力がイグナート嬢の影響で暴走したんだ。最初に暴走させたカイのせいで、周りの人間にその魔力が伝染した。その結果があれだ」

レンがつづけて言えば、カイとメイダスが同時に言葉を失う。

（メイダスの体調が変わらなかったのは、装備が魔法的防御に富んでいたからってところか）

ついでにいまのカイが無事なのも、装備を変えたからだろうと想像がつく。

（……それにしても、レンになってからはじめて口にしたな）

これまでは魔王復活を企む、などのそれに準じた言葉で濁してきた。

それはきっと、レン自身があまり口にしたくなかったからだ。まるで言霊のように縁が深まることを無意識に避けていたからだろう。

魔王教、そう口にしたレンは頬に一筋の汗を伝わせた。

「冒険者さんっ!? 魔王教って……!?」

「俺も噂程度にしか知らなかったんですが、そういうことみたいです。文字通り、魔王に与する連中ってところでしょうか」

正直、先ほどの発言は慎むべきか迷った。

知識をひけらかし、驚く相手を見て気持ちよくなるだけなら避けるべきだから。

しかしレンにしてみれば、誰が何の目的でこんな騒動を引き起こしたのか、それを調べずにはいられなかった。

すべてはこれからのために、自分がどう振る舞うべきか考えるために。

また、相手の動揺を誘うための意趣返しとしても。

「女だけじゃねぇ。二人とも連れ帰る必要がありそうだ」

「わかってるなら殺すなよ、カイ」

「任せておけって――――いくぞォッ!」

カイが勢いよく踏み込み、大きく振り上げた剣をレンに向けた。

見ているだけでわかる。あの男はクラウゼルにいる他の冒険者と違った強さを秘めている。

鉄の魔剣を構えたレンが瞬時に悟り、フィオナを守るべく立ちはだかると――――時を同じくして、耳を穿《うが》つ轟音《ごうおん》が辺りに響き渡った。

いたるところで溶岩流が勢いを増すと、それに影響されたかのように、

「……え？」

レンの背後に隠れていたフィオナが大きく体を震わせ、おもむろに地面にうずくまる。彼女は上半身を両腕で抱くと、不規則な呼吸を忙しなく繰り返した。

溶岩流が勢いを増すにつれて、彼女の体調も悪化しているように見えた。

「なんで……こんなときに……っ」

フィオナは遂に横たわり、苦しそうな呼吸を繰り返す。

（まさか、器割れが!?）

最終試験に参加していたことから、彼女の病は完治したかそれに準ずる状況であろうと思っていたが、まさか再発してしまったのだろうか。

レンは心配した様子でフィオナを見たのだが、

「悪いな！　この状況だから手は抜いてられねェッ！」

「後で例の不思議な力についても聞かせてもらうとしようッ！」

迫りくるこの二人はどれくらい強いのだろう。

そんなことを考える間もなく、レンは盾の魔剣を用いて自分たちを守った。

レンが作り上げた魔力の盾は思いのほか、あっさりと砕け散った。それほど二人組の力が強かった。

いくら相手が二人だったとしても、鋼食いのガーゴイル以上の衝撃だった。

レンにとってあまりにも分が悪かったが、彼は諦めずに戦った。

作り直した魔力の盾で自分たちを守りながら、鉄の魔剣を振りいくつも剣閃を放った。

「くそッ！　面倒なスキルだな！」

「ふっ、だがそう長くはもたないさ！」

「おうとも！　そう何度も使えないに決まってるからな！」

二人が言うように、このまま戦いつづけてもいずれはレンの魔力が尽きる。

「カイッ！　やってしまえ！」

メイダスが咆えた。

相棒のカイはレンから少し離れたところで剣を上段に構え、不敵に笑む。

「戦技《アーツ》を見たことはあるか！　英雄さんよォ！」

カイの剣が白光を纏う。

メイダスがレンの盾を砕いたその瞬間、カイの剣がレンに迫った。

「この……！」

レンは鉄の魔剣を真横に構えて防ぐも、魔法によって強化された力をそのままそぐかのように、カイの剣が放つ光がレンの身体能力を奪った。

レンの構えにも弱りが見える。

「はぁ……はぁ……」

レンは手の震えと疲れに喘ぎながらつづける。

「お前……魔王教徒のくせに、聖剣技なんか覚えてるのか！」

「あん？　つまらねぇな、知ってたのかよ」

知ってるとも、とレンは不敵な笑みを繕った。

聖剣技――光落《ひかりお》とし。

剣に纏わせた魔力が、相手の魔法的防御を弱体化させてダメージを与える戦技だ。使い勝手がよく、ゲーム時代はレンも何度か世話になったことを覚えている。

(少なくとも剣豪ってことかよ！)

剣豪というのは、剣聖の一つ下の位に値する。

光落としはその剣豪でなければ使えないとされているため、カイが剣豪級であることの証明だ。

そりゃ強いはずだと思いながら、レンは頬の汗を拭った。

奴らは二人だけで作戦を遂行しようとしたのだ。強くて当然だろう。

「メイダス！　もう一度だ！」

状況が悪いことは明らかだ。

このまま盾の魔剣を使い、砕かれたらすぐに新たな盾を生み出す戦い方が長く持たないことはレンも重々承知の上だ。

木の魔剣や盗賊の魔剣を用いて戦える方法も考えなければフィオナを守れない。

そう、思ったときに、

「……え？」

レンは自らの頬にこれまでになくヒリつく熱を感じて、つい辺りを見渡した。

「よそ見してる場合かい！　英雄殿！」

「諦めたってんならそう言ってくれねぇとな！　そうすりゃ、痛い目に遭わなくて済むぜ！」

二人が再びレンに迫る中、ヒリつく熱がさらに増した。

レンは防戦一方を強いられながらも、その気配に気を配る。

「そろそろ終わりだな――しばらく眠っていてもらうぜ！」

先ほどのようにカイが咆えると同時だった。

暴風……深紅に染まる炎の風。

勢いを増す一方だった溶岩流とは別に、唐突に現れたその風がカイの身体を吹き飛ばし、雪の地面に腰をつかせる。

「んだよいまの!?」と悪態をついた彼が立ち上がろうとすると、一切の余裕が失《う》せた。

彼の足元から現れた火柱が、天穿つ勢いで舞い上がっていく。

「……これ、なん――」

疑問の言葉を言い終えるより先に、カイの姿が消滅した。文字通り、この世界から消滅してしまった。

焼き尽くされたのか、火柱の跡には何も残らない。

「カイ……？　どこへ行ったんだ……？」

きょとんとしたメイダスの傍で、レンはそれに目もくれずフィオナを担ぎ上げた。

ここにはいられない。

急転した現状ながらも冷静にフィオナを守ったレンが、メイダスの傍を脱して間もなく。

周囲の大地から、勢いよくマグマが飛沫を上げた。

その奥から生じた火柱が幾本も空に伸び、メイダスに襲い掛かる。

「この炎……まさか――ッ」

何かに気が付いたメイダスがハッとした表情を浮かべた。

彼は一瞬、一足先に退避していたレンを見て、その背を追いかけようとした。

けれどその道は炎に封じられ、前後左右――全方位から灼熱《しゃくねつ》が押し寄せる。

「……」

強大な存在が姿を見せる寸前の、ただの前座。

自分とカイの存在がその程度でしかない事実に自嘲して……。

炎が身体を包み込む間際、彼は思う。

たとえば、魔王の手先であっても前座にならざるを得ない存在のことを。

たとえば、それが伝説に名を遺《のこ》す、自分では相手にならぬ存在のことを。

すべて霞《かすみ》となり、自分の手の下から消えてしまう。

こうなると不思議と頭が冴えるもので、メイダスは最期にフィオナの力を悟って笑い、

「道理であの女は魔物をおびき寄せ、皆の魔力を狂わせたわけだ」

最期に見た景色は、限りなくどこまでもつづく深紅だ。

「――あの女は、伝説の力を持っていたのか」

眩い深紅が視界いっぱいに包み込むと、痛みや熱を覚える間もなく死に絶える。

火柱は、人知を超越した熱の結晶だった。

# 十四章　堕ちた炎帝

フィオナは昏睡したまま、落ち着く様子のない呼吸が悪化の一途をたどっていた。

途中、持ち込んだポーションを彼女の口に含ませたがまったく改善が見られなかった。

本当なら一度足を止めて彼女の体調を確認したいのに、周りの炎や溶岩がそれを許さない。

炎や溶岩はまるで、レンが連れているフィオナを狙っているかのよう。

レンは時折ふらつきそうになりながらも、必死に駆けながら考えた。

（もう、あそこしか……ッ）

あそこ……当初予定していた隠しマップへ行っていいのか迷った。

そこは山脈の内部に位置するため、溶岩や炎が届けば二人は死ぬ。

それでも、迷っている暇はなかった。

猛威を振るいつづける炎と溶岩を前に、他の逃げ場はないと確信した。

隠しマップの中が、すでに炎や溶岩流に満たされていないことを祈るばかり。

幸いにも、隠しマップまでの道は遠くない。

レンは力を振り絞り、変貌しすぎた辺りの景色から道を必死に探り、息を切らせながら両脚へさらに力を込めた。

「っ……ぼう、けんしゃ……さん……」

掠れる声で名前を呼ぶフィオナへ、レンは荒い呼吸を繰り返しながらも、

「もうすぐ、下山できますから」と勇気づけた。

「……ごめん、なさい」

フィオナは苦しそうに謝罪を繰り返した。

何度も、うわごとのように繰り返された声は、いつしか彼女がまた気を失ってしまったせいで止まる。


必ず助ける。

そう強く決心したレンをあざ笑う超常現象が。

『――――』

強烈な頭痛が奔ると共に、誰かの声と思しき音が彼の脳内に響き渡った。

すぐに、フィオナの首元を飾る破魔のネックレスが砕け散ってしまう。

その効果で抑えつけていたフィオナの膨大な魔力が、レンの背後でその正体をあらわにしようとしていた。

男性なのか女性なのか、一切わからない声だった。

何を言っているのかもうまく聞き取れない。

レンはフィオナを手放さぬよう、頭痛に耐えながら足を動かしていたのだが、

『――――、――――』


同じ声が再び聞こえたとき、先ほどとは比にならない頭痛がレンを襲う。

まるでフィオナの魔力が真に解放されたことを、喜んでいるようだった。

するとレンが背負っていたフィオナが赤い風に襲われ、彼女の身体が宙に浮く。

赤い風はすぐに炎を纏い、フィオナを包み込んだまま前へ前へ連れ去ってしまう。

「くそ……なんなんだよ……！」

目元を歪めたレンが宙に手を伸ばすも、届かない。

頭痛もフィオナが遠ざかるにつれて徐々に収まりを見せはじめたため、迫りつつあった溶岩流が足元に届く寸前、レンは再び動きだす。

連れ去られていくフィオナを追って、両足を懸命に動かした。

(この道は……ッ)

レンが進んでいたのは、彼が目的地としていた隠しマップへ通じる道だ。


しばらく進んだその先で、本来あるはずの巨岩が砕け散っていた。

その巨岩を砕いた先に、レンが知る隠しマップへ通じる道があったはずなのだが、その道がすでにさらけ出されている。

ゲーム時代も、その巨岩を確かめることで先に進めた。

その際、当時は次のようなメッセージが流れたのだ。

『奥に何かありそうだ。破壊する？　はい／いいえ』

プレイヤーたちはとりあえず破壊してみた。

そして破壊した先に広がる、広大なる空間を見て驚くのだ。

「炎はこの先に向かっていった……のか？」

レンはゲーム時代と同じ景色を視界に収め、呟く。

山脈内部へ通じる広大な空洞の中心に、古びた遺跡を思わせる石の階段がまっすぐ下へ向かっていた。

レンが足を置いたその階段は、五人は並んで歩けそうな広さがあった。

両端には手すりがあるものの、外側には何もない。

底が見えない暗闇が広がっているだけ――――そのはずだった。

いま、この大空洞はいたるところに炎が蠢いている。

最下層から伸びた炎がときにアーチ状に、ときに蛇のように辺りを舞っていた。

離れたところの壁からは、溶岩流が重量に従い流れ出ている。

レンはそれでも、迷うことなく階段を進んだ。

ここでフィオナを見捨て、一人でどこかへ逃げるという考えは一瞬たりとも浮かばなかった。

「行こう」

レンは勢いよく階段を駆け下りた。

何としても彼女と共にこのバルドル山脈を脱するために。

やがて見えてきた洞穴が如き道の先に、レンは幻想的な景色を見た。

不思議とそこには炎や溶岩流は流れておらず、彼が知るままの景色が広がっていた。

トン――――とレンが足音を上げればどこまでも反響し、その足音に従い水の波紋のように鉱物が光り輝く空間だ。

時折、光がどこかへ飛び去ってしまう様子がまるでほうき星。

碧《あお》や紫、深紅といった色とりどりの光に、彼は見たこともない美しさを覚えていた。

この場所の名を、星瑪瑙《ほしめのう》の地下道《ちかみち》と言う。縞模様《しまもよう》の玉髄、そして満天の星に似た煌めきの絶景が広がる洞窟だ。

(ゲーム的な仕様さえなければ、金策も楽だったんだろうな)

星瑪瑙は特別な力を持つ宝石ではなく、その美しさから希少とされている。

そのでき方が研究者たちの研究テーマとなるほどの希少性を誇るのだが、それが辺りの壁や床、天井を満たしていた。

レンは一瞬たりとも足を止めずに駆け抜けた。

宝物が隠されているか調べる余裕はない。

レンの頭にあるのは、フィオナの安全だけだった。

星瑪瑙の地下道を抜けた先にあったのは、先ほどの階段がつづく道以上の大空洞だ。

その広さはレンが生まれた村がすっぽり入りそうなほどもある。

見上げれば天井部は東の森で見た大地の裂け目の倍もありそうな高さだった。

この大空洞も、床や壁に至るすべてが星瑪瑙に覆われている。

広さがこれまでと比にならないとあって、宇宙に飛び込んだような錯覚すらあった。

駆け抜けた星瑪瑙の地下道と違い、レンはここで異様な光景を目の当たりにした。

「……何が、どうなってるんだよ」

最下層の地面の中央に、レンが知らないモノがあった。

レンとフィオナの背丈を足して、さらに数倍してようやくというくらい巨大な深紅の群晶《クラスター》が鎮座していた。

連れ去られたフィオナは、その群晶の中で気を失っていた。

星瑪瑙の床はその下に深紅の光を併せ持つ。それらの光は、レンの眼前に広がる異様な光景の一端だ。

外で猛威を振るっていたと思しき炎が、この大空洞の天井部から降り注いでいた。

(炎が星瑪瑙の地面に降り注いで、その地面を紅く光らせてる……？)

それらの深紅の光は群晶に吸い上げられ、群晶を満たしていく。

光が吸い上げられていくたびに、フィオナが苦しそうに頬を歪めていた。

唯一幸いなことは、フィオナの身体に火傷《やけど》などの傷が一切見あたらないことだろうか。

……こうなってくれば、レンはとある伝説の存在の関与を疑ってやまなかった。

また、今日までその存在を考えなかったことを愚かに思ってしまう。

『……クルゥ』

ふと、レンの右から聞こえてきた魔物の鳴き声。

レンはこの隠しマップに必ず一匹現れる鋼食いのガーゴイルのことを思い出す。いまの鳴き声は、鳴き声を上げた鋼食いのガーゴイルのものだった。

その個体はレンが以前倒した番に比べて小さい。まだ若いのだろう。

だが様子がおかしかった。

金属の表皮は焼けただれたように溶けているように見えるし、地面に倒れ込んだまま力なくレンを警戒している。

この大空洞に降り注ぐ炎によるものだろう。

『クルッ……ルゥ……ッ！』

息も絶え絶えに繰り返される威嚇を前に、レンは胸が締め付けられるような思いだった。

痛々しい姿。弱々しい鳴き声。

よく見れば滴る体液で地面を濡らす鋼食いのガーゴイルに対し、レンは何も言わず鉄の魔剣を向けた。

鋼食いのガーゴイルは、それを見て一瞬だけ『ガァッ！』と鳴いた。

「……わかってるよ。怖いんだよな」

しかし、レンの優しい声を聞いてすぐに目を伏せた。

[NAME]

# レン・アシュトン

[ジョブ] アシュトン家・長男

「スキル」

■魔剣召喚 Lv.1 0／0

■魔剣召喚術 Lv.3 1899／2000

召喚した魔剣を使用することで熟練度を得る。
レベル1：魔剣を【一本】召喚することができる。
レベル2：腕輪を召喚中に【身体能力UP(小)】の効果を得る。
レベル3：魔剣を【二本】召喚することができる。
レベル4：腕輪を召喚中に【身体能力UP(中)】の効果を得る。
レベル5：＊＊＊＊＊＊＊＊＊＊＊＊＊＊＊＊＊＊＊＊＊＊。

「習得済み魔剣」

■木の魔剣 Lv.2 1000／1000

自然魔法(小)程度の攻撃を可能とする。
レベルの上昇に伴って攻撃効果範囲が拡大する。

■鉄の魔剣 Lv.2 1652／2500

レベルの上昇に応じて切れ味が増す。

■盗賊の魔剣 Lv.1 0／3

攻撃対象から一定確率でアイテムをランダムに強奪する。

■盾の魔剣 Lv.2 0／2

魔力の障壁を張る。レベルの上昇に応じて効力を高め、
効果範囲を広げることができる。

嘴《くちばし》から漏れる荒々しい呼吸が寒さで白く染まり、すべてを受け入れる……いや、全身の痛みから解放されることを願っているようだ。

「……ごめん」

レンには鋼食いのガーゴイルを救う術がない。かと言って、死に瀕《ひん》した痛みに弱っているその魔物を見過ごせなかった。

鉄の魔剣が鋼食いのガーゴイルの胸元を貫けば、その呼吸が一瞬止まる。最期に向けてきた魔物の瞳には、痛みから解放されたことによる安堵と感謝が窺えた。

鋼食いのガーゴイルにとどめを見舞い、その亡骸に触れてからだった。

魔石からレンの腕輪に流れ込んだ熟練度により、盾の魔剣のレベルが上がっていた。

レンの気分は晴れない。いくら魔物が相手だろうと、先ほどの様子を思い返してしまう。

それでも頭《かぶり》を振ったレンが、

「いま……助けますから」

重い足に鞭を打ち、フィオナがいる群晶に目を向けた。

一歩踏み出し、そのまま近づこうとしたのだが、

『――――余は、待っていた』

声がした。レンが向かう先にある、群晶から。

群晶はその声に応じて紅く瞬く。

レンが感じたことのない強烈な圧が地下空間を満たし、彼の足を、彼の意識を無視して地面に縫

い付けた。

間違いない。自分は死ぬ。

全身は無意識に震え、おびただしい量の汗を浮かべた。

心の底から訴えかけてくる声がやまず、著しく呼吸を乱れさせる。

『余の力を目覚めさせたこの黒き少女を、余の元へ来るよう幾度も呼びかけた』

誰の声とも知らぬそれに、レンは誰の声なのかすぐに感付いた。吊り橋でのことをはじめ、カイとメイダスの最期を思えばわからない方が変だった。

レンは煩《うるさ》いくらい鼓動する胸の音を聞きながら、ただの声を前に自身の無力さを理解した。

『他には何も思い出せぬ。余がどうしてここにいるのか、余は何者なのか――そのすべてを』

アスヴァルの実物はゲームでも見たことがなかったが、外での炎を思い返せばこう思うのが自然だった。

恐らく、あの群晶が魔石なのだ。

きっとその魔石は、最初からここにあったのだろう。

イグナート侯爵は星瑪瑙の地下道の存在を知り、アスヴァルの魔石を外に持ち出したのだ、とレンは推理した。

あとは、フィオナの力の正体がわからないだけ。

復活の儀式もなく、ただ一人の少女が伝説の龍にこれだけの影響を与えたということから、間違いなくユニークスキルだろうが。

レンは勇気を振り絞った。

彼女を連れて、このバルドル山脈を脱するためにも。

「あなたは赤龍《せきりゅう》アスヴァル。誇り高き龍だ」

『……ああ。余はアスヴァル……誇り高き火龍《かりゅう》の長にして、戦いに飢える者』

アスヴァルの声が滔々と響く。

響き渡る声が空《くう》を身体を揺らすたび、レンの胸が大きく拍動した。

(全部、繋がった)

吊り橋での騒動を境に、アスヴァルの魔力がバルドル山脈中に蠢いていた。

アスヴァルの魔力により生じた炎は休火山を呼び覚まし、バルドル山脈の状況を一変させた。

フィオナという少女の力がすべてのはじまりだ。

フィオナが何度も体調の異変を覚えたのも、アスヴァルの力が影響したのだと、いまここでわかった。

メイダスとカイにとっては、それによりすべての計画が破綻したと言ってもいい。

『余は戦わねばならん。邪悪な魔王を殺し、更なる強者を待つために』

アスヴァルの声音が変わってすぐ、辺りに異変が生じた。

星瑪瑙の地下道が揺れた。

目が眩《くら》む赤光が魔石を満たし、ずずず……と鈍い音を上げて群晶が宙に浮く。

舞い降りていた炎はここで、魔石の中を満たし切ってその姿を消した。

「待ってください！　魔王はもう死んだんです！　あなたを討った勇者ルインが、魔王のことも打ち倒したんです！」

『戯言《たわごと》を申すな……余は死んでなどおらぬ。ここに余が存在していることが、その証であろう』

特殊な状況下にあるからか、アスヴァルが聞く耳を持たない。

フィオナが持つ、得体の知れない特別な力によって、その身を顕現させるために。

レンが宙に伸ばした手の先で、アスヴァルの魔石から赤光が漏れはじめる。

目を覆う眩さ。身体の奥底から湧き起こる本能的な恐れにレンは焦った。

だが、レンは完全に復活し切る前に魔石を砕かんとして、恐れで地面に張り付いていた足を懸命にはがし、身体能力に身を任せて飛翔した。

赤い風と赤光がレンを寄せ付けず、逆に勢いよく壁に弾き飛ばす。

『――――弱き者よ。余の邪魔をするのなら、努々《ゆめゆめ》忘れてはならんぞ』

光の奥に見えてきたシルエットのすべてが、一つ残らず現実なのだ。

アスヴァルは踊るように四本足の体軀を顕現し、長い首と尾が復活の喜びに舞った。

もたげた鎌首の先の口から吐き出す業火が星瑪瑙の壁や床を襲い、瞬く間に溶かす。

その光景はまるで、巨大な火山の中に造られた武舞台《ぶぶたい》だ。

溶け落ちた星瑪瑙で地面も溶け、足場の多くが溶岩に覆われる。壁には溶岩が止めどなく流れ出る箇所もあった。

眩い赤光が消えたとき、赤龍の双眸がレンを射貫いた。

『面前に在るは炎の王。この身は余に勝る炎でなくば焼き尽くせないと知れ』


荒野に仁王立つ獅子《しし》よりも荘厳に。

アスヴァルは赤光を帯び、神々しくそこに在る。

体軀を覆う深紅の鱗《うろこ》はところどころ剝がれ落ち、鱗の奥に秘めた肉は腐り切っていた。

力強い双眸も、片方が色を失い潰れかけている。尾は途中から千切れてしまっているし、大きく開かれた両翼は、翼膜にいくつもの穴があった。

アスヴァルは間違いなく、アンデッドとしてこの世に舞い降りた。

儀式を要せずフィオナの力とその存在だけを媒体にして、どこか不完全な状況で。

アスヴァルの胸元で僅かに露出した魔石の中で赤ん坊のように身体を抱き、背を丸めて浮かぶフィオナの姿があった。

「私はレン・アシュトン、この地の領主に仕えし騎士の倅です！　どうか私の話を聞いてくださ い！」

ここまで来たら、聞き入れてくれる方が逆に嘘だと思った。

しかしアスヴァルはふと、はためかせていた両翼をピタッと止めた。

『────アシュトン？』

口の端から炎を漏らしながら、疑問を孕ませた声で。

『何故だ……不思議と懐かしき響きよ』

「……え？　私の家名を知っているんですか？」

『何も思い出せぬ……だが』

アスヴァルは何故か、憤怒《ふんぬ》に駆られた。

多くのことを思い出せぬまま口内に炎を蓄えて、世界を揺らす。

四本足で巨軀を支えながら、長い首を大きく弓なりにそらした。

頭部に生えた二本の角――片方は折れてしまっているから何の反応も示していないが、残る角が赤光を纏った。

『貴様のような弱き者が、その名を口にすることが気に入らん』

首を大きくひねり、吐き出された炎の息。

火山の中を思わせるこの空間において、それらの熱を凌駕する、人知を超越した炎が宙を這う。

扇状に広がる業火が、瞬く間にレンの目の前へ迫っていた。

「な――――ッ」

世界が止まったような感覚だった。

けれどレンは意外にも冷静だ。広がる炎を前に、大きく息を吸って、

「いつまで寝ぼけてるんだよ！　赤龍！」

木の魔剣を頭上へ大きく振り、壁に生やしたツタで地面を脱する。

煌々《こうこう》とした火花がアスヴァルの体軀から舞い上がり、超高温の突風がレンに向けて加速した。

魔法ですら超常現象と言うに相応しく、アスヴァルは巨軀に纏ったすべてが残酷なほど伝説だった。

『羽虫の真似事《まねごと》とは滑稽な』

「滑稽はどっちだ！　魔石になり果てたあげく、女の子を抱え込んでまで戦いを欲したお前と俺――――どっちが滑稽だっていうんだ！」

飛翔したレンの目の前が揺らいだ。

圧倒的な熱が迫って、いまにもレンを焼き尽くしてしまいそうだった。

「お前が相手なら手段なんて選んでられない！　卑怯《ひきょう》と言いたければ好きに言え！」

レンが突き出した手の先に盾の魔剣の力が現れる。

人知を超越した炎が空を揺らし、轟々《ごうごう》と音を上げながら迫る。

炎が盾の魔剣と接触する直前、レンは強い緊張で生唾を飲み込んだ。

（ほんの少しだけでいい！　少しだけ耐えてくれたら、それでいいんだ！）

そう思うや否や、盾の魔剣が生み出した壁に炎が届いた。

魔力の壁はレンの願い通り一瞬では壊れない。

飛翔していたレンは壁に這わせたツタや木の根を足がかりにして、壁を駆けてアスヴァルとの距離を詰めると、

「いまならまだ――――届くッ！」

目覚めて間もないアスヴァルはその巨軀故か、はたまた目覚めたてなことが関係してなのか動き

が鈍い。

本当ならアスヴァルの頭部に飛び降り鉄の魔剣を突きたてたかったレンは、奴が纏う熱を見て軽く舌打ちする。その代わりに、鉄の魔剣を膂力の限りを尽くして投擲した。

『ッ――――』

鉄の魔剣は堅牢な鱗を避け、剝がれ落ちた先に潜む腐った肉へ突き刺さる。

アスヴァルの巨軀に対して何とも小さく短い一本ではあるが、レンが力の限り投擲したことにより深く突き刺さり、周囲の肉や鱗にも衝撃を伝えた。

『……羽虫め、余を侮辱するようなことをするか』

アンデッドはそもそもが生前と比べて弱いというのが、レンの知る情報だった。

しかし、それだけでは伝説の強さは防げない。

これはあくまでもレンの予想だが、

(アスヴァルという存在を構築するためには、彼女だけじゃ力が足りてないんだ)

いまのアスヴァルがとてつもない力を誇ることに違いはないが、伝承に残るアスヴァルの力は本来、レンが太刀打ちできるものではない。

故に鉄の魔剣を投擲した後のレンは、アスヴァルと距離を保ちながら考えた。

一つは、アスヴァルの伝承に偽りがあったのかもしれない、ということ。

もう一つは、アスヴァルが不完全な形でアンデッドになってしまったということだ。

レンはそれを後者だと考えている。

アスヴァルの胸元で僅かに露出した魔石の内側で、深紅の光が幾度となく瞬く。

瞬くたびに、フィオナが苦しそうに上半身を抱く腕に力を入れ身体を震わせた。

彼女の魔力などの力が、アスヴァルに吸い取られているのだろう。

(時間がない)

アスヴァルが両翼を目いっぱい広げた。

穴だらけの翼膜がいたわしくも、煌々と輝く深紅は畏怖すべきそれだった。

弓なりにそらされた逞しい体軀を震わせて、やがて両翼を勢いよくはためかせた。

思わず笑ってしまうほど、圧倒的な強大さ。

距離を保つレンをいとも容易く風圧で吹き飛ばしたアスヴァルが、

『灰燼《かいじん》に帰せ』

人知を超越した爆炎を口元に蓄え、首を振り下ろすと同時にその爆炎を放とうとするも、

「悪いけど、まだ死ぬ気はないんだ！」

レンは吹き飛ばされながらも、召喚し直した鉄の魔剣を再び投擲する。

自分でも馬鹿の一つ覚えだと思いながら、アスヴァルの瞳を狙いすまして。

声にならぬ咆哮が爆炎をまき散らしながら放たれる。

旺盛に構え、圧倒的強者としてそこにいたアスヴァルが纏った炎が勢いを増し、鉄の魔剣が届く直前にそれを溶かしつくしてしまう。

レンは遂に星瑪瑙の壁に身体を強打し、召喚したツタを掴む手も僅かに震えていた。

アスヴァルの上機嫌な笑い声。

『嫌いではない。弱き者が手を砕く姿は愛《いと》おしさすら覚える』

ここに第三者がいればレンは奮闘できていると思うかもしれないし、見る者によってはアスヴァルが本当に伝説なのかと不思議に思うだろう。

だが、アスヴァルは目覚めて間もない。

時間が経つにつれて勘を取り戻すはず。

それに魔石に取り込んだフィオナだけでは、アスヴァルをアスヴァルたらしめる魔力も圧倒的に足りていない。

だから魔石の中にいたフィオナが苦しそうに身をよじっているのだ。

彼女からさらに無理やり力を吸っているのだろう。

『……？』

それでも、確かに希望はあった。

フィオナから無理やり力を得ていたアスヴァルの足元が、不意にがくっと揺らいだ。

巨軀を覆う鱗が散らばるように落ちていく。

腐った肉に至っては、僅かに液化して龍鱗《りょうりん》を穢《けが》していた。

「身体が、自分自身の力に耐えられていないのか？」

七英雄が倒したと言われているアスヴァルは、普通ならレンでは足元にすら及ばない伝説の存在だ。

それなのにこうしてレンが戦えているのは、ひとえにアスヴァルが不完全だから。

相も変わらずフィオナの力がどういったもので、アスヴァルに対してどのような働きをしてこの状況を作り出したかは不明ながら、

(記憶がほとんどなくてあの暴走……やっぱり不完全なんだ)

レンは微かな希望を前に、大きく深呼吸を繰り返す。

依然として時間稼ぎは許されない。

フィオナが危ないし、先にレンが斃れてしまう。

『余の身体が言うことを聞か────ガッ!?』

アスヴァルが不意に口から炎ではなく、漆黒の鮮血を吐き散らした。

しかしアスヴァルは止まらないだろう。記憶の多くを欠損して、さらに生前の誇りを忘れて気が触れかけている赤龍は、もはや身体が滅びるまで戦うつもりだ。

『……アシュトンを僭称《せんしょう》せし愚かな小娃よ。なおも靦然《てんぜん》たる姿を晒すか』

「好きに言えばいい。俺はどんな姿を晒してでも、そこにいる彼女を取り戻す。そのためなら、お前とだって戦ってやるさ」

僅かに呼吸を整え終えたレンが、力強さを漂わせる双眸でアスヴァルを射貫く。

「自分自身で過去の誇りを汚すお前は、もう見ていられない」

アスヴァルがアシュトンを知ることに驚きは覚えていたが、それを尋ねる気は毛頭なかった。

問題はどうすればあんな化け物を倒せるか。

下手に近づけば熱にやられるため、鉄の魔剣で断つことは容易じゃない。かと言って遠距離から攻撃する術はない。

『余は貴様のような命知らずが嫌いではないぞ――弱き者よ』

音が消えた。

目に見えるすべてを歪ませる濃密な魔力が地下空間を満たすも、炎の中心に鎮座したアスヴァルの姿だけが鮮明だった。

遥か頭上から滴っていた溶岩は宙で止まり、逆流するように上へと吸い込まれる。


このときだった。

息を呑むレンの目に映るアスヴァルの頭部で一際存在感を放つ存在、折れていない一本の角が煌々と輝いた。

赤光を纏う姿はより一層眩く、先ほどと比較にならない。

あの角がアスヴァルの炎や熱を高めているのかもしれない。

角を砕くことで巨軀に纏う熱を消し去れたら、フィオナが封じられた魔石にたどり着くことができるかもしれない。

考えるレンを見て、アスヴァルが嗤《わら》う。

『眠るように息絶えよ』

消えていた音が戻り、辺りを歪ませていた濃密な魔力が深紅に爆《は》ぜた。

暴風、爆風が溶岩や炎を引き寄せながらアスヴァルを中心にして生じた深紅の壁が、地下空間全体へ波及していく。

レンの逃げ場はなく、盾の魔剣で防げる気もしなかった。

勘を取り戻し、フィオナから力を得たアスヴァルが放つ力は、言うまでもなく伝説だ。

アンデッドと化して生前と比較にならぬ弱体化を遂げたところで、その炎はマナイーターの炎がマッチ棒のそれに見えるほど。

だが、状況が変わった。

レンがいる周囲が凍結し、瑠璃色に燦然《さんぜん》と輝く氷塊が彼を包んだ。

深紅の壁が、遮ぎられた。

「これは――――」

やがて溶け切った氷塊。

普通であれば肌を焼くはずの蒸気が、つづけて生じた冷気でかき消された。

驚くレンはアスヴァルの魔石に目を向け、そこに封じ込められたフィオナに目を凝らす。

『逃げて……ください』

一瞬、彼女の目が開いた気がした。

彼女の瞳がそう訴えかけてきた気がして、レンの心がさらに猛《たけ》る。

だがそれっきりで、彼女は苦しそうに身体を抱く。

「貴女だけを残して逃げるなんて、できません」

それにアスヴァルの様子も。

『ぐぉ……ぉ……これは……何が起こって……ッ……』

アスヴァルが顔を歪ませ、巨軀を揺らす。

半壊し、あるいは腐った龍鱗をまき散らしながら、アスヴァルは苦しげにわめいた。

レンが壁を伝って距離を詰めれば、今度は溶岩を避けながら地面に戻り、これまでと同じように懸命に駆ける。

取り込まれたフィオナに意識は残されている。

彼女も必死の抵抗を繰り広げていると知り、救うために必死になった。

(けど、どうすればいい)

レンはこの僅かな時間の間に、つづく攻撃のために脳を酷使する。

盗賊の魔剣でフィオナを奪ってしまうのはどうかと思ったのだが、あれは確率で盗める力だから保証がない。そもそもいまのアスヴァルから魔石、あるいはフィオナを奪うことは内臓を盗むも同然だから、盗賊の魔剣の性質上、それはできないだろう。

(やっぱり、あの角を狙ってみるしかない)

恐らく、奴の角はレンが思う以上に堅牢だろう。

目に見える力を滾《たぎ》らせているあたり、ただ鉄の魔剣で斬り付けても返り討ちに遭う気がしてならない。

アスヴァルの力をどうにか抑えながら、奴に効く力で角に立ち向かわなくては。

（……そんな都合のいい力なんて――――）

懸命に頭を働かせていたレンが、不意にハッと目を見開いた。

「――――ある」

伝説の龍がいまはアンデッドに身を落としているからこそ通じるはずの、たった一つの力をレンは腰に携えている。

『――――』

声を昂《たかぶ》らせたアスヴァルが剛腕を振り上げ、距離を詰めていたレンの進む先に振り下ろす。

角はいまも輝いていた。

溶岩に囲まれた舞台が揺れ、飛沫を上げる波と化した溶岩流が押し寄せる。

レンが軽業で避《よ》けた先に向いた鎌首の先から、アスヴァルの無情なブレスがレンに放たれる。

溶岩流すら抉る勢いで迫るブレスを視界に収め、レンは自然魔法のツタを生み出し、それに掴まることで一瞬の旋転。

器用にも宙で方向転換し、灼熱のブレスを避けようとした。

「ッ……」

一瞬頬を掠ったのは、ただの熱風だった。

それでも言葉にならない痛みにレンが頬を歪めた。

今度は振り下ろすのではなく、地面を抉るように溶岩流を散らした赤龍。

飛び散るすべてが、肌に触れるだけで身体を溶かす熱の結晶だ。

降り注ぐ溶岩を躱しながらも、レンは猛烈な熱の中を懸命に進む。

アスヴァルが広げた両翼から、紅の閃光が放たれた。

無造作に、縦横無尽に地下空間を襲う。

「ぐ……ッ」

紅の閃光がもたらした熱波と溶岩がレンの前方を阻み、溢れかえった溶岩流が背後から迫る。

赤龍の包囲網に対し、一瞬の怯みを見せたレンの足場が瞬く間に狭まった。

レンは包囲網の外から届く熱に抗って、大きく息を吸った。

熱の影響で肺が痛みを訴えかけたが、身体に酸素を満たすことを優先し、生唾を飲み込む。

『死を待つばかりの貴様に何ができる』

「そんなの――――」

鉄の魔剣を振り上げて、前方に立ちふさがるすべてへと。

「こうするんだよッ！」

剛腕を振り上げ、そして振り下ろしたアスヴァルに倣っての力技。

剣閃から生じた圧が熱波を払い、鉄の魔剣が地面に叩きつけられた際の衝撃で、溶岩が左右に切り開かれた。

まだ若干の熱波が残るその道に、レンは一切の迷いを抱くことなく身を投じた。

こういうときのために残していたポーションを片手で取り出して飲み干し、空き瓶を放り投げれば溶岩に溶けた。

辺り一帯から炎の渦が波打ちながら押し寄せる。

触れれば一瞬で焼き尽くされる熱の奔流。

レンは勢いを緩めることなく、盾の魔剣で生み出した一瞬にすべてを賭けた。

アスヴァルは一度だけ両翼をはためかせ、首を持ち上げる。

『地を這い、燃え尽きよ。貴様の影すらこの世に残さん』

レンの遥か頭上に位置したアスヴァルの頭から注がれる、扇状に広がる獄炎の吐息。

扇状に放たれるブレスから後退はせず、避けることもなくレンはまっすぐ、アスヴァルに向けて加速した。

『愚かしいほどに無策よの。前に進むことしか知らぬとは』

「無策だって？　悪いけど俺は、これでも本気だ！」

避けたところで燃え尽きる。後退しても影すら残らない。

どうやっても灰燼にすらならずこの世から消えてしまうのなら、前進して一《いち》か八《ばち》かに賭けるしかなかった。

盾の魔剣で防ぎ、鉄の魔剣で風圧を放つ。

ただ闇雲に魔力を消費するのではなく、すべてはこの後の一瞬のために。

『終焉《しゅうえん》を受け入れよ――――弱き者』

レンが不敵に笑う。

「身体を庇ってるのがよくわかるぞ」

アスヴァルが不完全な身体を労《いたわ》っていることを、レンはすでに看破している。ずっと同じ場所に座し、移動しようとしていなかったからだ。

いま一度吐かれたブレスがレンの元へ迫る。

すべてを一瞬で蒸発させるであろう熱を孕ませて、レンを消滅させるために。

「眠るのはお前だ！　もう一度————今度こそ目覚めない眠りにつけッ！」

盾の魔剣をさらに酷使して、湯水の如く魔力を注ぎ込む。

これだけの努力を重ねても、得られたのは一秒に満たない刹那だ。

広がった業火はレンの盾を瞬く間に燃やす。

触れた瞬間に光の粒子と化し、触れただけですべてを灰燼へと誘った。

しかし、レンが命懸けで得た刹那のひとときは、アスヴァルのブレスが角度を変える速度に僅かに早い。

地面を蹴ってアスヴァルの身体を駆け上がったレンがさらに飛翔した。


すると、その直後。

アスヴァルが纏っていた熱の結晶が、レンが向かうアスヴァルの頭部付近で和らいだ。不意に生じた冷気がそれらの熱を奪った。

フィオナの意思に報いるため、迷うことなく熱波の中に飛び込んだ。

意識を失いそうになるほど熱いが、フィオナの力に守られたレンは懸命に耐えた。

遂にアスヴァルの頭部付近まで上り詰め、

「アンデッドのお前になら、聖女《リシア様》の力が効くはずだ！」

腰から抜くは、リシアから贈られたお守りの短剣。

それをアスヴァルの角に突き立てた。

『――――――――』

これまでと明らかに違う、悲痛な慟哭《どうこく》が響き渡る。

リシアがこの短剣に封じ込めた彼女《聖女》の魔力が、穢れた躯《からだ》を蝕んだ。

角が重要な器官と考えたレンの予想通り、その角はアスヴァルにとって力を生み出す大切なもののようだった。

そこへ直接、白の聖女リシアの魔力が宿った刃を突き立てられ、

『グォオ……ッ!?　何故コノヨウな鈍《なまく》らが――余の角ニ傷オ……ォ……』

悶絶《もんぜつ》したアスヴァルが首より上を大きく振り回す。

アスヴァルが纏う煌々と輝く赤風の勢いは瞬く間に鳴りを潜め、巨躯に纏う赤鱗がぼろぼろと崩れ落ちていく。尾を左右に暴れさせながら全身を振り回したアスヴァルが壁に身体をぶつける度に、星瑪瑙の塊が辺りを舞った。

一つでも衝突すればレンに重大なダメージを与えたろうが、彼はそれでも恐れなかった。

この機を逃したら、次にフィオナを助ける機会はないと考えて、

「もっと……！」

角に突き立てた短剣を支えに、酷使されていた筋肉を酷使した。

すでにフィオナが放った冷気はかき消されているが、この短剣で角に傷を付けられたアスヴァルが纏う熱も相当弱っていた。

しかし、肌を灼《や》く痛みは健在だ。

だけど死なない。戦えるだけでいまのレンには十分だ。

『────ッ!?』

アスヴァルはこれまで以上に大きく身体を震わせ、揺らし、剛腕を伸ばしてレンを掴み取ろうとしたが、届かない。

アンデッドだから、とか、身体を維持する力が足りていないから、とか。

あるいはリシアの魔力が込められた短剣でなければ、いまのレンには傷を付けることすら至難だったはず。

レンが両手に力を込め、短剣で角の周りを抉るように傷を付けるたびに響き渡る号哭。

『アァアアアアアアアアア』

アスヴァルが叫び、咆え、啼《な》くたびに角から赤黒い体液が飛沫を上げた。

頭部を地面に向け、その先にある溶岩流へレンを誘う。

「もう少しなんだ……ッ！」

乱暴に振り回された鎌首は鞭《むち》のようにしなる。

溶岩流が迫る。熱が迫り、レンを炎の中に沈めんとして。

だけど――――角に生じた亀裂が、遂に。

「あああああぁぁぁッ！」

ボロボロのレンが吼《ほ》えれば角の周りを亀裂が覆い、鮮血と共に深紅の閃光が溢れ出た。

断ち切れた、というよりは根本が砕けた。

断面からは砕けた屑と鮮血が流れる。

深紅の閃光に目が眩んだレンの身体は、頭部を離れた巨大な角と共に宙に浮いた。

と同時に、短剣に込められたリシアの魔力が枯れる。

『グ――――ォ――――』

アスヴァルは角の跡を始点に全身を襲う衝撃と痛みから、その巨軀で地響きを奏でながら地面に横たわってしまう。

まき散らされた鱗の残骸や、漆黒の靄《もや》を上げながら飛び散る体液が蒸気を放つ。

アスヴァルが嗄《か》れた声で『貴様』と声を上げ、憤怒に駆られた巨軀を起こした。

僅かに露出した魔石へと迫る、アスヴァルが弱き者と称した少年、レン。

巨軀を起こす途中にあったアスヴァルの身体に……僅かに露出した魔石にたどり着き、彼は鉄の魔剣を召喚して、

「まだ……だ！」

オイルが切れた歯車のように軋みを上げる身体に命じて、フィオナが封じ込められた魔石に鉄の

魔剣を叩きつけた。

アスヴァルは首を天高く伸ばし声を上げ、無造作にブレスを放つ。

レンは決して手を止めず、幾度もアスヴァルの魔石を強打する。


魔石を破壊することにだけ意識を向けた二撃目。

魔石に見えたフィオナが生きていることに安堵しての三撃目。

アスヴァルの悲鳴を聞きながら、決して油断せずの四撃目。


五撃目で鉄の魔剣が砕け散り、アスヴァルの魔石が砕けた。

『────────ッ』


アスヴァルの咆哮が地下空間を揺らす。

溢れ出た溶岩流が勢いを増し、これまでにない揺れによって、遥か頭上から降り注ぐ岩石がその数と大きさを更なる脅威に変えた。

魔石の中に秘められていた魔力がレンの頬を撫でる。

行き場を失ったその魔力がレンの腕輪へ、腕そのものに纏わりついた。

「ッ……この、最後の最後に！」

レンの片腕はそれにより、腕全体を痛々しく灼かれた。

彼の表皮は赤黒く染まり、無理に力を入れようとすれば激痛が走った。

無事な腕で灼けた腕を庇い労れば腕輪が勝手に光る。

腕輪を飾る水晶に文字が浮かんでいた。

・炎の魔剣（レベル1：1／1）

片腕の代償に得た、新たな魔剣。

レンは無理をしてフィオナの身体を抱き上げて、彼女をアスヴァルから解放した。

彼女はそっと目を開いてレンを見上げる。まだ力ない瞳で意識が覚醒し切っていなかったが、彼女は間違いなくレンを見つめていた。

「……冒険者、さん？」

「すみません。遅くなりました」

レンは脂汗を額に浮かべながら強がって、フィオナを抱きかかえたままアスヴァルの傍を去る。

不気味なくらい静まり返って、首をぴんと伸ばしたまま硬直したアスヴァルはもう死んでしまったのではないかと思ったが、そうではない。レンは本能で危険を察知し、フィオナを奪取した段階で逃げることを決意して足を動かす。

「……ごめん、なさい」

駆け出したレンへ、フィオナが彼の胸元で涙を流しながら。

「私……本当に――――っ」

「謝らなくていいんです。……これは、誰が悪いとかじゃありません。こんなの、誰にもわからなかった。それに貴女は何度も俺のことを守ってくれたんだから、謝ったら駄目なんです」

優しい声に心がほだされ、フィオナの目からまた涙が溢れ出た。

フィオナは少しでもレンの痛みを和らげようと、自分の身体に残された魔力を駆使して、彼の腕の火傷《やけど》に手を添えた。

心地よい冷気が、彼の腕を包み込む。

レンはそっと礼を言い、自分がやってきたのとは違う道を見た。外へ通じる道だ。

(どうにかなる)

アスヴァルの角がレンに砕かれ、さらに魔石も破壊されたことでその力は極端に弱まった。

影響を受けていた溶岩流も少しずつ静まっているから、逃げられるはず。

『シィ……シィイイイ……』

が、アスヴァルはまだこの地下空間にいる。

角を砕かれ魔石も失ったアスヴァルは、つい数分前までの微かに残っていた知性すら失って、全身がより一層腐りはじめていた。

瞳は青一色に光って、口元から漏れ出すのは炎から瘴気に変貌している。アスヴァルが足を動かすたびに、腐臭と瘴気が地面から沸き立った。

いくらアンデッドだろうと、魔石まで砕かれたら死んでもおかしくないはずなのに……。

全身を腐らせても動きつづける姿が、生前の精強さを彷彿《ほうふつ》とさせた。

（どうにかして、外に――――ッ）

レンの頭の中には、この場を離れることだけが浮かんでいた。

ここでフィオナが自分の足で立ち、懸命に歩きはじめる。その際彼女はレンに身体を密着させて肩を貸した。

「すみません。情けない姿を晒してしまいました」

「いいえ。私はあなた以上に勇敢な人を知りません」

フィオナも辛そうなものの、レンよりは動けた。

それまでの衰弱っぷりがすべてアスヴァルの影響だったからなのか、アスヴァルが弱まるにつれて活力を取り戻しつつあった。

「くっ……」

「冒険者さん！」

レンが前へ押し出した足が地面を踏み損ね、ふらっと前のめりに倒れかける。

肩を貸し、懸命に協力し合っていたフィオナがさらにレンを支えた。

視界のほとんどが暗闇に染まり、意識が朦朧としてきたレンが「逃げてください」と呟く。

だが、フィオナは決して頷かない。

レンに肩を借りていたときよりは遅い足取りだが、足を懸命に動かしつづけた。

フィオナが一瞬だけ振り向けば、そこには二人に迫りくるアスヴァルの姿がある。

瘴気を散らし、腐食した身体で駆ける姿が悍《おぞ》ましいが、堕《お》ちた伝説はそれでも恐ろしかった。

「っ……来ないで！」

フィオナが氷の壁を生むも、四本足で這いずるように近づくアスヴァルは意に介することがない。

強固であるはずの氷の壁は、最初からなかったかのように突破される。

『オォォオオオオ――――ッ！』

足を止めることなく近づくアスヴァルは剛腕で何度も地面を突き、フィオナを恐れさせた。

抉れた星瑪瑙が石礫《いしつぶて》と化して飛翔し、レンとフィオナを襲う。

フィオナは何度も氷の壁を用いて守り切ったが、代わりにアスヴァルが瞬く間に距離を詰め、

「っ……!?」

遂に剛腕が届こうとした寸前、フィオナはブレスからレンを守ったときと同じ、強固で分厚い水晶のような氷で自分たちを覆った。

分厚い氷を襲う剛腕がもたらした衝撃に倒れ込んでしまったフィオナの頬が地面に擦れ、赤い血が伝う。必死なフィオナは気が付けなかったのだが、その際、彼女の血はレンに触れてすぐに赤から黒に色を変えた。

「レ――――ううん。冒険者さん」

フィオナは支えきれず一緒に倒れ込んでしまったレンに近寄り、「ごめんなさい」と何度も繰り返した。

氷の壁の外からは、アスヴァルが何度も剛腕を振り下ろす音が聞こえてくる。

アスヴァルは暴走しているが、その膂力はレンと戦っていたときに比べ遥かに脆弱《ぜいじゃく》で、フィオナ

の氷を崩すのに時間を要していた。

「氷が砕けたら、もう一度あなたのことを包み込みます」

鮮血と共に涙で頬を濡らしながら、倒れたレンの頭を自身の膝に乗せて言う。

「あなただけでもクラウゼルに帰れるように、絶対にあの龍を止めてみせますから」

何度目かわからない謝罪を口にして、彼女ははじめてレンの頬に手を触れた。

「……せっかく約束してくださったのに、ごめんなさい。こんなことに巻き込んでしまって、本当に本当に……ごめんなさい」

彼の頬を伝う汗を丁寧に拭い、彼が命懸けで守ってくれたことへの感謝を密かに伝える。

やがて、氷の壁に巨大なひびが入った。

「――――砦では私を気遣ってくれて、本当にありがとうございました」

最期に、どうしても言いたいことがあった。

「一年くらいでしたけど、私はあなたのおかげで、最期に人らしく生きる時間を過ごすことができたんです」

フィオナは最期にもう一度だけ彼を見たいと思い振り向いた。

でも、泣いた顔で別れの言葉を告げることはしたくなくて、彼女は無理やり微笑む。こうしていたら、最期を彼の傍で迎えられることを幸せだと思うことができた。

……うん。もう大丈夫。頑張れる。

だから、これで本当に終わらせなければ。

「さようなら――――レン様」

別れの言葉を口にしたフィオナの頬を、瞼に残されていた涙がゆっくりと伝った。

◇　◇　◇

気が付いたとき、レンは見知らぬ回廊を一人歩いていた。

回廊は黒い大理石の床がつづく広い場所だった。

左右には流麗なステンドグラスが等間隔に張られ、ステンドグラスの外側は夜なのか真っ暗だ。

高い天井には豪奢《ごうしゃ》なシャンデリアがあって、レンが進む道を照らしていた。

しばらく進んだ先に、巨大な扉が現れた。

複雑な彫刻が施されているその扉は、レンが何度開けようと試みても開かなかった。

しかし、それはとあることをきっかけにあっさりと開く。

『……せっかく約束してくださったのに、ごめんなさい』

フィオナの声がしたと思えば、扉からカチャ、と鍵が開くような音がした。

扉はさらに勝手に開いて、レンのことを中に誘《いざな》う。

円筒状の壁には、同じくステンドグラスが張り巡らされている。回廊にあったものと比べてさらに豪奢だった。

戦争か何かを模したであろう絵のあるガラスが、荘厳かつ息を呑む迫力に富んでいる。

部屋の中に足を踏み入れれば、コツン、という足音がどこまでも響き渡った。

レンは寂しいくらい響き渡った足音を聞いた後に、この部屋の中心に置かれた台座の存在に気が付いた。

台座の上に漆黒の長剣が突き立ててあった。

周囲には濃密な魔力が辺りに漂い、視界が揺らぐ。

レンはその剣の元へ足を進めた。背後では扉が閉まる音が鳴り響いたが、気にせず進んだ。

自分が何故ここにいて、ここがどこなのかという考えは忘れ、漆黒の長剣にだけ意識を向けた。

『――――砦では私を気遣ってくれて、本当にありがとうございました』

どこからともなくフィオナの声が聞こえてきた。

すぐ傍から聞こえてきたような気もするし、遠い別の世界から聞こえてきたような気もした。

『一年くらいでしたけど、私はあなたのおかげで、最期に人らしく生きる時間を過ごすことができたんです』

耳に届く切なさを極めたフィオナの声に、レンは早く彼女の元へ戻らなくてはと焦った。どうしたら外に戻れるのだろうと思っていたら、無意識に漆黒の長剣に目が向いた。

不思議なことに、その剣に語り掛けられた気がしたのだ。

『さようなら――――レン様』

レンはフィオナの声を聞きながら漆黒の長剣に近づいた。

腕輪が光った気がして目を向ければ、

・？？？？（レベル１：１／１）

イエルククゥと戦った際、リシアの魔力に影響を受けて顕現した魔剣と同じ表記があった。

では、この漆黒の長剣が同じような存在なのだろうか。フィオナが隠していた力が関係していて、彼女の体内にも魔石があるのだろうか――――とレンは少し考えた。


だけど、それは違う気がした。

フィオナの声につづいて鍵が開くような音がしたことを、レンは冷静に思い返した。

彼女の力がレンに作用した可能性は捨てきれなかったけれど、彼女の身体に魔石があって、そこから影響を受けたという感じはしない。

となれば、この漆黒の長剣はレンが最初から持っていた――――となるが、

（やっぱり、よくわからないな）

レンは自分の体内に魔石があるのかと思うも、ばかばかしいと声に出さず笑い飛ばす。

「何でもいい。彼女を助けられるのなら、力を貸せ」

漆黒の長剣を掴み取れば、濃密な魔力が止めどなくレンの身体に流れ込んでくる。

そもそも満身創痍だったのに歩けること自体が不思議だったが、それを抜きにしても、経験したことのない充足感がレンの身体を包み込んだ。

身体が満たされていく感覚がしばらくつづき、終わると同時に漆黒の長剣は姿を消した。

レンの背後で扉が開く音がした。

扉の奥には眩い光が満ち溢れていて、これまでと様子が違う。彼は元の世界に戻れるのだと本能で悟り、光に向かって歩きはじめる。

頭の中には、自然と炎の魔剣のことが浮かんでいた。

「出ろ――炎の魔剣」

命じれば、レンが腕輪を装着していない手に――さっきまで、漆黒の長剣を掴んでいた手に。

火炎を宿した直剣が、当たり前のように召喚された。

・炎の魔剣（レベル1：■／1）

炎の魔剣は、レンが扉に近づくにつれて様子が変わっていく。

炎の魔剣が纏った火炎は徐々に色を変え、剣身も伸びて長剣へ近づく。

レンが一歩進めば柄も大きさを変え、これまで銀一色だった剣身と柄が、くすみ一つない黄金へとその色を変えていった。

・炎の■剣（レベル■：■／1）

漆黒の長剣から得た力のすべてが、すべて炎の魔剣に吸われていく感覚を覚えた。

コツン、と足音を奏でるごとにその現象は進みつづけ、炎の魔剣はレンの背丈ほどもある長剣となり、腕輪の水晶に映したその名を変えてしまう。


映し出された名は、炎剣アスヴァル。


光に満ちたその先を見せる扉の前に立ったとき、レンは自分の身体に痛みと倦怠感《けんたいかん》を覚えた。加えて魔力がほぼ枯渇したことによる頭痛に襲われた。

忘れていた腕の火傷も痛みを催して、ここから先の現実に向かう覚悟をさせる。

でも、こうして動けるだけの活力を取り戻したし、手には黄金の魔剣がある。

先ほどまでの現象に疑問は残っても、

「……まぁ、何だっていいや」

フィオナの力が関わっているとしたら、彼女に直接聞けばいいだけだ。

「この戦い勝つ――それだけだろ」

すべてが終わってから。暴走したアスヴァルを倒してから。彼女がどんなスキルを持っているのか尋ねることにしよう。

レンは光の中へ、雄々しく一歩を踏み出した。

◇◇◇◇

フィオナはレンを守りながら、何度も氷の魔法を用いてアスヴァルの攻撃を防いでいた。

そんな彼女も限界だった。アスヴァルが振り下ろした剛腕が近づいてくる。次こそは、対処できずに命を奪われると確信した。

しかし、フィオナの命を奪うに至らなかった。

「……え？」

震えていたフィオナの肩がレンに引き寄せられる。

彼女に迫っていた剛腕は、彼が手にした剣が放つ炎に弾かれた。

アスヴァルがその衝撃で遠ざかる中、フィオナが声を漏らす。

「……レン、さま？」

絶望の淵《ふち》から一変。

レンをきょとんと見上げた黒髪の少女が、僅かに身体を震わせて返事を待った。

「――はい。申し遅れましたが、俺がレン・アシュトンです」

フィオナの頬を濡らしていた一筋の涙。彼女の瞳からはすぐに大粒の涙が溢れ出て、レンを見つめながら疲れ切った様子で微笑んだ。

こんな気持ちははじめてだ。

フィオナは自分の肩を抱き寄せたレンのことだけを意識して、彼から目を放さない。

「私……ずっと前から存じ上げておりました……っ！　あなたはレン様だって、砦にいた頃から知っていたんです……っ！」

「ええと、どうして俺のことを？」

「ふふっ……だって私、魔物の素材を用いた薬なんて言わなかったんですよ？」

あの日、あの夜、レンが茶を楽しんだときに口にした気の緩みだった。

「だから私はもしかしてと思って……偶然通りかかった騎士の方に、あなたの名前を聞いたんです」

「ははっ……なるほど。どうやら、油断していたみたいです」

「う、ううん！　おかげで私はあなたのことを知れたからっ！　それにあなたが私を気遣っていてくれたことも、下山してから話そうとしてくれたことも、私は勝手に聞いてしまって――――っ！」

騎士がレンに言ったように、フィオナに尋ねられた際は偽りを述べられない。

だが、話を聞いたフィオナはレンの考えと気遣いを尊重した。

彼が考えていたように下山した後で、落ち着いて話そうと思った。

だからフィオナは騎士に対して、自分が尋ねたことはレンに教えないでくれと頼んでいた。

気遣っていたはずなのに、実は気遣われていたと知ったレンが息を吐く。

「いろいろと謝らせていただく前に、まずは約束を守らせてください」

「約束、ですか？」

「ええ」と顔を僅かに向けて笑った彼に、フィオナは意図せず目が釘付けになった。

「俺は貴女を絶対に、バルドル山脈の外へ送り届けるって約束しましたから」

アスヴァルは上を見上げ、瘴気を巻き散らしながら飛翔した。

『ギィイイイイイイッ！』

瘴気自体はレンが放つ特別な炎に浄化されていたが、アスヴァルは腐った身体を散らしながら、レンとフィオナの遥か頭上から扇状に広がるブレスを放つ。

レンはブレスを避けることもなく、フィオナの氷や盾の魔剣で防ぐこともしなかった。

炎剣アスヴァルを力の限り、下から上へ振り上げたのである。

それにより生じた業火がアスヴァルのブレスと衝突すれば、ブレスの中心から発した深紅に光る波紋がこの大空間に広がっていく。

フィオナは圧倒されていた。

年下の少年が見せるには相応しくない強さの奔流を前に、全身に覚えていた恐怖をすべて忘れていた。

一度ならず二度までも命を救ってくれた英雄の姿から、一瞬たりとも目を放せない。

「……すごい」

最後は、レンが手にした炎剣アスヴァルが勝る。

放たれた炎が息も絶え絶えなアスヴァルの全身を灼熱で覆いはじめた頃、アスヴァルは自分の身に迫る炎から逃れるべく、苦し紛れにまた翼を動かす。

『────ッ！』

飛翔をつづけていたアスヴァルが宙で鳴き、そのまま止まることなく地下空間の天井へ身体をぶつけて大穴を作り出す。

アスヴァルは身体の中心から深紅の光芒《こうぼう》を数多く発し、虚《うつ》ろな瞳に同じ深紅の光を宿した。

眩しさがレンとフィオナの二人を照らす。

レンが見上げた先ではアスヴァルが両翼を大きく広げ、長い首を天高く伸ばした。

口の先に生じた深紅の光球へ向かって、舞い降りていた雪や周辺の熱気が吸い込まれていく。辺りの炎も、溶岩流もまた宙へ吸い込まれていった。

遂にはバルドル山脈そのものが大きな揺れを催して、天災を想起させる異常を漂わせる。

正気を失ったアンデッドのアスヴァルが放つ、最期の力。

生前の強さが伝説と称されたその身は現在、不完全な復活により脆弱。

されど、すべてを賭しての一撃はまさに神業だ。

命を賭した攻撃はバルドル山脈そのものを崩壊させ、レンとフィオナの命も奪うはず。

ならば、最初から変わらず道は一つ。

「この戦いを終わらせます」

深紅の光球がすべてを吸い終えた。

遂には音まで奪い去ってしまった深紅の光球が、アスヴァルの元を離れ静かに地面へ降りてくる。

レンは炎剣アスヴァルを上段に構え、持ち手を握る手に膂力の限りを尽くす。

渾身《こんしん》の一振りを以て、戦いを終わらせようとした。

「ッ……」

だが、レンの腕が力なく揺れ動いた。

身体に残された疲れや消耗が激しく、炎剣アスヴァルの重さに負けかけた。


そんなレンの手に、白い手が添えられた。

砂利や汗で汚れ、レンと同じように火傷も負っていたフィオナの手だ。

「すみません。イグナート嬢」

レンがフィオナに顔を向ければ、彼女は微笑みを浮かべて頷いた。

「フィオナです。レン様さえよければ、次からはそのようにお呼びください」

そうするためには、倒すだけ。

深紅の光球を大地にもたらす赤龍を、ここで止めなければ。

『オォオオオオオオオオ――――』

咆哮と共に、深紅の光球がとうとう膨張し、眩い閃光を放った。

奪い去られていた音が刹那に戻り、強烈な轟音が反響する。

レンもフィオナも、そのすべてに動じなかった。

特にレンはこの戦いに終止符を打つことだけを考えて、

「こ、の、身、は、余、に、勝、る、炎、で、な、く、ば、焼、き、尽、く、せ、な、い、……そう言ってたよな」

フィオナと共に炎剣アスヴァルを振り下ろして呟く少年、レン。

「眠ってくれ――――もう、目を覚まさないくらい深く」

黄金の劫火が深紅の光球を包み込み、遥か頭上の大穴目掛けて炎の渦を成す。

伝説が放った深紅の光球は、自身を超越した炎に焼き尽くされた。

◇◇◇◇

いつの間にか眠ってしまっていたフィオナが目を覚まし、困惑した。

自分がレンに背負われて、雪道を進んでいたからだ。

「レ……レン様っ!?」

「あっ、おはようございます。もうかなり下山できてますよ」

アスヴァルを倒した後、フィオナはすぐに気を失った。

このことに気が付いた彼女は情けなさと恥ずかしさに頬を上気させた。

そしてすぐに自分の足で歩くと言った。しかしレンが言うには、フィオナの足首が大きく腫れてしまっているらしい。

それでもフィオナが遠慮して、

「だ、大丈夫です！　レン様だって大変なんですから……っ！」

するとレンは苦笑して「せめて、救助に来た人たちと合流してからにしましょう」と返す。

フィオナの緊張がほんの僅かにほぐれてきた頃、彼女はふと、自分の身体にこれまで感じたことのない軽さを覚えた。

「やっぱり……少なくなってる」

「フィオナ様？」

「その……私の身体にあったはずの黒い力が、少ししか残ってないみたいです……」

「……うん？」

レンが首をひねってると、フィオナが意を決した様子でつづきを語る。

「私が生まれ持ったスキル、黒の巫女のことです」

はじめて聞くスキル名にレンは困惑した。

「ずっと秘密にしていてごめんなさい……あまり、口にしていい力ではなかったので」

その力がアスヴァルの復活を招き、レンを巻き込んだと思えば、いくら父に止められていようと黙ってはいられない。

フィオナはいまのいままで黙っていたことに懺悔《ざんげ》の念を抱いていた。

「俺に話してもいいんですか？」

フィオナは頷いて答えた。

「レン様は、黒の巫女《みこ》というスキルの存在をご存じでしたか？」

「いえ、初耳です」

「では、どういったスキルなのかご説明しますね」

黒の巫女は魔物にとっての聖女にあたる。

また、魔王に与する者の中にそのスキルを持つ存在がいたことがあるらしく、イグナート侯爵はそうした情報を鑑みて秘密にした。

スキル名を知った者がフィオナを蔑むことは容易に想像できる。

レオメルにおいては七英雄の存在が大きいから、黒の巫女の過去を思えばそうあって不思議ではない。

「それで、黒の巫女の力が弱まってるとのことですが」

「自分でもよくわからないのですが、別にその力が弱まっているようではないんです。でも何というか……私の身体の中にあった黒の巫女の力の一部が、不思議と鳴りを潜めたような感じがして……」

黒の巫女の力を持つ者は皆、膨大な魔力を持って生まれる。その魔力は魔物に力を与える特殊な効果がある。他には扱える魔法に対する適性をぐんと高めるなど、魔法を扱うための才能が多く備わっていた。

フィオナがいま口にしたのは、その膨大な魔力について。

彼女の身体に宿る魔力の一部は今日まで、行き場を探すように身体の中で——特に胸の中で存在を主張するように蠢いていた。

それが彼女にとって、一番の痛みだったという。

「シーフウルフェンの素材で作ったお薬が余分な魔力を吸い取って、体外に排出してくれていました。でも全部は無理なので、少し身体に残っていたのですが、たまにちょっとだけ痛い思いをするだけで済むようになっていたんです」

最終的に痛みはまったく感じず、胸の中で少し存在を感じる程度になった。薬のおかげで身体が蝕まれることを防ぎ、さらにフィオナ自身の身体がこの一年で成長したこともあり、止めどなく溢れ出る魔力に耐えられるようになった。

だがいまは、胸の中にその存在をまったく感じないそうだ。

「アスヴァルに対して、死霊術《ネクロマンシー》に似た力を発揮したことが影響してるんでしょうか」

レンが言うと、フィオナが彼の背で首を横に振る。

「違うと思います。黒の巫女には、死んだ魔物をアンデッドとして蘇らせる力はありませんから」

それを聞いたレンが思う。

（でもあいつ、割と早い段階からフィオナ様の気配を察してたみたいなこと言ってたし、やっぱり普通の魔物と同一視できないんだろうな）

これはレンの予想にすぎない。

アスヴァルが他の魔物と隔絶した強さを誇っていたことで、今回は黒の巫女が持つ『魔物に力を与える効果』が作用して、アスヴァルは偶然にもアンデッドとして蘇ったのかもしれないと思った。

あまりにも不完全な復活を遂げた理由も、きっとそれ。

こうなると、結局、何が理由でフィオナの身体に影響が生じたのか気になってくる。

「助けていただいたおかげで、少しずつ魔力も回復してます。それなのに、胸の中に何も感じないんです」

「ってことは、アスヴァルの影響ではないかもしれませんね」

するとレンは声に出すことなく、心の内で「やっぱり俺が……」と呟く。

炎剣アスヴァルの力をレンが行使する直前に迷い込んだ空間と、あの場所にあった漆黒の長剣。

それらの存在が、フィオナの影響を受けたものだと思えば、これもしっくりきた。

リシアの魔力に影響を受けて顕現した眩い魔剣と、どこか似ている。

「その……いま話したのは、レン様だけでも生きてほしいって思った頃からなんです」

フィオナの血が黒く染まったときからだった。

「それって、胸の中に何も感じなくなったのがですか？」

「はい。はじめはアスヴァルに魔力を使われすぎたからなのかと思ってました。でも、もしかしたらレン様が何かしてくれたのかもって、勝手に思ってたりしてたのですが……」

話を聞くレンが眉をひそめた。

黒の巫女が、魔剣召喚にその力の一部を与えた。

あの相も変わらず謎が残る不思議な世界と、炎の魔剣が炎剣アスヴァルへと名を変えたことが無関係とは思えない。

あの世界をレンにもたらしたのが黒の巫女の力の影響であるならば、レンとしても理解できる。

フィオナが言った力の一部が鳴りを潜めた感覚の理由が、きっとそれなのだ。

黒の巫女がレンに忠誠を示したような、だから彼女は力の一部を失ったかのような、そんな感覚だ。

（後は破魔のネックレスもだ）

フィオナとレンの肌が触れ合った際、破魔のネックレスが謎の反応を見せたことも脳裏をよぎる。

（俺と触れ合ったときの反応が一度だけだったのは、あの時点で黒の巫女と魔剣召喚術に何らかの縁ができてて……それが安定したから二度目の反応はなかった……とか？）

レン本人も疑問に思うように何一つ定かではないが、そうであるならこれを作った七英雄の意図に反した反応を示しても違和感はない気がした。

あれほどの魔剣を召喚させる力なのだ。理解しきれないことがあっても不思議じゃない。

ちなみにいま腕輪を見ても炎剣アスヴァルの名はなく、漆黒の長剣の表記も一切ない。

あるのは、新たに得た炎の魔剣の名だけだった。

（リシア様から影響を受けたときと同じなんだよな）

再びあの力を顕現するには、フィオナからもう一度何らかの力を貰う必要があるのかもしれない。

この春、リシアの魔石のことを考えたときと同じ結論に至った。

「すみません。フィオナ様が身体に魔石を宿してる……なんてことはありませんよね？」

「ええ……ありませんが……急にどうされたんですか？」

「いえ。自分でもよくわからないことを聞いてしまいました」

フィオナはレンの背できょとんとして、レンに背負われたまますぐに微笑んだ。

レンはやはりと密かに頷く。

（リシア様は身体に魔石があってその力で俺に魔剣を顕現させた。けどフィオナ様は違う）

フィオナの場合は黒の巫女の力によって、レンの身体に最初からあった力を顕現させたという印象だ。彼女の力の一部が鳴りを潜めたのも、その力をレンに分け与えたため――――これなら諸々の説明が付く気がする。

結局のところ、いろいろなことが定かではなかった。

「……私はこれから、あの魔王教という者たちに狙われるのでしょうか」

「あ、それはあまりない気がします」

「ど、どうしてですか!?」

「もちろん可能性がゼロとは言いませんが、メイダスとカイ《あの二人》はフィオナ様が持つ黒の巫女の力を知らなかったんです。知っていたら、最初からアスヴァルの復活を目的にしていたはずですし」

あの二人も状況を理解していなかったということは、アスヴァルの件は彼らにとっても、予想外の状況だったことになる。

ゲームと違う状況が勃発したのは、ゲームと違ってフィオナが生きていたからだろう。

「むしろこういう状況に陥っても嵌められないとわかったでしょうし、手を出しづらくなってる気がします」

今回はイグナート侯爵が隙を突かれたが、次も同じように嵌められるとは到底思えない。

帝国士官学院の受験という、特別すぎる状況下でなければ今回の企ては実現しなかったろう。

ついでに言えば、フィオナの力が魔王教の気を引くこともなくなったと思える。

何故なら黒の巫女が持つ力のうち、魔物に作用する魔力が鳴りを潜めたというのがあれば、仮に奴らがフィオナの力を知ったところで、それを理由に彼女を狙うとも考えにくい。

もっとも、イグナート侯爵の娘としての価値は変わらないから、何事もこれまで以上に警戒すべきことに変わりはないのだが。


不意に二人の耳に届いた大きな音。

見上げた空に轟《とどろ》く、あまり聞いたことのない音にレンが目を見開いた。

「魔導船ですね」

魔導船が何隻も空を悠々と飛んでいた。

恐らく帝都から来たものだ。

「というわけですから、フィオナ様」

レンはイグナート侯爵をはじめとした帝都の者たちへ、どのように情報を伝えるか迷っていた。

だが、それよりも先に、二人の別れが訪れる。

「最後に俺から、二つほどお願いがあるんです」

「……ええ。レン様のお願いでしたら、どのようなことでも」

別れの寂しさを覚えていたフィオナがその感情を隠し、微笑みを浮かべて言った。

「そう言っていただけると助かります」

一つ目の頼みというのは、今回の騒動でフィオナを助けた人物として、自分の名をイグナート侯爵に告げないでほしいというものだ。

レンは考えるための落ち着ける時間がほしかった。

予想外に魔王教の者たちと接触してしまったことに対して、これまで同様の生活をしていていいのか、自分はどうするべきなのか整理したい。

「なのでイグナート侯爵には、冒険者さんが助けてくれた、と伝えていただけますか？」

「も、もう……そうお呼びするの、すっごくむずがゆかったんですからね……っ！」

「ははっ、呼ばれてた俺も若干むずがゆかったです」

イグナート侯爵なら誰がフィオナを助けて、どういう目的で先ほどの言葉を口にしたのかをすぐに理解するはず。

それでもレンは考える余裕さえ得られたら十分だと思っている。

言うまでもないことだが、情報提供を渋るつもりはない。

（俺が知ってる情報は少ないけど）

あくまでもレンが知る限りという条件付きだが、魔王教の情報を共有することに異存はない。

もっとも、以後は今回のように神出鬼没っぷりを極めるだろうし、元より魔王教の情報はレンも乏しい。魔王教に教主という存在がいることをはじめ、僅かな情報しか提供できない。

いずれにせよ、レザードを通してイグナート侯爵の元へ連絡が届くことになるだろう。

（とりあえず、アスヴァルの件も報告しないとだし……）

レザードへは当然、黒の巫女の力を伏せて報告しなければ。

黒の巫女の件は、イグナート侯爵が直接レザードに伝えるべきことだろう。

それこそ嘘ではないから、何かの偶然であの騒動に巻き込まれ、フィオナを救うために戦ったと言うしかない。魔王教の情報もゲームで知ったなどとは言えないため、カイとメイダスが言っていたことにして説明する他なかった。

「レン様のお力のことも、念のために黙っておいた方がいいですよね？」

「それもお願いできると嬉しいです」

フィオナには何度も魔剣を見せているからだ。

「俺もフィオナ様のお力は秘密にしますから、フィオナ様も俺の力は秘密にしてくださいね」

「…………」

「フィオナ様？」

「ご、ごめんなさい！　ただその――――っ」

レンの背中で一瞬沈黙したフィオナが考えていたのは、秘密を共有することになった事実。

レンと秘密を共有できることが嬉しくて言葉を失っていたのである。

彼女は頬を赤くするも、気を取り直してレンに問いかける。

「それでレン様、二つ目のお願いはなんでしょうか？」

「その呼び方です」

「呼び方……？　レン様はレン様ですのに、何とお呼びすればいいんです？」

「いやあの、様って呼ばれるのは照れくさいので、できれば呼び捨てとかの方が助かります」

「それは――――」

命の恩人にそんなことはできない、とフィオナは固辞した。

レンも大貴族の令嬢に様をつけて呼ばれることは受け入れがたく、つい食い下がってしまう。

二人は何度かの問答を終えてから、

「ではレン君……とかはどうでしょう？」

フィオナはまだ不満げだったが、レンが「それでお願いします」と言えば彼女は完全に折れる。

「せっかくですから、レン君も私に様を付けないというのはどうでしょう？」

「いろいろ無理があるので勘弁してください」

「――――むぅ」

不満そうにされてもこれは譲れない。

相手は侯爵令嬢なのだ。

「お土産を差し上げますから、それについてはご容赦ください」

レンはおもむろに懐を漁《あさ》り、拾っておいた星瑪瑙の欠片《かけら》を取り出した。

フィオナはそれを見てハッと驚くと、背中越しに渡してきたレンから素直に受け取り、

「綺麗……」

「嫌な思い出ばかりでしょうし、最後に一つくらい綺麗な思い出をお持ちください」

確かに、いい思い出とは言えないことばかりだった。

だけどフィオナは決してそれだけではない、とはっきりと言い切れる。

「……綺麗な思い出、一つだけじゃないですよ」

レンと出会うことができたから、それだけでも格別の思い出だ。

突然、

『レン殿ーッ！』

『あっちだ！　あっちから声が聞こえたぞ！』

一週間も離れていたわけではないのに、随分と懐かしく感じるクラウゼル家の騎士たちの声。

フィオナはここでレンの背を離れ自らの足で地面に立つ。

道の悪さを気遣ったレンが彼女に手を差し伸べれば、いま一度、魔導船群が響かせる大きな音が辺り一帯に響き渡った。

「――――レン君。一度ならず二度までも、私を救ってくださりありがとうございました」

彼女は受け取った星瑪瑙をぎゅっと握りしめながら言った。

「また……お逢いできるでしょうか」

情熱的な瞳と、声だった。

会うと、逢《あ》う。以前、レンに会うことを祈った彼女がいま、また逢えることを切に願う。

遠く離れたところに住まう者同士、そして立場が違う者同士で、そう簡単に再会できるとは思えなかった。

しかしレンは、フィオナを包み込むような優しい声で、

「また会えますよ。俺はイグナート侯爵にご招待いただいてますので」

冗談を交えながらそう答えた。

フィオナは「そうですね」とやや切なげに微笑むも、すぐにハッとした様子で言う。

「そうだ！　そのときは私におもてなしさせてください！　お茶は……その日まで毎日練習します！　給仕のみんなにも認められるよう、ずっとずっと頑張りますから……っ！」

「それは楽しみです。というか俺は、いまのお茶でも美味しいと思ってますよ」

レンが爽やかに笑みを浮かべて言えば、フィオナの胸が一段と早鐘を打つ。

もう、いろいろと無視できない感情が心の中で蠢いて、それを強く自覚してしまったことから、

フィオナはレンを直視することにも必死だった。

「そう言っていただけるのは嬉しいのですが、ダメなんです。私、もっと頑張って、レン君とまた逢える日のために頑張ります。だから、その――」

そして彼女は勇気を出して、レンを見つめて口にする。

「――約束、ですからね？」

いつかまた逢えるその日が、一日でも早く来るようにと願って。

# 十五章　おかえりなさい。私の英雄さん

幾日かのときが経ち、バルドル山脈での騒動が帝都でも大々的に語られるようになった頃。

前代未聞の騒動の中心が、世界に名を轟かす名門・帝国士官学院の件だったことが大きな問題にならないはずもない。

当然、理事会の面々をはじめ、学院長クロノア・ハイランドに責を追及する者も存在した。

しかしクロノアは国の決定により、最終試験が開始される前に国を発っている。

また、理事会が保有していた議事録に、彼女がバルドル山脈を選択肢から外す旨の発言をしたことも残されていたため、彼女の責任を追及する者は徐々に消えつつあった。

「興味深い話を聞けたよ。エドガー」

帝城内に設けられた大会議室を出たところで、ユリシス・イグナートがそう言った。

「理事会に属する貴族が一人、遺体で見つかっていたらしい」

「フィオナ様が乗る魔導船の最終確認もした、例の貴族のことですかな？」

「そう、その男が毒を呷って自害していたようだ。今回の事件が明らかになる前に死んでいたらしい。おかげで騎士がその屋敷になだれ込み、情報収集に努めている状況なのさ」

「ですが、どうせ何も見つからないでしょう」

「私もそう思うよ。まるで最初から死ぬつもりで計画していたかのような、用意周到さを感じてやまない話だ」

するとイグナート侯爵は足を止め、壁に背を預けて腕を組んだ。

「大分腐敗は進んでいたそうだが、面白いことに死に顔は笑っているように見えたそうだ」

「まるで、死ぬことを恐れていないかのようではございませんか」

「その貴族は喜んでいたのだろうさ。たとえば主君がいて、此度の騒動が主君のためになったのなら――――それこそ、死んでも主君のためになれて喜ばしいと感じるだろう」

「どうやら、私に並ぶ忠臣のようで」

イグナート侯爵は笑ってから、全身に殺意に似た強い感情を滾らせた。

頬には依然として笑みが浮かんでいたものの、その覇気に、通りかかる皆が思わず息を呑むほどの迫力があった。

「ところで、受験生をバルドル山脈へ連れて行った魔導船はどうなりましたか？」

「某所の荒野に墜落していたそうだ。おかげでバルドル山脈の件を知る者は死に、本来の受験場所にいた試験官たちも異変に気が付くまで数日を要した。帝都で動けるようになるまで時間が掛かったのも、そのせいさ」

「なるほど。死んだ貴族が随分と手の込んだ真似をしていたようですね」

「理事を務めるほどの貴族だからね。身命を賭して一つの騒動を起こしたのだろう。例の御用商人の誘導も、死んだ貴族の差し金さ」

そこまで言うと、イグナート侯爵が煩わしそうな声で言う。

「派閥すら信用できない時代がやってきてしまったようだ」

何故なら先の騒動における犯人は英雄派、皇族派にかかわらずその関係者が参加する試験を狙ったからだ。帝国士官学院が特待クラスの最終試験に参加した受験生の親たちは、互いの派閥を気にすることなくその怒りを共有していた。

「魔王教でしたか。レン様もとい、フィオナ様をお助けになられた冒険者の方が仰っていたとか」

エドガーのわざとらしい言葉に、イグナート侯爵が怒気を少しだけ抑えた。

「なんでもギルドで小耳に挟んだって話だったかな。フィオナから彼の話を聞けて助かったよ」

つい先日のことだ。

『フィオナは冒険者に助けられて、アスヴァルの最期は自滅も同然だったんだね？』

『はい。お父様が仰る通りです』

『ではそれ以降、フィオナの力も少しだけ落ち着いた。これも間違いないかい？』

フィオナがイグナート侯爵の元に戻った際、再会の喜びと彼女が生きていたことに安堵したイグナート侯爵がその後に、愛娘《まなむすめ》に話を聞いた結果がこれだった。

彼は一人の親として、娘の言葉に違和感を覚えてならなかった。

『まったく……娘も彼も、詰めが甘いな』

『お父様……？　いま、なんと仰ったのですか？』

『何でもないよ。フィオナが生きていてくれてよかった……そう呟いただけさ』

親子の会話を思い返したイグナート侯爵は、ふぅ、と疲れた様子で息を吐く。

「我が娘ながら抜けているね。私がクラウゼル家の騎士に照会をかければ、彼らは何という冒険者がいたか答える義務があるんだけど」

「フィオナ様も例の冒険者さんというお方も、疲れてあまり気が回らなかったのでしょう。あるいは、例の冒険者さんに隠す気がなかったのかもしれませんが」

「恐らく後者だ。彼自身も落ち着く時間が欲しくてフィオナに頼んだところだろうさ」

イグナート侯爵はレンの企てを悟り、それに対し悪い気はしていなかった。

一度ならず二度までも娘を救った存在のことを脳裏に浮かべ、その存在の言葉を尊重することにしていた。

「いずれ、クラウゼル男爵を通じて連絡が届くだろう。あくまでもクラウゼル家の騎士が見聞きした情報としてね。あの少年はその判断を間違えないはずさ」

だからレンの件は急かさず、イグナート侯爵は自分にできることをしようと考えた。

「もう帝都に用はないし、帰ろうか。責任の所在を追及するより重要な仕事があるからね」

エドガーは主君が思いのほか帝都で大きく動かなかったことに、長年傍に仕えた従者として気味の悪さを覚えていた。幾人かの貴族を葬るくらいはしてもおかしくないと思っていたからだ。

逆に、他の貴族たちの方がよっぽど声高に物騒な言葉を口にしていたほどだ。

「よろしいのですか？　主のことですから、何らかの爪痕を残して帰られると思ったのですが」

「んー……いろいろ思うところはあるけど、こんなのはどうせ茶番さ。魔王教の情報がまったくない現状では、どう動いても責任のなすりつけ合いだろ？　無駄無駄、意味のない時間にしかならないんだから私は遠慮しておくよ。それなら、フィオナの傍に帰った方がいいに決まってる」

言い切ったイグナート侯爵には、ある考えがあった。

◇　◇　◇　◇

イグナート侯爵とエドガーが歩く廊下とはまた別の廊下を、一組の男女が歩いていた。

一人は凜々しい顔立ちに銀髪の少年で、年の頃はレンとあまり変わらない。

少年の隣を歩く女性は彼よりも少し年上で、ケットシーと呼ばれる、猫が人になったような姿の種族と人間の混血であった。

「と、いうわけなんですニャ」

「何がというわけ――――だ。省かず説明し直してくれ」

少女の軽い声に対し、銀髪の少年がため息交じりに言った。

少年は端整な顔に呆れた表情を浮かべて繰り返す。

「自害した理事の身体に刻印があったのだろう？　そこからだ」

仕方なさそうに言われ、混血の少女がニャハハと苦笑。

人間の特性を多く引き継いでいるからなのか、その少女はケットシーの名残が猫耳や尻尾《しっぽ》くらいだからなのか、その整った顔立ちと相まって可愛らしい。

銀髪の少年は、苦笑した少女の頬を軽く抓《つね》った。

「私はどうして抓られたんですかニャっ!?」

「抜けた態度だったからだ。愚か者。だいたい、別に痛くなかっただろうに」

「はいニャ。それにしてもさっすが殿下！　抓るのも加減できるなんて、天才なのニャ！」

「やかましい。そんなので褒められても嬉しくない。そんなことより、早く話を私に聞かせないか」

少女がこほん、と咳払《せきばら》いをした。

彼女はこれまでの緩い態度を改めて、頬に真摯な表情を浮かべてやや硬い声音で言う。

「理事の身体にあった刻印からは、過去、魔王の臣下の身体に宿っていたのと同じ魔力が確認されましたのニャ」

「つまり、魔王軍の残党か、魔王の復活を企む者たちといったところだな」

「そう思われますニャ」

「となれば厄介だ。魔王の力に魅せられた者が我が国にもいるとなれば、派閥も信用できなくなってしまう」

「では、どうされますかニャ？」

「決まってる。魔王に与する者を探るため、信頼できる仲間を集めねばならん」

強い口調で言い放たれるも、混血の少女は難しそうに唸った。

「殿下と同じ思想を抱いて動けるだけの存在は、難しい気がしますのニャ」

「だが、私一人では無理がある。敵に噛みつけたところで、最後は私が食われるのが落ちだ」

「でも殿下！　仲間を見つけるのもいいですが、殿下は早く専属の騎士を選んでほしいのニャ！」

「わかっているが、それについては気が合う騎士がいないのだから、しょうがないだろう」

自分を傍仕えと言った混血の少女へ、銀髪の少年はいま一度ため息をついて口を開く。

◇◇◇◇

「皇族派そのものが信用できなくなったいま、私に必要なのは志を共にできる大切な仲間なのさ」

イグナート侯爵が口にした言葉を聞き、燕尾服《えんびふく》の紳士エドガーが微笑む。

「うん？　どうして笑うんだい、エドガー」

「まさか主の口からそのような言葉が聞けるとは思わず。ですが、主のお考えは間違いないかと」

確かにそうだ、イグナート侯爵は自嘲しながらもつづける。

「魔王教が関わるとなれば、それこそ私の命を預けられるような、頭がよいことは当然として、心の強い存在でないといけない。やれやれ。自分で言っておきながら難しいじゃないか」

イグナート侯爵が頭を悩ませる。もちろんクロノアの存在は思いついたが、彼女以外にも可能性は見出したい。

現状、信用できる存在としてクラウゼル男爵がいる。

彼がイグナート侯爵と志を共にしてくれるかはおいておくとして、彼以外にも志を共にできる仲間が欲しいと思って言葉を発すれば、

『やれやれ……私が欲する仲間と共に、専属の騎士も得られればよいのだが』

イグナート侯爵が進む先にある曲がり角の奥から声がした。

そして彼は、声の主とその曲がり角で鉢合わせになり、

「おや？」

「ん？」

イグナート侯爵のきょとんとした声につづき、銀髪の少年が疑問の声を漏らす。

二人は顔を見合わせた。相手の目を見つめ、その奥に潜む真意を探るように沈黙を交わした。

「――――これはこれは、ラ、デ、ィ、ウ、ス、殿、下、」

「――――そなただったか、ユリシス」

互いの名を呼び合ってから、二人はしばらくの間沈黙した。

これまでに互いの従者と交わしていた言葉も、相手に聞こえていたであろうと悟りながら、二人はそれでも腹を探り合った。

数多くの貴族が邂逅《かいこう》を避けるほどの大貴族、ユリシス・イグナートを前にしても、ラディウスと呼ばれた少年は決して引かない。

睨み返すかのように目をそらさず威風堂々としていた。

「この後、時間はあるか？」

口火を切ったのはラディウスだった。

「すぐにエウペハイムへ帰る予定でしたが、他でもないラディウス殿下のお誘いとあらばこのユリ

シス、どこへでもお供いたしましょう」

にこりと微笑んだその男を見て、先を進むラディウスが背中越しにイグナート侯爵へ尋ねる。

「もしもそなたの娘が亡くなっていたら、そなたはどうしていた？」

「それは此度のことでしょうか。それとも、皇族が素材の供与を断ったときのことですか？

――ラディウス第三皇子殿下」

「無論、後者だ」

供をしていたエドガーの胸が痛いくらい鼓動を繰り返していた。主がこれより先の言葉を、もし包み隠さず口にしたら、と思うと気が気でなかった。

しかしその主は、世間話を交わすかのように軽い口調で言う。

「以前の件でフィオナが命を落としていたら、私はレオメルを、皇族を許さなかったでしょうね」

「それで、許せないそなたは何をした？」

「想像でしかありませんが、私ならレオメルの滅亡を願うはず。そのためには、次期皇帝との呼声高き第三皇子《あなた》の命を奪ったかと」

「ふむ。ユリシスならそうするだろうな」

「一応申し上げておきますが、貴方様が陛下の決定に口を出せなかったことは存じ上げておりますよ。そもそも陛下へは秘密裏に頼みましたので、ラディウス殿下が事情を知ったのもつい最近でしょうし。……もっともそれを加味しても、私の恨みは筆舌に尽くしがたかったはず、と思うのです」

「ああ。それも理解しているとも」

ラディウスはそう言って立ち止まり、イグナート侯爵の方を振り向いた。

「だがユリシス、目的のためなら手を組めると思わないか？　たとえそなたが、皇族《わたし》を恨んでいるとしてもだ」

「おや？　私に背後から剣を突き立てられるとは思わないのですか？」

「もしも私の働きがそなたの娘のためにもなるとすれば、そなたなら利を取るはずと確信している」

再度の沈黙は数分にわたった。

じっと互いの目だけを見合って、何も語らない。

彼らの従者も一切口《いっさいくち》を開くことなく、その様子に息を呑み、ときに瞬きすら忘れてじっと見入ってしまっていた。

「ははっ！　このユリシスにそうまで強気に出た方は、貴方がはじめてですよ！」

ユリシスは手を差し伸べて、ラディウスはその手を取った。

レンが知る物語では命を奪った者と、奪われた者。

彼らが手を取り合ったことをレンが知るのは、もう少し後の話だ。

◇　◇　◇　◇

レンは馬車に乗ってクラウゼルへの帰還を果たした。

どっと押し寄せた疲れにため息を漏らし、クラウゼルの中央部を見上げて思う。

（やっと、帰ってきたんだ）

フィオナと別れてから、今日でちょうど三週間が経つ。

どうしてこれほどの時間が経ったのかというと、バルドル山脈に訪れた魔導船が関係していた。

魔導船には帝都の騎士が大勢いた。レンが彼らに尋問されたり、事情聴取されたわけではない。

クラウゼル家の騎士たちが事後処理に追われていたため、レンも念のために残ったのだ。

受験生を護衛した冒険者たちについては、事情聴取されることが決まり帝都へ任意で同行した。

けれど、心配することはないだろう。中には貴族令息に懐かれて、うちに来いと言われている者もいるようだ。

またクラウゼル家の騎士たちは、レンではなくフィオナから諸々の説明を受けている。

吊り橋が落ちてから何があったのかということと、あの騒動はカイとメイダスが大きく関わっていたこと、それに魔王教の存在についても。

それに限っては、『冒険者さん』ではなく『レン』のおかげとハッキリ告げていた。

「レン殿、ようやくですね」

町中へ通じる門を潜《くぐ》り抜《ぬ》けてから、馬車に同席していた騎士が言った。

「人生で一、二を争う濃密な時間が、やっと終わりそうです」

「ちなみにもう一つはどのような時間だったのですか？」

「もちろん、リシア様を連れてクラウゼルを目指してたときです」

言うまでもないが単なる軽口だ。

騎士と笑みを交わしたのちに、レンは窓からクラウゼルを見渡す。

久しぶりにレンを見た町の民に声を掛けられながら、レンは視界いっぱいに広がる光景に郷愁を感じた。以前も思ったことだが、気が付かない間にクラウゼルでの暮らしが自分の日常になっていたらしい。

まるで魂が洗われるような、表現できない心地よさだった。


目を閉じてみれば、これまで心から休めていなかったからなのか、不思議と瞼が重くなっていく。

いつしかレンを乗せた馬車は坂を上り終え、クラウゼル男爵邸の前に停《と》まる。

「レン殿、到着しましたよ」

「え……もうですか？」

「やはりお疲れのご様子ですね。ご当主様へのご報告などは我々からしておきますので、一度お休みになられてはいかがでしょうか？」

レンにしては珍しく騎士の提案に頷きかけたが、今回の騒動で心配をかけている。

詳細な報告は明日以降としても、無事を知らせ、帰還した旨を告げるくらいはしておくべきだ。

レンは頬をぱんっ！　と強く叩いて目を覚ますと、自分の足で馬車を下りた。

すると、そのときだ。

「っ……レン！」

馬車に駆け寄ってくるリシアの表情からは、様々な感情が見て取れた。

レンが帰ったことへの喜び、話に聞いていた騒動への心配、バルドル山脈であったことへの驚きと、早く彼を休ませてあげたいという想い。

「バルドル山脈での吊り橋の件からすぐ、ご当主様に報告が届けられました。それを聞いたお嬢様は、お一人でもバルドル山脈へ向かうと仰っていたのですよ」

馬車を迎えた騎士がレンに耳打ちした。

馬車を出迎えた騎士が身を引いたところで、リシアがレンの傍へやってきた。

屋敷の扉からは、レザードとヴァイスも姿を見せて足を進めている。その二人に先んじて、リシアはレンの手を取って呼吸を整える。

「……レン！　おかえりなさ――」

彼女はすぐに口を閉じた。

レンの手元に見えた火傷の様子に、彼女はその手の先――腕周りもそうなっているだろうと瞬時に理解して、火傷が目立たない方の手を強引にとって、歩き出す。

「お父様！　レンは私が連れて行きます！」

彼女はレザードの返事を待つことなく、レンを本邸へと連れて行く。

すれ違ったレザードとヴァイスに、レンは「すみません」と小さな声で言う。

二人は気にするな、と、レンを労《ねぎら》うように微笑んだ。

（……とんでもなく眠い）

ぴんと張られていた緊張の糸があっさりと切れて、身体中から力が抜ける寸前だった。


二人が本邸に足を踏み入れてすぐ、玄関ホールに置かれたソファの傍を通り過ぎようとしたところで、レンの身体がふらっ――――と揺れる。

レンの身体が力なくソファに倒れはじめた際、リシアが巻き込まれてしまった。

「レ、レン……？」

リシアはそのレンを受け止めるようにソファに腰を下ろして、レンの頭を膝の上に迎えた。

彼はソファの上に身体を倒し、聖女の膝の上で意識を半分手放してしまう。

すみません、レンがこう口にして反射的に身体を起こそうとしたところで、

「お疲れさま、レン」

レンの肩にリシアの手が添えられた。

神聖魔法だろうか。心地よさと暖かさでレンの瞼がより一層重くなった。

「我ながら、いろいろと頑張りました」

「うん。知ってる」

「それと、すごく疲れました」

「うん。それもちゃんと知ってるから」

リシアの手がレンの火傷に添えられて、白い光が包み込む。

僅かに残されていた火傷の痛みや火照りが、徐々に消えていく。

「レンはどんなことをしてきたの？」

「うーん……嘘みたいな話になりますが……」

リシアは自身の膝の上で目を伏せて、いまにも寝てしまいそうなレンにくすっと微笑む。

もうちょっと、あと少しでいいから彼の声が聞きたくて、つい我がままにも話しかけてしまう。

それに自分の膝の上で素直にしている彼が可愛らしかったから、この時間を手放したくなかった。

「魔王復活を企む者たちと戦ったり……急に復活したアスヴァルと戦ったりしました」

「あら、すごいのね。でもレンは勝っちゃったんだ」

「あの……疑わないんですか？」

「逆にどうして疑うのよ。もう」

リシアの態度はいつも通りに見えるが、その内心は驚きでいっぱいだ。

いまはレンを癒やすことに気持ちの多くが割かれていただけ。

「……そうだ。リシア様に聞きたかったことがあるんです」

「私に？」とリシアが可愛らしく首を傾げた。

「あのメモ用紙に隠してた言葉って――――」

「つ〜〜う、嘘!?　見つけちゃったの!?」

「灯りに照らしたら見えちゃって……すみません。でも……」

バレない予定で隠したメッセージだから、見つかっていたと聞けば恥ずかしい。

しかしレンが、その言葉と彼女の短剣に助けられたことを口にすれば、リシアは照れくささを忘れて頬を緩めることになる。

「あれで温かい気持ちにしていただきましたし、リシア様からいただいた短剣のおかげで、アスヴァルの角を折れました。俺がいまこうして生きてるのは、すべてリシア様のおかげなんです」

話を聞くリシアは一瞬「え？」と驚くも、すぐにその驚きを隠す。

「……ふふっ、私のお守り、ちゃんと効果があったのね」

レンはアスヴァルが復活したと言っていたから、恐らく自分の魔力がアンデッドに効果があったのだろうとリシアはそう思った。

もちろん、他にも尋ねたいことは山ほどある。

でもリシアは、疲れ切ったレンの体調を優先した。

「もう、このまま寝ちゃう？」

「……はい」

「ふふっ、素直でいい子ね」

もう、レンには考えられるだけの余裕がなかった。

面食らいかけたリシアは慈愛に満ちた穏やかな表情を浮かべ、レンの髪を優しく撫でる。

「それじゃ、おやすみなさい」

浮かべた表情に劣らぬ穏やかな声だった。

リシアに見下ろされながら重い瞼を閉じはじめたレンが、ふと、思い出したように目を開けて彼女を見上げた。

少し驚いたリシアが「どうしたの？」と尋ねれば、

「――ただいま、帰りました」

レンはリシアの「おかえりなさい」に今更返事をして、瞼を閉じた。

きょとんとしたリシアが再び微笑みを浮かべ、レンの頬に掛かった髪を指先で避ける。レンはもう夢の世界に旅立っていた。


「ええ、おかえりなさい――私の英雄さん」


英雄は聖女の膝の上に眠り、聖女は英雄を癒やした。

やがて様子を見に来たユノの目には、二人が作り出す光景が神秘的にすら見えた。

幼き日より見守ってきた白の聖女とその英雄が生み出した光景はまさしく、聖画に描かれる一場面のようだった。

# エピローグ

レンがクラウゼルに帰って二日後の朝、リシアは旧館にあるレンの部屋に足を運んだ。

『明日からは、私の神聖魔法でレンの怪我を治してあげる！』

これはレンがリシアの膝の上で目を覚ましてすぐ、彼女が言い放った言葉だ。

しばらくの間、朝はその治療が日課となることだろう。


今朝もリシアがレンの手を取り、神聖魔法を行使すること十数分。

せっかくだから、本邸で一緒に朝食でもとリシアが提案した。

「では、今日はお言葉に甘えて」

「待って。ちゃんと上着を着ないとダメよ」

大した距離ではないが、旧館から本邸へ行くためには渡り廊下を通らなくてはならない。

僅かな時間だけ冬の外気に触れるため、リシアはまだ本調子でないレンが上着を着ずに部屋を出ることに反対だった。

リシアはレンの返事を待つことなく部屋の片隅に向かい、コート掛けにあるレンの上着を摑んだ。

「ほら、こっちきて」

「大丈夫ですって！　自分で羽織れますよ！」

「いいから、ほら」

人に上着を着せた経験なんてないから、リシアは若干手間取った。

それでもコートを着せてもらったレンは申し訳なさそうに礼を言った。

「あれ？」

レンは上着のポケットに意識を向けた。

ポケットの中に何か硬いものがあることに気が付いて、あの遠出で使った何かを入れたままだったのかと思った。

だが、レンが取り出したものはサバイバル道具などの類ではない。灰色の石ころのようなものだった。

「どこで拾ってきたの？」

「わかりません。でもこんな石ころを拾ってくるわけないんですが……」

「ただの石ころじゃないと思うわよ。見て、隅っこの方が紅く瞬いてるわ」

「……ほんとだ」

余計に意味がわからなくなったレンが石を手にすれば、リシアが「私にも見せて」と言って顔を近づけた。

「ほんとに何かしら……もっと明るいところで見てみる？」

「そうしてみますか」

本邸へ向かうことも忘れ、二人は窓の傍へ近づいた。

レンが手にしたものを朝日にかざすと、紅く瞬く何かがよく見える。

だが、正体はわからなかった。

二人は考えることをやめて、先に朝食を取ることに決める。


――――が、レンが机の上にその石ころを置いた刹那のことだ。

机の片隅に置いていたセラキアの蒼珠の中で、蒼い靄と雷光がこれまでにない旺盛な勢いで蠢きはじめた。

石ころと思しき何かからは、深紅の光が波のように溢れ出していた。

微かに生じていたヒビが大きくなり、ピシ、ピシ――――と音を上げる。

「レ、レン!?」

「わかりません！　けど、俺の傍から離れないで！」

レンは慌ててリシアを抱き寄せ、セラキアの蒼珠から後ずさる。

部屋の中に、蒼い風が嵐のように渦巻いていた。

床を這う圧倒的な冷気と、レンの足元を撫でるように迸った雷光。

レンとリシアの視界は、濃密な魔力が漂いはじめたことでひどく歪んでいた。

ピシ、ピシと再び鳴り響いた、セラキアの蒼珠のヒビが広がる音。

いつしか、部屋の中に広がった猛威のすべてが、セラキアの蒼珠へ吸い込まれるように引き寄せられていき……。

最後にはパリィン――――という、ガラスが割れるのに似た音が鳴り響く。

(もしかして、さっきの石ころって――――ッ!?)

レンの予想を裏付けるかのように、彼の視線の先にあるセラキアの蒼珠が二つに割れていた。

そして――――

『キュウ！』

ふわふわした毛におおわれていて可愛らしい魔物。

それを見たレンがゲーム知識を思い返す。

(膨大な魔力と偉大な龍の角を捧げれば、孵化させられるかもしれない。生まれた暁には、主人に絶対的な忠誠を誓うはずだ)

ついでに、七英雄の伝説における設定資料集の内容も思い返す。

(……七英雄たちが魔王を討伐する以前、その魔王に牙を剥いた魔物である。その魔物は絶対的な氷と闇の力で、魔王を手こずらせた――――)

あの石ころが偉大な龍の角だったということになる。

レンがアスヴァルの角を砕いた際、その欠片が彼の上着のポケットに入り込んでいたのだろう。

アスヴァルの角の欠片と、兼ねてより吸い取られていたレンの魔力が供物となり、伝説の魔物が孵化に至ったようだ。

（もう、いろいろと理解が追い付かない）

偉大な龍がアスヴァルを示していたことは理解できるが、それだけだ。

このような展開になることはレンも予想しておらず、あまりの事態に頭がこんがらがっていた。

混乱するレンの横で、リシアは臆することなく生まれたての魔物に近づき、「可愛い」と言って抱き上げた。

『――――？』

凛と可憐に美しいリシアが魔物の赤ん坊を抱く姿は、それだけでも絵になる。

「とりあえず、連れて行きましょうか」

「連れて行くって、どこにです？」

「ふふっ、そんなの決まってるじゃない」

リシアは生まれたての魔物を抱いたまま、レンを連れて部屋の外へ向かう。

抱き上げられた魔物も特に抵抗することなく、レンとリシアを交互に見上げていた。

「何をするにしても、まずはお父様に報告しなきゃ」

リシアのもっともな言葉を聞き、レンは「……ですね」と首肯した。

# あとがき

この度は『物語の黒幕に転生して』二巻をお手に取っていただき、ありがとうございました。

昨夏の一巻発売時にはすぐ重版ということで、たくさんの応援を頂戴したことにこの場を借りてお礼申し上げます！

今回は一巻以上の加筆もありまして、ご覧のように一層分厚い一冊となりました。

もちろん分厚さに限らず、内容も楽しんでいただけておりましたら幸いです！

というわけで、早速ではありますがつづく三巻についてです。

たくさんの応援をいただけたおかげで、『物語の黒幕に転生して』は三巻の発売も決定しました！　昨年末頃から作業に入り、順調に進んでおります！

そんな三巻でも、レンの新たな物語が繰り広げられます。

レンが遂に都会へ行ったり、七英雄の末裔たちと出会うなど。他にも新たな力を得るために四苦八苦すれば、ヒロインとのイベントも盛りだくさん。

それに、レンがまさかの存在と知り合って――

三巻は物語が更に大きく動いて参りますので、引き続きお付き合いくださいませ。

レンの物語と七英雄の伝説がどう関係していくのか、是非、続報をお待ちください！

また、先日はコミックス一巻も発売となりまして、たくさんのご反響をありがとうございます。

瀬川《せがわ》先生が描く戦闘シーンの迫力の凄まじさなど、私も原作者でありながら言葉を失うほど見惚れてしまっておりました！

詳細は少年エース公式ＨＰから是非、原作ともども、何卒よろしくお願い申し上げます。


最後になりますが謝辞を。

なかむら先生におかれましては一巻につづき、美麗なイラストの数々を本当にありがとうございます！　新たに描いていただいたフィオナたちはもちろん、レンもリシアも変わらず素敵で、心温まる思いでございました！

先日栄転なさった元担当のＫ様におかれましては、私の活動における貴重なことをいくつも教えてくださいました。お二人の担当編集様もいつもご丁寧にご教示いただき、深くお礼申し上げます。

レーベルは変わりますが、私が『魔石グルメ』という作品を出版していただいたカドカワＢＯＯＫＳ様におかれましては、出版物にこの本の広告を載せていただき誠に痛み入ります。

また各デザイナー様や営業、流通など関係者の皆様方。

そして改めて、著作をお読みくださった読者の皆様へ心から感謝申し上げます！

つづく三巻で皆様へご挨拶できることを切に願い、今回のご挨拶とさせていただきます。

これからも、『物語の黒幕に転生して』をどうぞよろしくお願いいたします！

電撃の新文芸

# 物語《ものがたり》の黒幕《くろまく》に転生《てんせい》して2
## ～進化《しんか》する魔剣《まけん》とゲーム知識《ちしき》ですべてをねじ伏《ふ》せる～

著者／結城涼《ゆうきりょう》

イラスト／なかむら

2023年3月17日　初版発行

発行者／山下直久
発行／株式会社ＫＡＤＯＫＡＷＡ
〒102-8177　東京都千代田区富士見2-13-3
0570-002-301（ナビダイヤル）
印刷／図書印刷株式会社
製本／図書印刷株式会社

【初出】……………………………………………………………………………………
本書は、カクヨムに掲載された『物語の黒幕に転生して～進化する魔剣とゲーム知識ですべてをねじ伏せる～』を加筆、訂正したものです。


ISBN978-4-04-914750-6　C0093　Printed in Japan



ファンレターあて先
〒102-8177
東京都千代田区富士見2-13-3
電撃の新文芸編集部

「結城涼先生」係
「なかむら先生」係

# 国王である兄から辺境に追放されたけど平穏に暮らしたい
## ～目指せスローライフ～

著／おとら
イラスト／夜ノみつき

**グータラな王弟が
追放先の辺境で紡ぐ、愛され系
異世界スローライフ！**

現代で社畜だった俺は、死後異世界の国王の弟に転生した。生前の反動で何もせずダラダラ生活していたら、辺境の都市に追放されて——!?　これは行く先々で周りから愛される者の——スローライフを目指して頑張る物語。

電撃の新文芸